集英社オレンジ文庫

わたしが魔法少女になっても

氏家仮名子

本書は書き下ろしです。

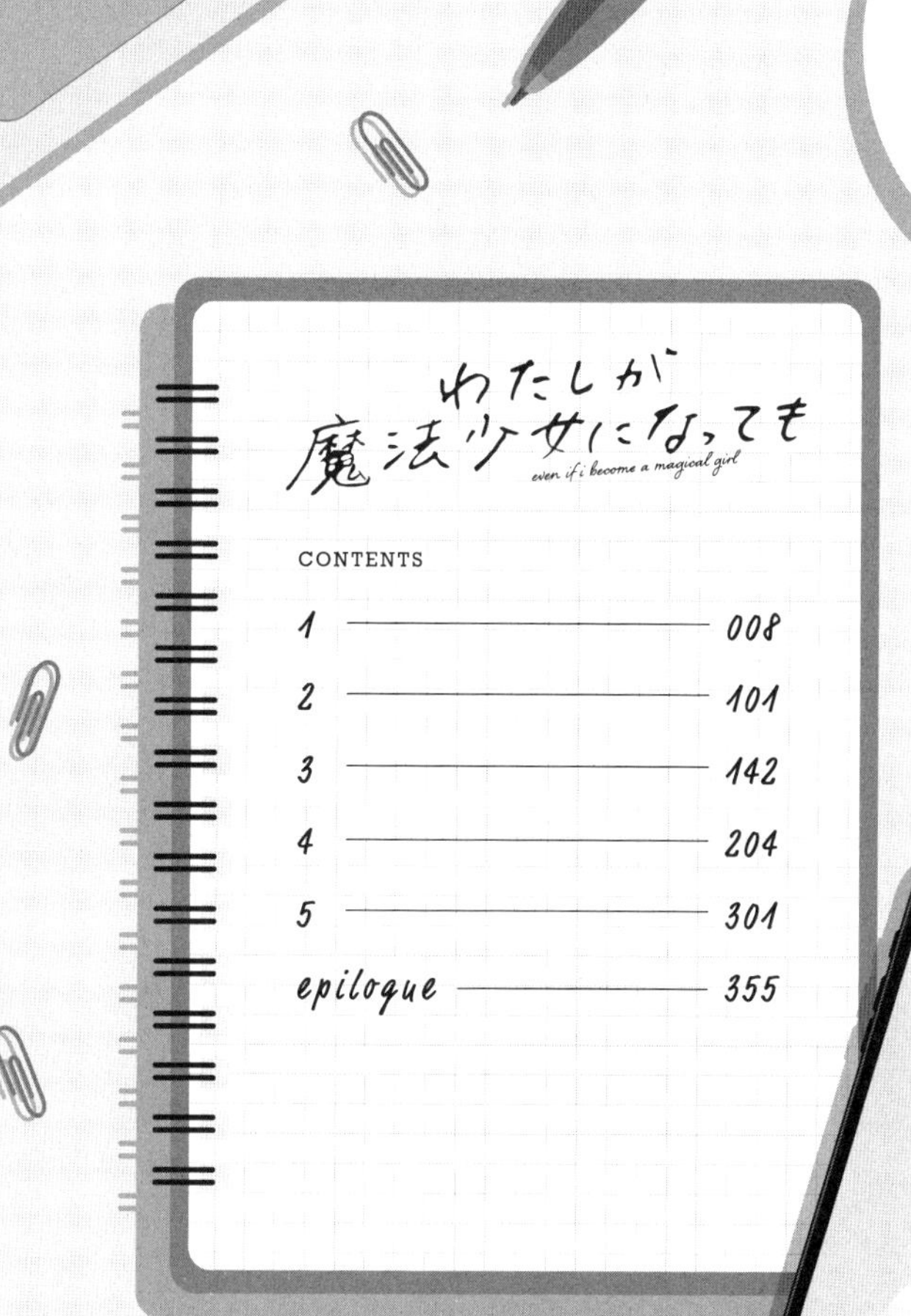

わたしが魔法少女になっても

even if i become a magical girl

CONTENTS

[ミーティア]
地味な会社員・花咲ゆめり(30)が
変身した姿。15歳の美少女。
[ミラ・アルトネン]
サナスキア王国
女王騎士長代理。
妖精界から魔法少女を
探しに来た。
[ミラ(ふわふわver)]

[アイギス]
防御魔法特化型。正体は不明。
ミーティアを「先輩」と呼ぶ。
[宵町かのん]
人気アイドル。
魔法少女であることを公表している。

イラスト／甘春わすれ

わたしが
魔法少女になっても

even if i become a magical girl

1

魔法少女、と呼ばれる存在がいる。

彼女たちは夢と憧れを詰め込んだ色とりどりの衣装をひるがえし、日夜走る。

街の屋根から屋根へと飛び移り、入り組んだ路地に逃げ込もうとする悪を追う。

道行く人々は歓声を上げて少女たちを指差し、スマホのカメラを向ける。映るのはたいてい残像だけだが、それでも彼らは喜んで、カラフルな色彩だけを捉えた写真をネット上にアップする。その姿は加速度的に拡散されていく。

魔法少女に追い詰められた悪の怪人が逃げ込んだのは、とある中学校だった。授業中だった生徒たちが何事かと顔を上げた瞬間に、一人の生徒が怪人の手に捕らわれる。窓から飛び込んできた魔法少女たちに向かって、教壇(きょうだん)に立った悪は笑う。『魔法少女(せいぎのみかた)は、こんなちっぽけな命一つでも見殺しにできないだろう』と。

その時、教壇に一番近い机についていた女生徒が光に包まれたかと思うと、制服が魔法少女の衣装に変わった。彼女がロッドを掲(かか)げると、先端に輝く宝石から光があふれる。少女の放つ光魔法は悪を焼き、善を癒(い)やす。怪人は目を押さえてよろめき、残りの魔法少女たちに取り押さえられた。人質は無事に解放され、教室は安堵(あんど)と喝采(かっさい)に包まれる。

『だましうちだ、こんなの。魔法少女のくせに』怪人が負け惜しみに吼(ほ)える。

魔法少女は這(は)いつくばった怪人を見下ろし、長いピンクの髪をかき上げる。

『残念ね。魔法少女がいる限り、悪は栄えず、ただ滅びるのみよ！』

口上(こうじょう)が決まったところで、ビー、とスマホが鳴った。

ビー、ビー、とオフィスのあちこちで特徴的な音が反響する。みんなちらっと専用防災アプリの通知に目をやって、「黒禍(こくか)出現を確認。午前十時三九分、東十条(ひがしじゅうじょう)」の文字をさらった。十条ならここから距離あるし、関係ないかと視線を外して仕事に戻る。

警告音は一分後には止んでいる。けれど静寂が戻っても、ぶつりと切断されてしまった妄想は脳内に帰ってこない。魔法少女も怪人も、煙みたいに消えてしまった。

花咲(はなさき)ゆめりはため息を一つ吐いて、手にしたハサミを動かした。

シャキンと小気味よい音を立て、封書の端を切り開ける。

ゆめりが座っているのは教室ではなく、エアコンのききすぎたオフィスの一画だ。着ているのは魔法少女の衣装ではなく、無難なオフィスカジュアル代表みたいな、これといって特徴のないブラウスとワイドパンツ（店先のマネキンのコーディネートをそのまま拝借した組み合わせ）である。カーディガンを忘れたせいで冷風にさらされた二の腕には、ぷつぷつと鳥肌が立っていた。夏だなあ、となんとなく思って窓を見るが、ブラインドが下がっており、その向こうにあるはずの八月の青空は見えない。

「あー、もう。やってらんないっすよ」

ドアが開く音に振り返ると、手で顔をあおぎながら入ってくる社員の姿があった。

「営業先、ちょうど十条だったんすよ。池袋駅着いたところで、避難指示出てるから後日にしてくれって電話入って。埼京線も京浜東北線も止まってるみたいだし」

黒禍もせめて深夜とかに出てくんないですかねえ、と営業部のその人はホワイトボードに向かい、「十一時〜ＪＵＪＯアミューズ」と書き込まれていた予定を消した。

ゆめりは口の開いた封筒を机の端に押しやった。封書の山からまた一通取り、同じようにハサミを当てる。封書の山が全部開くまで、その繰り返し。デスクの右側に重なった未開封の山はだんだん低くなり、代わりに左側に積み上がる開封済みの山が高くなる。

ひたすら発注書を開封するだけのこの作業が、ゆめりは好きだった。もしかしたら与えられた仕事の中で、一番好きかもしれなかった。頭を使う必要がないので、妄想の世界でいくらでも心を遊ばせることができるからだ。

職場で妄想にふけっていることも、封筒を切り開ける単純作業が一番好きだなんてことも、誰にも打ち明けたことはない。言ったらきっと笑われる。妄想の中身なんかを知られた日には、恥ずかしくて死んでしまう。なにしろ妄想の中のゆめりはいつだって強くてかっこよくて、きらきらしているのだ。おまけに顔もかわいいし、ついでに十代だ。

実在のゆめりは、この間の三月で三十歳になった。

自分が三十代だなんて、未だに信じられない。けれど今が西暦二〇二三年で、ゆめりが生まれたのが一九九三年だから……と引き算すれば、たしかに三十歳以外の何物でもない。

子供の頃、大人たちは揃って「大きくなったら何になりたい？」と訊ねた。だから大きくなりさえすれば、「何か」にはなれるんだと無邪気に思い込んでいた。なのに、今のゆめりにあるのは会社員という肩書だけ。年齢だけはとっくに大人なのに、何にもなれていない。今もただ、子供の延長線上をとぼとぼ歩いている。

小さな頃夢見たような何かには——「何者か」には、なれなかった。

「あーあ……」

小さく伸びをしたゆめりを、デスクに並んだ小さなフィギュアたちのつぶらな瞳が見つめている。ずらりと並んだそれらは、みんなゆめりが働く「トイズアニマ」の商品だ。

トイズアニマは、ゲームセンターのプライズや各種キャラクターグッズ、およびカプセルトイを扱う新興会社である。新興とはいってもすでに創業から三十年は経っているのだが、この業界は老舗大手玩具メーカー二社がシェアの七割を占めているため、その二社から見ればみんな「新興」なのである。もともとその二社の内の一社に勤めていた社長が独立して立ち上げたのがこのトイズアニマだ。数ある「新興」たちの中では上位に入る業績を収めてはいるが、あくまで新興の中では、という注釈がつく。

規模は小さいけれど、トイズアニマはいい会社だ。

社内のいたるところに、往年の名作アニメや人気ｗｅｂ漫画キャラクター、数々の企業とのコラボ企画などのグッズが飾られ、いつも目を楽しませてくれる。オフィスは池袋の古い貸しビルのワンフロアで従業員は五十名程度だけれど、そのおかげか風通しはよい。実際、昨年一番ヒットしたカプセルトイ商品は、まだ入社三年目の若手社員が企画発案したものだった。付け加えれば、給料だってそう悪くはない。

ゆめりは玩具メーカーへの就職を希望していたが、老舗二社は当然のように落ちた。面接にすら進めず、書類審査落ちである。決まりきった文面のメール二通に一層のご活躍を祈られて、道は絶たれた。ゆめりが就活していた当時は、何十社も受けてようやく一社内定をつかめるかどうかというのが普通ではあったけど、やっぱり落ち込んだ。それでもいつまでも消沈してはいられないので、玩具に関係ありそうな会社に片っ端からＥＳを送りまくり、拾ってくれたのがトイズアニマだった。最終面接で社長と対面した時のことは、思い出すと今でも顔から火が出そうになる。最終まで漕ぎつけたのは、この一社だけだった。ここを落とされたらまた一からやり直し、もしかしたら就活浪人、そう思うと頭が真っ白になった。

役員たちの真ん中に座った社長は『まずは簡単な質問から。緊張をほぐしていきましょう』と柔和にほほ笑んだ。

『わが社を志望された動機はなんでしょう？』

初歩中の初歩の質問だった。ＥＳにもさんざん書いたし、数度に渡る人事面接でも答えた。それなのにゆめりの頭は真っ白なままで、唇はひくひく痙攣するばかりだった。

『……どうしましたか？』

社長の笑みがふと陰った気がして、ゆめりは脳裏にぱっと現れた言葉を叫んだ。

『魔法少女が、好きだからです！』

偽らざる本心ではあった。

そう、ゆめりの唯一といえる趣味は「魔法少女」である。

『マジカルガール♡ラズベリーハート』がすべての始まりだった。九十年代の終わりかけに放映されたそのアニメに、五歳のゆめりはのめり込んだ。周りの友達も全員、例外なく同じ状態だった。誰もがラズベリーハートに魅了されていた。

『ミーティアの名において！　正義は絶対！』

みんな、主人公ラズベリーハートの決め台詞を嬉々として叫んだ。作中の魔法少女たちは、ミーティアという名の女神から力を授けられている設定だったのだ。

けれど次第に、ラズベリーハートごっこで遊んでくれる子は減っていった。アニメの放送は二年で終わってしまっていたから、飽きちゃったのかなとゆめりは思っていた。けれど小学四年生になった日、そうじゃないと気が付いた。最後まで一緒にラズベリーハートに扮してくれた幼馴染の女の子が、「ゆめちゃん、ごめん。そろそろちょっと恥ずかしいかも……」と言いにくそうに切り出したのだ。

かあっと耳が熱くなった。そうか、この子は恥ずかしかったのか。だけどゆめりが心底楽しそうにしてるから、ずっと言い出せなかったんだ。鼻の奥が痛んだけれど、ぐっとおなかに力を入れ、「それもそうだね。もう高学年だし……」と無理に笑った。幼馴染（おさななじみ）はほっとした顔をして、それで、その子とは次の日から違う遊びをした。

それでもゆめりは、ビデオテープに録画したラズベリーハートを見続けた。全九十六話、最後まで見通せばまた最初に巻き戻り、繰り返し繰り返し視聴した。「いいかげん違うアニメも見たら？」と母に呆（あき）れられてもきかなかったし、中学生になってロッド型のおもちゃを捨てられそうになった時も、ベッドの下に隠して死守した。

みんなあんなに魔法少女が好きだったのに、どうしていなくなっちゃうんだろう。魔法少女の世界はいつまでもきらきらしていて、ずっと変わらないのに。

ゆめりにはわからないままだった。わからないまま時が過ぎ、ラズベリーハート以外の魔法少女にも出会っていった。最初は、ラズベリーハートを録画したビデオテープがすり切れてしまった寂しさを埋めるためだった。身代わりを探すみたいで罪悪感があったけれど、次第にそれも忘れるくらい、様々な作品世界にのめり込んだ。魔法少女はどの子もひたむきで、まっすぐに生きていた。ゆめりが九歳の時に始まって、年に一度のリニューアルを繰り返しながら今も放送しているアニメ『メルトフラッシュ』、十一歳で読んだ少女漫画『魔法少女は恋しない』、十五歳で出会った小説『魔法乙女（おとめ）の聖断』、その他数多くの魔法少女作品、すべてがゆめりの伴走者となった。

大学生になった頃には、暇さえあれば魔法少女アニメを流し、フリマアプリで今はもう市場に出回っていない過去の関連商品を探し、商業作品にあきたらず漫画・小説投稿サイトでも魔法少女作品を読みあさり、新しいグッズが届けば飾り方に考えを巡らせ、キャラメイクができるゲームは本筋そっちのけでいかに魔法少女っぽいキャラを作れるかに精魂をかたむけ――というのを日課とする、完成した一人の魔法少女オタクになっていた。

ゆめりは魔法少女を愛していた。一番に出会ったラズベリーハートが心の玉座にずっといるけれど、たくさんの魔法少女がゆめりの中に住み着いた。彼女たちはいくつになっても消え去ることがない、内側からゆめりを照らす光だった。

だからわざわざ、競争率の高い玩具業界にこだわった。それ以外の業種でやりたいことや強みになるようなことなんか、一つも思い付かなかった。だけど魔法少女への愛や知識なら、人より豊富な自信があった。こういう商品が作りたい、と明確に思い描くことができた。「自信がある」なんて、ゆめりにとっては滅多（めった）にない、ステータス異常とも言える事態だ。だからそのたった一つの自信、一筋の光にすがって大量のESを書いた。

だからってなんで、就活スーツに身を包んで役員たちを前にしている今、その愛を場違いにも絶叫しなくてはならないのか。今日の面接のために、想定できる質問にはきちんとした答えを用意して、ぬいぐるみ相手に何度も受け答えの練習をした。絶対に失敗できない試験だった。それなのに、なんでこんな初歩中の初歩の質問で――

終わった、そう思って魂が抜けそうになった瞬間、ぶっと社長が噴き出した。

『そうですか、魔法少女。うちにも関連商品がたくさんあります。一つ強烈に好きなことがあるっていうのは、仕事にとって大きなプラスですよ』

『は、はい、ありがとうございます！』

それから、何事もなかったかのように面接は続けられた。

そして二週間後、ゆめりのスマホに採用通知が届いた。

あの面接でどうして合格にしてくれたのかはわからないが、とにかく採用は採用だ。ゆめりは浮かれ、ベッドに置かれた、ラズベリーハートのマスコットキャラであるサツキくんぬいぐるみ（ラズベリーハートは魔法少女にはフルーツの名前が、サポート役のマスコットには花の名前がついていた）に向かって「私、受かったよ！」と報告した。するとサツキくんのプラスチックの黒い瞳が、きらっと光った気がした。サツキくんだけでなく、ゆめりの自室に詰まった魔法少女グッズから、祝福のオーラがあふれているように思えた。錯覚だとしても幸せだった。ずっとずっと大好きだった彼女たちのグッズを、今度は自分で作れるかもしれない。なにしろ、長年妄想し続けてきたアイデアだけは山ほどある。

「そうなったら最高だよね!?」

ゆめりはベッドに飛び込んでサツキくんの二等身の体を抱きかかえ、薄紫色をしたおなかを押した。するとくぐもった声で「最高ツキ！」と返事をしてくれた。もう一度押すと、「ラッキーツキ！」とセリフが変わる。ゆめりは「そうだよね！」とだいぶくたびれてしまったサツキくんの長い耳をぱたぱた動かし、ほおずりした。五歳の時に買ってもらって、もう十六年ゆめりと一緒にいるのだから、多少のくたびれは仕方ない。ゆめりだって、五歳の頃に比べればだいぶくたびれている。

この時が絶頂だった。だけど現実は、そううまくはいかない。

トイズアニマに入社したゆめりが配属されたのは、「オペレーション部」だった。部とはいうものの、メンバーはたった三名、ゆめりと先輩の古賀麻美、それと部長で終わりである。名前だけでは何をするのかよくわからないこの部署の主な業務は、在庫管理と発注書の処理だった。字面では簡単そうだが、トイズアニマの商品は薄利多売であるため、とにかく種類が多い。単純に在庫数をカウントすればいいだけではなく、各商品のサイズを加味した上で、倉庫の空きに気を配らねばならない。大倉庫を抱えているわけではないので、大きめの商品に余剰や返品が出ればすぐに各地の倉庫はいっぱいになってしまう。誤発注などもってのほかだ。死蔵はゼロ、常に倉庫の商品が回転を続けることを目指して、各種商品在庫を組み立てていく必要がある。

しかし理想通りにはいかないのが世の常である。人気キャラクター商品の製造数を倉庫都合で絞れば、せっかくの企画から生まれる利潤が減るし、「売れるのわかりきってるのに、なんでちょっとしか作ってないの」とSNSで顧客の怒りが噴出する。会社的にもイメージダウンだ。だから営業部も販売部も、そういう時はオペ部に「なんとかしてね」と希望数を投げてくる。無理ですとは返せない。部間の力関係は、完全に営業部・販売部>>>>>オペ部なのだ。だからどうにかこうにかパズルのように在庫をいじくりまわして倉庫に空きを作り、日々大量に送られてくる発注書をさばいていくしかない。

それが現在のゆめりの毎日である。商品に直接触れることなく、テンキーばかりを叩いている。商品は数字に換算され、エクセルシートの上を流れていくばかりだ。この業務に、魔法少女のマの字もない。商品名としてセル内に表示されることはあっても、ただの文字列だ。ゆめりの愛する彼女たちはそこにいない。

そうして毎日必死に数字のパズルを解いている内に、なんと八年も経っていた。入社が決まった時にサツキくんに語った夢と、今はずいぶん違う場所にいる。

なんでこうなっちゃったかなあ、とデスク上のラズベリーハートのミニフィギュアをつつく（最近は懐かしの魔法少女商品がよく出されており、これもその一つだ。昔は子供だったゆめりのような人が購買力を持つ年齢に達したことに加え、もう一つ大きな要因がある）。

ゆめりは昔と変わらず魔法少女を愛しているのに、魔法少女が遠ざかっていく気がする。

このままこの会社にい続けていいんだろうか？

時々そんな疑問が頭をかすめる。魔法少女に関わる仕事がしたくてここに来たのに、オペ部でそれは叶いそうもない。毎年度異動願いを出してはいるのだが、受理された試しはない。オペ部は入社後数年だけ経験し、その後別の部署に流れるのがお決まりのパターンらしいのに、だ。ゆめりはこれまでに二人新卒の子を迎えたが、彼らは二、三年で販売部や企画部へ巣立っていった。その内の一人は、昨年一番のヒット商品を作った社員だ。勤続年数だけでいえば、彼らよりゆめりの方が先に異動になるはずで、つまりゆめりに下された評価は「オペ部からは出せない」、そういうことなんだろう。

思い当たる節がないのなら抗議もできるが、ばっちりあるのでどうしようもない。入社して日も浅い頃、クレーンゲームの景品で誤発注をかました。よりによって抱き枕サイズの猫のゆるキャラぬいぐるみで、その一群は埼玉の倉庫を四分の一ほどを占領してしまった。全数をはけきるのに数年を要し、持て余された抱きぐるみが忘年会の景品にまで出てきた時には、胃に穴が空くかと思った。八年経った今も、あの猫ののほほんとした顔を見ると冷や汗が浮かぶ。キャラに罪はないのに、申し訳ないことだ。

そんなだから、異動できないからといって文句は言えない。我が身を省みれば、仕事内容にあれこれ注文をつけられる立場ではない。転職しようとしたって、どうせうまくいくはずもない。魔法少女がかすってもいない会社で妥協することになるのが関の山だ。それならせめて、間接的にでも魔法少女を世に送り出せるトイズアニマにいた方がいい。会社自体や人間関係に不満はないし。それってすごく幸運なことだと思う。いやでも、大した経験も資格もないんだし、転職するなら年齢的に今がラストチャンスかもしれない。やるなら少しでも若い内に行動した方がいいに決まってる。でもそうすると――

すべての発注書を開封し終わり、切るべきもののなくなったゆめりはハサミを置いた。デスクにちらばった封筒の切れ端と一緒に、実現しそうにない転職プラン（とも呼べない雑念）をゴミ箱に捨てる。

その拍子に爪でラズベリーハートのフィギュアを引っかけてしまい、一列に並べた猫やらアルパカやらのフィギュアも雪崩をうって一斉に倒れた。本当は魔法少女グッズ一色で揃えたいけど、いかにも魔法少女オタクですというデスクになってしまうのが恥ずかしくて、動物たちのそれも一緒に置いているのだ。そんなゆめりの魂胆(こんたん)を知ってか、倒れ込んだ猫は恨めしげにゆめりを睨(にら)んでいた。

「なに、花咲さんとこだけ地震起きた？」

隣席の麻美が笑いながら手を伸ばし、フィギュアを並べ直すのを手伝ってくれる。

「す、すみません古賀さん……」

「いいっていいって。あたしもよくぶちまけるし」

先輩である古賀麻美のデスクでは、戦隊もののフィギュアや電子機器の精巧なミニチュアがごちゃごちゃとPC(パソコン)を取り囲んで作業範囲を狭めている。麻美自身は眉(まゆ)を濃く描いたメイクに大ぶりのピアス、そして大柄な体格で、外見からイメージできるとおりの頼れる先輩だ。二十代で入社してからかれこれ二十年近くオペレーション部にいるらしく、他部署の部長まで質問しにくるほどの古株である。ゆめりがオペ部に留め置かれている理由とは対照的に、麻美がいないと回らないからと頼み込まれてここにいるのだ。ゆめりが例の信じられないミスをやらかした時も、「まあこんなのは、まれによくあることってやつだよ。チェック漏(も)れてた私も悪い」と励(はげ)ましてくれたくらいに懐(ふところ)深い。

麻美は、床に落ちたラズベリーハートを手渡しながら言った。

「そういや花咲さんの家、北区(きた)じゃなかったっけ。黒禍(こくか)、十条に出たみたいだけど平気？」

「あ、はい。家は赤羽なのでちょっと離れてますし、この時間に出たなら帰る頃には電車も動いてると思います」

その時、ちょうど防災アプリの通知がふたたびスマホに表示された。

『東十条に出現した黒禍、魔法少女Bによって駆除完了。負傷者、現時点で未確認』

一件落着ってわけか、と麻美はオフィスチェアを回転させてPCに向き直った。

「ま、よかったよかった。黒禍なんか近くで拝みたいもんじゃないしねえ。あの見た目じゃ、虫とか苦手な人はニュースの映像だけでもキツいんじゃないかって思うよ」

でも、と麻美は無事デスクに戻ったラズベリーハートを見やると、口元を持ち上げた。

「花咲さんは、魔法少女が見られなくてちょっと残念だったんじゃない？」

ゆめりは曖昧に笑って答えを濁した。

そう、今や「魔法少女」は現実なのである。

二年ほど前から、東京周辺に「黒禍」と呼ばれる怪物が出現するようになった。麻美の言うとおりかなりグロテスクな見た目で、真っ黒な体に小さな二つの目、洞穴のような丸い口、無数の足を持つ姿はクマムシに似ている。違うのは、それがクマムシどころか人間よりもはるかに巨大なこと（体長はだいたい八～十メートル、体高は四～五メートルと、象よりも大きく、小型の鯨くらいある）と、何本もの触手が背から生えていることだ。

最初はただの都市伝説だった。正体不明の化け物が都内に現れるとネット上でささやかれていたけれど、あくまで数あるオカルト話の一つに過ぎなくて、誰も真剣には信じていなかった。

　そこにとある「魔法少女」が現れ、黒禍と戦う様子を生配信した。彼女のまとった衣装は魔法少女としか形容できないものだったし、魔法を使って黒禍を撃退した。フェイク映像じゃないかと疑われたりもしたけれど、徐々に黒禍の目撃情報は増えていき、写真や動画も数多くアップされるようになった。現場に残された道路の割れ目や垂れ下がった電線は黒禍の爪痕を生々しく伝えており、とても悪戯とは思えなかった。魔法少女も彼女一人だけでなく、ほかにも複数の存在が確認された。やがてメディアもこの怪物と魔法少女について取り上げ始め、誰が名付けたか、怪物は「黒禍」と呼ばれるようになった。

　いつの間にか、誰もがこの未知の怪物や魔法少女の実在を認めないわけにはいかなくなっていたのだ。

　黒禍の出現は当初月に一度程度だったのが、今では二、三回に増え、その度に交通網を麻痺させ、付近の学校や商店を臨時閉業に追い込んでいる。

　黒禍については不明な点の方が多いくらいだが、

・物理的な攻撃は通じず、魔法少女にしか倒せない。
・近付くと、めまいや頭痛・吐き気をもよおすことがある。
・接触した際、まれに意識不明となる。その状態から回復した人はいない。
・ほとんどが東京近郊に出現する。

——などが判明している。

現在、存在を認知されている魔法少女は六名。行政機関は彼女たちのプロフィールを把握しているのだろうけど、一般には公表されていない。表に出てきて「自分が魔法少女だ」と名乗っているのは、最初に配信を行った彼女ただ一人だけだ。

黒禍が認知されてからの約二年間で、警察や自治体と魔法少女側との連携が進み、今では黒禍が出た際に一一〇番すれば魔法少女が駆け付けるし、怪我をしたり自宅が損壊した場合には、自治体に届け出れば補償されるシステムが構築されている。

黒禍が出たらすぐ退避するようにと公共ＣＭが常時流れているけれど、積極的に見に行こうとする人は後を絶たない。黒禍は動きが鈍重だからすぐに逃げれば問題ないし、運が良ければ魔法少女に助けてもらえる。そんな風に、どこかこの状況をお祭りのように楽しんでいる雰囲気があった。黒禍に遭遇＝魔法少女に会えるという図式が成り立って、一部では出会えたらラッキーみたいに言われてさえいる。魔法少女の鮮明な写真なり動画なりをアップすれば、万バズ確定だからだ。そういう人々（野次馬、再生数目当ての悪質配信者、自称未確認生物研究家、魔法少女の熱狂的ファンなど）を封じるため、魔法少女以外の黒禍への接近を禁じる条例の制定までが議論されているらしい。

ゆめりも本物の魔法少女に会いたくないわけじゃない。現実となった魔法少女の映像を見た時の興奮は、忘れようとしても忘れられない。最初は熱心に彼女たちの情報を追った。でも今は、ニュースが流れれば顔を上げるくらいだ。戦闘配信は今も続いているけれど、あんまり見にいかない。興味がないわけじゃないけれど、それよりも怖くなってしまったのだ。戦闘では、魔法少女が血を流すこともある。黒禍に対抗できるのが魔法少女だけとはいえ、十代の女の子に戦ってもらう上、それを眺めて楽しむのには違和感があった。

だってこの世界はフィクションじゃない。れっきとした現実だ。

だけど世間はそうじゃない。黒禍との戦闘配信は人気コンテンツの一つに上り詰めたし、残る五人の正体探しも白熱している。彼女たちの人気は「魔法少女」そのものにスポットを当てることになり、今、魔法少女は一大ムーブメントになっている。魔法少女を題材とした新連載やアニメが目白押し、関連商品も今が商機とばかりに次々売り出されている。トイズアニマも例に漏れず、魔法少女方面に力を入れている。

これが、近年魔法少女グッズが多く出されているもう一つの――というか、主な要因である。魔法少女オタクのゆめりに時代が追い付いたと言えなくもないのだけれど、いまひとつブームに乗り切れない。今「魔法少女が好き」と言っても「ああ、ブームだからね」としか受け取られないだろう。そんな風に言われたら、「そうじゃなくて、魔法少女が流行る前からずっと好きだったし、それに私が好きなのは現実の魔法少女じゃなくて、むしろ今の風潮はちょっと……」とくどくど説明する絵に描いたようなめんどくさいオタクになってしまう。結局今でも、「魔法少女が好き」とはなかなか口にできない。

作業に戻ろうと、切り開けた封筒の中身を取り出しにかかった時、電話が鳴った。

ゆめりと麻美は、思わず顔を見合わせた。

オペレーション部の人間に共通する特技がある。それは、通常の電話とクレーム電話を聞き分けることである。クレーム電話は特有の鳴り方をする。まるで、受話器の向こうで怒れる顧客の息遣いが漏れでもするかのように。科学的根拠は何もないが、オペ部に三年も在籍すれば誰でもわかるようになる。この部署はクレームを受ける機会が多いのだ。相手は社内の他部署から倉庫管理の委託会社に運送業者、はては取引先まで多岐に渡る。

三コール目が鳴り終わる前に、ゆめりが出た。午前中からクレーム対応をしたくはないが、先輩の麻美に取らせるわけにはいかない。

「はい、お電話ありがとうございます。トイズアニマ、オペレーション部で……」

しかし所属もろくに言い終わらない内に、相手方の怒声が鼓膜をつんざいた。

『ちょっと、どうしてくれんのこれ！』

受話器から聞こえてくる、おそらく老齢の男性の声は名乗りもせずにまくしたてた。怒りのせいか話が行きつ戻りつしたが、どうにか要点をまとめると、

・届いた新作カプセルトイの納品数が違う。二十ロット頼んだはずが、十しか来ていない。
・この数では予定していた新商品向けの配置ができない。なんとしてでも今日中にあと十必ず納品しろ。
・注文は急いでいたので発注書やメールではなく、口頭で行った。その際注文を受けたのは花咲とかいう小娘だった。

ということだった。

心臓がさっと冷える。電話の相手は、取引先の一つであるヤマウチ玩具らしかった。個

人商店なので大口の顧客ではないが、社長が店主と前職時代から付き合いがあり、トイズアニマ立ち上げ時からの取引相手である。通常、カプセルトイは代理店を通して各販売店へ分配するが、なにぶん付き合いが長いので、ヤマウチ玩具へは直接商品を卸していた。

各種納品数を記録したファイルを開くと、たしかに納品数は十ロット、記録者はゆめりの名前になっていた。

『あんたでしょ、俺の注文受けたの！　言われた数を聞き取るくらい、子供だってできるはずでしょう!?　あんた歳いくつ!?』

「は、はい、三十ですが」

『その歳まで何してきたわけ！　困るんだよねほんとに！』

「申し訳ございません、すぐに上の者と相談させていただいて……」

『あんた、名前は』

「花咲ですが」

『それはわかってるよ！　苗字だけが名前なのかい！』

「い、いえ、失礼しました。花咲ゆめりと申します」

『はなさき、ゆめり？』

受話器の向こうで、鼻を鳴らす音がした。

『ふざけた名前だね。親は何考えてるんだか。そんな親に育てられたから、仕事もまともにできないんだろう』

ゆめりだって、好きでこんな名前なわけじゃない。「ゆめり」はかわいい響きだし、もっと世代が下の子ならありふれた名前かもしれない。でも、ゆめりの歳ではそんなに一般的な名前ではなかった。ただでさえ目立つのに、ゆめりのような地味な顔立ちと性格の人間に、「花咲ゆめり」というキラキラした名前はミスマッチだった。小学生の頃はよくからかわれたから、クラス替えで名前が張り出されるのが憂鬱だった。

『聞いてる!? 花咲さん！』

名前を呼ばれ、びくりと肩が跳ねる。いけない、冴えない思い出に浸ってる場合じゃない。山内氏の怒りを左耳から浴びながら、どうしようと頭の隅で思考を回す。カプセルトイは発注数が確定してから製造しており、余剰はない。おまけにこの商品は前作が人気だったためシリーズ化したもので、今回も相応の需要が見込まれる。返品だって望めない。

「申し訳ございません。在庫数を確認した上で、折り返しご連絡させていただいても……」

よろしいですか、という語尾をかき消すように怒声が響く。

『よろしくないよ！　急いでるって言ってるでしょ！』

そうは言っても、この場で確約はできない。「ですが、不確かなことをお伝えするわけにも参りませんので」と続けると、山内氏は落ち着くどころかますます激昂したようで、声のボリュームが一段跳ね上がった。受話器の外にまで漏れるほどだったようで、見かねた麻美が電話を替わろうかと身振りで示している。

首を横に振ろうとしたその時、視界の端にてろんとからし色のネクタイが垂れ下がった。横を向くと、ストライプ柄を止まり木がわりにした、オウムの刺繡と目が合う。

通路からぬっと身を乗り出した人が、ゆめりの手から受話器を奪った。

「もしもし、お電話替わりました。はいはいそうです、木庭です。担当替わってからご無沙汰してまして、すみません。近々顔見せようとは思ってたんですよー」

電話を取り上げたその人は、ゆめりに向かって「ごめんね」と手を揃えて見せた。

「いやいや、そんなことないですって。山内さんみたいな昔ながらのお店があってこそじゃないですか。最近はレトロブームとかいって、若い子の間じゃそういうのが良いって話になってるんですって。僕ですか？　僕はもう三十過ぎなんで、十代二十代の子からしたら全然おじさんですよー。そしたら俺はどうなるって？　嫌だな、僕の口からはそんなことはとても言えませんって、あははー」

受話器から、笑い声が漏れ聞こえた。数十秒前まで激怒していた人が、笑っている。

「それでね山内さん、この度はご迷惑おかけして本当に申し訳ありませんでした。該当の商品なんですが、サンプル品として弊社に五ロットと、前作も同じ数の在庫がございまして……そう、そうなんですよ。前作の方は今、ネットでだいぶプレミア付いてますよね」

軽快に話し続けるその人は固まったままのゆめりに「もう大丈夫」と口パクして、にかっと白い歯を見せた。

「そうですか！　いやーそう言っていただけますと、もう、大変助かります。いえいえ構いませんよ、どうせ処分することになる品ですから。人気商品だからといって、どこかに流すわけにもいきませんし。くれぐれもご内密に願いますよ、山内さんだからお願いできるんです。ええ、僕がすぐにお持ちします。はい、それでは後ほど」

　受話器を置くと、その人――木庭颯太はふうっと一つ息を吐いた。

「すみません！　ありがとうございます、木庭さん……」

「いいっていいって。それより怖かったでしょ。あんな怒鳴んなくてもいいのにねー」

　颯太はゆめりより二年先に入社した営業部の先輩だが、物腰柔らかな上に仕事も優秀、柔軟剤のＣＭにでも出演できそうな清涼感を漂わせた風貌で、誰からも悪い評判を聞かない。しいて難点を挙げるとすればネクタイのセンスが独特なことくらいだけど、颯太が締めていると変な柄でもかわいく見えてしまうから不思議だ。

「そんな。私のミスなので、怒られても仕方ないです」

「いやいや、山内さんけっこう忘れっぽいからさ。僕も何度か約束すっぽかされてるし。口頭注文なんでしょ？　案外、向こうが勘違いしてるだけかもよ」

「そ、そうですかね。いえ、それでもお電話いただいた後で、注文書の送付をお願いしておけばよかったんです。本当にすみませんでした」

　ゆめりが深々と頭を下げると、颯太は困ったように頰をかいた。

「じゃ、なんかのついでに飲み物でもおごってくれる？　それでチャラにしよっか」

　颯太はそう言って立ち去ろうとしたが、振り返り、「あ、ブラックコーヒー以外でお願いできると助かるな」と付け加えた。

「ブラック、苦手なんですか？」

「舌がいつまでも子供のままでさ」

颯太は照れ笑いを浮かべると、「じゃあね」とひらひら手を振った。早速ヤマウチ玩具に向かうのだろう、オウム柄のネクタイをひるがえし、颯爽と歩き去っていく。

残されたゆめりは、一人赤面した。クレーム一つおさめられず、他部署の人、それもよりによって颯太に助けられてしまうなんて。

「やっぱできる男は違うね～」

麻美がおどけた口調で言った。ゆめりを励まそうとしてくれているのが声音から伝わって、余計にいたたまれない気持ちになる。

「すみません、古賀さん。お騒がせしました……」

「いいよお。こんなのオペ部にいたら茶飯事だし、解決したの木庭くんだし」

麻美は机の引き出しから個包装のチョコを取り出し、ゆめりのデスクに置いた。麻美お気に入りの銘柄らしく、よく分けてくれる。包み紙を見るに、今日は夏限定マンゴー味らしかった。海外メーカーの、ゆめりだったら自分用には買わないだろうお高めのやつだ。

「山内さん、何回言っても注文書寄越さないで電話で済まそうとするからこういうことになるんだよねえ。私も昔はよく怒鳴られたわ。ていうか発注数はともかく、名前とか歳はなんも関係ないじゃんね。ああいうのは答えなくていいんだよ」

「いえ……すみません。ありがとうございます」

　すみませんとありがとうございますを繰り返すしかない自分が情けなくて、このまま溶けて消えてしまいたくなる。でも炎天下の外ならいざ知らず、冷房が効きすぎて寒いくらいのこのオフィスでは、チョコレートだって溶けたりしない。

　なんにしても大事になんなくてよかったよかった、と麻美はゆめりに渡したのと同じチョコを口に放り入れて仕事に戻った。

　ゆめりはもらったマンゴーチョコをそっとポケットに入れた。今食べても、きっと味がしない。せっかくいいチョコなのに、それじゃあ麻美にもチョコにも悪い。おいしいものは、おいしく食べなくては。

　仕事に集中しようと作業に戻ったけれど、さっきの電話についてとか、颯太にどう思われただろうかとかが頭の中をぐるぐる駆け巡って、まったく身が入らなかった。何も考えなくていいから好きな作業なのに、今はそのせいで余計なことが次々頭に浮かぶ。得意の妄想も、今はさすがに出てこない。

　助けを求めるように、ゆめりはラズベリーハートのフィギュアを見つめた。けれどラズベリーハートは満面の笑顔を浮かべたまま、なんにも言ってはくれないのだった。

　その時ちょうど、十二時を報せるチャイムが鳴った。

「あ、ほら、お昼だ。おいしいもんでも食べて元気出してきな」

　麻美の声に「そうですね」と返事をしたものの、ゆめりの昼はいつも通り、自作のお弁当だ。クオリティよりコスト重視、激安冷凍コロッケメインのお弁当で元気が出るかといえば、微妙なところだろう。

「でもこれってチャンスかもだよ、ゆめり」

唯一の同期である新島志保は、サラダパスタをにゅるんと吸い込みながらそう言った。

ゆめりは会議室兼休憩室で、志保に午前の出来事を泣き言まじりに話したところだった。

「チャンスって、何が?」

志保は周りを気にするそぶりをして、耳元に顔を寄せた。夏らしい爽やかなシトラスの香水が鼻をくすぐる。季節感に乏しいオフィスの中でも、志保は夏をまとっている。エアコンの冷風に浮き出た鳥肌で季節を感じているゆめりとは大違いだ。

「飲み物おごってって言われたんでしょ? それだけじゃ申し訳ないとかなんとか言って、食事にでも誘ったらいいじゃん」

志保は瞳をらんらんと輝かせている。恋愛話がなにより好きな体質なのだ。恋愛リアリティショーもかかさず見ているが、一番の好物は作り物じゃないリアルの恋愛だと、普段から言ってはばからない。

「いやいやいや無理だって。新卒みたいなミスして助けてもらっといて、そんなの図々しすぎる。今は恥ずかしすぎて、木庭さんに話しかけようとしただけで死にそうなんだよ。私を殺したくなかったら、お願いだからそっとしといて……」

うずくまって頭を抱えると、「木庭さんはそんなの気にしないって」と志保は笑いながらゆめりの背中を叩いた。

「そもそも私と木庭さんじゃつり合わないから。勝手に憧れてるだけだから」

「そんなことないですー。向こうもゆめりのことかわいがってくれてるって。じゃなきゃ助けたりしないでしょ？　ネクタイセンスにだけ目つむれば、木庭さん完璧じゃん」

でもネクタイがああだと私服がアレな可能性があるか……と志保は勝手に思い悩み始めたかと思うと、「ま、そうだとしても付き合ってからじっくり修正してけばいいわけだし！」と前向きな結論を一人で導き出していた。

「ほら、想像してみてよ。あっちから付き合ってほしいって言われたら？」

志保に揺すられ、ゆめりは緩慢に顔を上げた。

「そりゃ……嬉しいけど。でもそんなことあり得ないし、木庭さんに失礼だよ。ていうかバレた？　と笑いながら、志保はサラダパスタの容器に入り込みそうになった後れ毛を志保は、身近で他人の恋愛を眺めたいだけでしょ」

耳にかけた。その毛先はさりげなく、しかし綺麗に巻かれている。

「ま、ゆめりが乗り気じゃないならしょうがないか。でもさ、アプリの人とはもう会ってないんでしょ？」

思わずうっと言葉に詰まる。

ゆめりは大学時代以来、彼氏がいない。その元彼だって「大学生なのに彼氏もいないなんて」という思い込みから付き合った人だったから、大した関係にはなれなかった。向こうもだいたい同じような感じだったから、ある意味ではお似合いだったけど、一緒にいたってどうしようもなかった。

それなのに懲りることなく、友達が次々結婚していくことに焦ってマッチングアプリに手を出した。だけど案の定というかなんというか、ようやく会うところまで漕ぎつけた人は、一度ご飯に行っただけで連絡が途絶えた。いい人そうだったけど、待ち合わせで目が合った瞬間、「なんか想像してたのと違うな」という光が目に瞬いた気がした。見間違いだと思いたかったけど、実際連絡が来なくなったのだからそういうことだろう。

以来アプリにはログインしていない。「選ばれない」感覚は心身にクる。もう嫌だ何もしたくないと大の字になってしまうくらいには、十分に。

というか自分は本当に彼氏がほしいんだろうか？　考え始めるとどんどんわからなくなる。彼氏でこれだから、結婚なんて遥か彼方、ゆめりと地続きの現実とも思えない。

「やっぱりさ、ゆめりはそういうのより身近なところから探すのが向いてるって」

「身近にいないから、アプリ入れてみたんだってば」

「だから木庭さん」

「木庭さんは憧れでいいの！　もうしばらく独身でいてくれたら嬉しいかなくらいの、手が届かない推し的な感じで……」

「推しぃ？　木庭さんはアイドルでも二次元でもないじゃん。届かないとか言う前に、ちょっとは手伸ばしてみたらいいのに」

　口ごもったその時、志保の左手薬指で、見慣れない指輪が光るのを見た。ダイヤモンドの輝きが目に入った瞬間、胃に入れたばかりのコロッケがずんと重みを増す。

「え、志保、それって、もしかして」

「あ、やっと気付いてくれた？」

　志保はパスタをテーブルに置くと、婚約会見でよくある、指輪を見せるためのポーズを「じゃーん」と口で言いながら取った。これがあったから、いつもに増して恋愛話をしたがったのか。本当は一番にこの話をしたかったのに、ゆめりがつまらない愚痴を始めてしまったせいで言い出せなかったのだろう。

「うわー、おめでとう！　いつプロポーズされたの？」

「二日前。もう、待ちくたびれたわ。六年も同棲とかありえないって」

　ほんとにおめでとう、と繰り返すと、志保は「んふふ」とこらえきれない笑みを漏らした。口では文句を言っていても、幸せオーラが後光みたいに放たれている。志保にこんな顔をさせられるのだから、結婚ってやっぱりすごいのかも……という気がしないでもない。

　話し声が大きくなりすぎたのか、誰かが休憩室のテレビの音量を上げた。ゆめりと志保は小さくなり、そろってなんとなく画面を見上げた。

『では、本日のスペシャルゲストにご登場いただきましょう！　魔法少女兼アイドル、宵町かのんちゃんにお越しいただいてまーす！』

司会の声と共に、不機嫌そうな顔の少女がスタジオに現れる。毛先のくるくるした赤髪ツインテールの猫目美少女は、中央につかつか出ていくと、腕組みして吐き捨てた。

『だーから逆だって、いつも言ってんじゃん！　正しくはアイドル兼魔法少女ね。魔法少女業なんかついでだから』

少女は口をとがらせ、魔法少女衣装の真っ赤なスカートをつまみ上げた。

スタジオはどっと笑いに包まれる。

『魔法少女ってさ、もっとキラキラしてて正義感強めなんじゃないの？　世界の平和は私が守る！　みたいなさ』

『いやもー、普通にめんどいんだわ。薄給だし、黒禍はキモいし。みんなあたしのライブじゃんじゃん来て、配信に投げ銭しまくってよね。じゃなきゃ割に合わなすぎ。お前ら、あたしに命救われてる自覚ある？』

少女はカメラに向かって指を差した。

指先を自分に突きつけられたようで、どきりとする。

『はーしんど。登場は魔法少女姿でって言われてたけど、もういい？　いいよね？』

少女がくるりと回ると、魔法少女衣装が溶けるように消える。

代わりに、赤チェックの丈の短いジャケットにタイトミニスカートのアイドル衣装に身を包んだ、ボブカットの少女が現れた。スカートから長い足が伸び、ごつめのブーツが足の細さを強調している。ジャケットの陰から覗いたおへそがまぶしい。

赤い髪色と大きな猫目が特徴的な顔だけが変わらず、こちらを睨んでいる。

「宵町かのん、好きなの？　リアル魔法少女だしね」

志保は会社で数少ない、ゆめりの魔法少女好きを知る一人である。

うーん、とゆめりは低い声でうなった。

「わかんない、けど……。この子はちょっと違うかも」

「はは。たしかにこの子、魔法少女の王道イメージとはちょっと違うよね。毒舌売りだし、むしろゆめり苦手そう」

かのんが司会者に『もう一回変身してみてよ』といじられているのから視線を外す。

志保の言うとおり、ゆめりは宵町かのんがあまり好きではない。

彼女こそ、黒禍との戦闘を配信し、世に魔法少女の存在を知らしめた当人である。しかしかのんは魔法少女になったのはアイドルとして名前を売るためだと公言してはばからず、ゆめりとしてはなんとなく「魔法少女」を利用されている気がしてしまう。

「そんなこと今はいいんだって。それより、えっと、結婚式はやるの？」

「うん、絶対やる。いつにするかは決めてないけど、ゆめりは必ず招待するから」

「楽しみにしとくね。あらためておめでとう、志保。お祝いに今度ご飯でもおごるよ」

「やった！　結婚したら夜とか出歩きにくくなるかもだし、今のうちによろしく！」

ゆめりはちょっとびっくりして、志保の顔を見た。

そっか、結婚するって、そういうことか。

これまで仕事で落ち込んだ日は、志保が飲みに連れ出してくれた。だけどこれからは、どんよりした気分を抱えたまま誰もいないマンションに帰ることになるのか。

「さびしくなるなあ……」

志保が結婚しなかったらいいのにな、と一瞬思った。思って、すぐに打ち消した。たぶんというか絶対、これは正しくない気持ちだ。ゆめりは志保が今の彼氏と付き合い出してからずっと話を聞いてきたし、結婚したい、だけどあっちにその気があるかわからないと、酔いにまかせて泣くところだって見てきたのだ。

「かわいいこと言ってくれるじゃん。何おごってもらおっかな。いつものイタリアンもいいけど、たまには韓国料理とかもいいかも。シンプルに焼肉もいいし……」

指を折ってお店の候補を考える志保を横目に、ゆめりはほとんど嚙まずに二個目の冷凍コロッケを飲み込んだ。ぱさぱさした衣が喉につかえて、ちょっとむせる。

テレビの中では、宵町かのんが『若手芸人考案！　ズボラ飯食レポ』という企画に挑戦している。かのんは何を食べても『まっず』と下げさせるか、『食えなくはないけどさあ……』と顔をしかめていた。その度に、ひな壇のタレントたちは大げさな笑い声を上げた。

ゆめりは一人残業していた。午前中のミスで怖くなってしまい、発注書と自分で打ち込んだ数字が間違っていないかを照らし合わせていたのだ。

無音の中で数字を見つめていると、志保の結婚のことが頭を過る。

志保が幸せなら、ゆめりも嬉しい。嬉しいはずだ。

そのはずなのに、心は嬉しい時の動きをしてくれなかった。

また、置いていかれる。みんなが魔法少女ごっこをしなくなった時と同じように。

バカみたいだと自分でも思うのに、そんな気がした。

志保だけじゃない。学生時代の友達だって、もう半数以上が結婚してる。子供を産んだ子もいれば、マンションを買った子もいる。麻美は「一生結婚しない」と宣言しているが、投資で着々と貯蓄を増やすかたわら、趣味の海外旅行に頻繁に行っている。同じ独身でも、自分がどうしたいのかわからないまま歳を取っていくゆめりとは全然違う。

みんな、ちゃんと自分の人生を決めて歩いている。

ゆめりだけだ。三十になってもまだ、目の前のことをこなすので精一杯なのは。

「……あー、もう。なんで私ってこうなんだろ」

うだうだ悩み続けるばっかりで、自分のことながらうっとうしくなる。

「こんな大人になるつもりじゃなかったのになあ」

小声で話しかけたラズベリーハートは、やっぱり満面の笑みを浮かべている。

とにかく今は仕事だけでも片付けようと、一か月分の発注書をさかのぼり終えた。

どこにも間違いは見当たらない。だけど今朝のミスは口頭のやりとりで発生したのだから、このやり方では防ぎようがない。無駄な残業だ。やはり次にヤマウチ玩具から電話を受けたら、怒鳴られても発注書を送ってもらうように粘るしかないだろう。考えただけで憂鬱（ゆううつ）だけど、今日は金曜で、とりあえず土日は何も考えずに済むことが救いだ。

　時計を見ると、九時を回っていた。もう帰ろう、とオペレーション部の照明を落とす。周囲が暗闇に沈んでも、窓際の営業部にはまだこうこうと明かりが灯っていた。メンバーの数人が残っていたが、その中に颯太の姿はない。気まずいなんて言ってないで、昼間の内にお礼を渡しにいけばよかった。時間が経てば、ますます声をかけづらくなる。後悔（こうかい）しながら、ゆめりはオフィスを後にした。

　ビルから出た途端、生暖かい風が吹き抜けた。アスファルトからも昼間の熱気が立ち上ってくる。一日中エアコンにさらされて冷え切った肌に、さっそく汗がにじみ始めた。

　トイズアニマの入るビルは、繁華街（はんかがい）からは遠い。池袋という地名からは想像できないほど静かで、通りはスマホの明かりに目を落とした人が歩いていくのがぽつぽつと見えるだけだ。ここから赤羽（ぎりぎり都内、埼玉との県境）にある自宅マンションまで、埼京線で一本。遅くなってしまったし、今日はお弁当屋さんに寄ろう。冷凍ごはんも作り置きのナスの焼きびたしもあるから、メインのおかずだけ買ってもいい。

　さて何を食べようか、と考え出したところで、男の人の叫び声が頭上から降ってきた。

　え、と思って空を見上げる。

　声の出所を探すまでもなく、「それ」は降ってきた。

　ゆめりが出てきたばかりのビルの屋上から、黒い影が落ちてくる。

　この大きさ、それにさっきの声――もしかして、人？

刹那、全身の血の気が引いた。

ビルは十階建て、下はコンクリート。落ちたらどうなるか、考えるまでもない。

どっどっどっと心臓の音ばかりが体中に響いて、動くどころか声も出ない。ゆめりはただ、固く目をつぶることしかできなかった。

しかしいつまで経っても、なんの音も衝撃もなかった。

おそるおそる開いた目にまず飛び込んできたのは、くるぶしまで垂れた長いスカートの裾だった。真っ青なそれが、ゆめりの目の高さではためいている。

誰かが、何もない宙に立っている。

思わず顔を上げると、虚空を踏みしめたその人が振り返った。

額に嵌め込まれたダイヤ形の宝石が、ぼうっと青く光る。

視線がかち合い、氷を思わせるアイスブルーの瞳がわずかに細められた。

スーツ姿の男性をうつ伏せに肩に担いでいるが、ゆめりを見下ろしているのはその剛力に似合わない十八、九の少女だった。銀の甲冑に身を包み、腰には剣を下げ、一房の三つ編みにまとめ上げた銀髪を夜風が吹くままなびかせている。鎧とスカートを組み合わせたその出で立ちは、まるでファンタジー系のゲームに登場する女騎士だ。

膝から力が抜け、ゆめりは思わずその場にへたり込んだ。地面についた尻から、アスファルトの熱がじわりと伝わる。

もしかして、魔法少女？

でも、宵町かのんでも、ほかの五人の魔法少女でもない。この女の子は見たことない。

それなら、まだ誰も見たことのない新しい魔法少女だろうか？

おさまらない動悸が、そのまま胸の高鳴りに変わる。

少女はスカートを揺らしてふわりと着地した。同時に、肩に担いだ人の胸元から垂れ下がったネクタイが目に入る。からし色の地に、刺繍されたオウム。

こんなネクタイを締めている人は、一人しかいない。

信じたくない思いで顔を見れば、案の定だった。

「き、木庭さん！　大丈夫ですか！」

「気を失ってるだけ。あれを倒したら、じきに目覚めるわ」

少女は颯太をゆめりの膝に預けると、頭上を指差した。

見上げると、屋上に「あれ」はいた。真っ黒い巨大な塊が、たぷたぷと体を揺らしている。夜闇よりもなお黒い触手が、屋上の手すりを越え、こちらの位置を探るようにうねっていた。見ていると汗が背を伝い、息苦しさを覚える。

「あれって、黒禍!?　じゃあ、あなたってやっぱり魔法少女……」

「悪いけど、説明してる時間はないの」

少女は地面を蹴り上げた。そのままビルの側面を走り、屋上の黒禍の元に到達するかに見えた――が、途中で姿が消えた。

「えっ」

少女はどこに、と辺りを見回す前に、頭上に何かが落ちてきた。着地の衝撃でぽよよんと弾んでいってしまいそうなその体を、反射的にがしっと捕まえる。

　ふわふわの毛並みに、手が沈んだ。捕まえたそれは、奇妙な生き物だった。長く大きな耳はロップイヤーみたいに垂れているけれど、尻尾（しっぽ）は長毛猫みたいにふさふさとゴージャスで長く、瞳はこぼれそうに大きい。サイズ感はちょうど小さめの猫、腕にすっぽりおさまるくらい。だけど猫と違って胴体に比べて頭部が大きく、ほぼ二等身だ。抱き心地はゆめりのベッドにいるサツキくんを思わせる。

「な、なに、これは」

「これって。物みたいな言い方しないでよ、失礼ね」

　ゆめりは目を瞬いた。

　たしかにさっきの少女の声がした。けれど周囲を見回しても、彼女の姿はない。

「まだわからない？　見なさいよ、これを」

　白いふわふわは短い手を伸ばし、毛をかき分けて額の中央を指差した。

　そこには、少女の額にあったのと同じダイヤ形の宝石が青く光っていた。

「えっ、じゃあ、あなたがさっきの女の子？　どうしてこんな姿に……」

　ふわふわはゆめりの手の中で、ファンシーな見た目に反してちっと鋭く舌打ちした。

「魔力切れよ、魔力切れ。やってらんないわ、あんな雑魚（ざこ）相手に！」

　こういう生き物を、そういえば宵町かのんの配信で見た。かのんが連れた「ルミナス」

というふわふわ――妖精、とかのんは呼んでいた――は、目の前にいる子と違って耳が立っていて、尻尾はリスみたいにくるりと巻かれていたように思うけれど、シルエットは似通っている。でも、この子は最初人間の姿をしていた。

　いったいどういうことだろうと考え込んでいる間もなく、無数の触手が地上に向かって伸びてきた。屋上の黒禍(こくか)がゆめりたちを見つけたらしい。

「と、とにかく逃げないと！　木庭さん、起きてください！」

「無駄よ。一度こうなったら、災厄の影(メルム・ウンブラ)――いえ、人間にとっては黒禍だったわね、とにかくあれを倒さない限り元には戻らない」

「そんな！　じゃあ、どうしたらいいの！」

　しょうがないわね、とふわふわは立派な尻尾に手を突っ込んでごそごそやったかと思うと、コンパクトを取り出した。中央には、ピンク色に輝くハート型の宝石がはめこまれている。宝石は、ふわふわの額のそれと同じように淡く発光していた。

「私と契約なさい。そうしたら助かるわよ」

　心臓が、軋(きし)むように一つ鼓動を打った。

　差し出されたコンパクトは、知らない物体のはずなのに見覚えがあった。

　何度も何度もアニメの中で見て、夢中になっておもちゃやレプリカを集めた。小さな頃は本当に変身できると信じて、呪文を唱えてそれを開いた。

　これは、選ばれた(とくべつな)子にだけ許されたアイテムだ。

目を落としたコンパクトの宝石が、ゆめりに向かってきらっと光る。

まるで「わかってるでしょ」と目配せするように。

「魔法少女になって。戦ってほしいの」

すり切れるほど見た夢、それが今、目の前で再生されている。

「それしか黒禍を倒す方法はないわ。あなたにしかできないことなの」

「わ、私が……？」

魔法少女に。

こんなことってあるだろうか、と震えながらもコンパクトに手を伸ばした。

少女の頃、「あなたの力が必要なの」と妖精が迎えにくるのを夢見ていた。だけどとうとうそれは来なかった。なのに今、憧れ続けた魔法少女の象徴が差し出されている。

三十歳になった、今になって。

はっとして、もう少しでコンパクトに触れそうになっていた手を止めた。

「ま、待って。私、三十歳だよ!?　魔法少女って歳（とし）じゃ……」

「こちらとしては問題ないわ。でも、嫌なら断っていいのよ。契約の無理強い（むりじ）は禁じられているから。ま、そうするとあなたもその人も、無事ではいられないけど」

そんな、と青ざめている間にも、真っ黒な触手は目の前に迫っていた。先端が、口のようにぐあっと開く。そこには白い歯が並び、舌らしき赤い肉がでろんと伸びていた。嗅（か）いだことのない臭気を浴び、鼻を押さえたが遅かった。

　胃が震えるような吐き気に襲われ、思わずうずくまる。

「ちょっと、何してんの！　立って！　黒禍に呑まれたら――」

　ふわふわの焦った声が、遠く聞こえる。

　立たなきゃ、逃げなきゃと思うのに、足に力が入らない。

　ゆめりの頬に、ひたりと生暖かいものが触れた。それが黒禍の舌だと気付いた瞬間、強烈な忌避感に、喉が割れるような悲鳴を上げた。


『ごめんね、ゆめり。ママがいけなかったね』

　そのセリフを聞いただけで、これは夢だとわかった。

　熱を出した時に見る、おきまりの悪夢だ。

　五歳の時、幼稚園で発表会があった。みんなめいめい好きなお洋服を着て、集会室で歌って踊りましょう、親御さんにも見てもらいましょうという、どこにでもあるたわいないものだった。衣装は幼稚園にあるものを借りても、親に用意してもらってもよかった。

　好きなお洋服と聞いて、ゆめりの頭にはラズベリーハートのコスチュームしか浮かばなかった。だから母に「ゆめりはどんなのが着たい？」と訊かれた時も、素直にそう答えた。

「それでね、ゆめり、自分で作りたいの！」

　魔法少女ラズベリーハートは、敵を倒すと手に入る星のかけらやリボンなんかのアイテムを使い、既存のドレスをバージョンアップしたり、新しいドレスを作ったりしていた。

同じことを自分でもやってみたかったのだ。

母は手伝おうかと言ったけど、ゆめりは首を横に振った。大人に手伝ってもらったら意味がない。ラズベリーハートはサツキくんと二人でドレスを仕上げているのだ。

母は「でもねえ、ゆめり。ゆめり一人で上手くできる？」と困ったように首を傾げた。

「大丈夫だよ、ママ。ラズベリーハートとおんなじようにやるから」

それでもなんとか言いくるめられ、原形は市販のピンク色のドレスを使い、デコレーションだけほどこすことになった。

ゆめりはプラスチックのビーズやチュールの端切れをテーブルに広げ、サツキくんぬいぐるみを従えて作業に取りかかった。母はゆめりが針を持つのをはらはらと見つめていたが、案の定、針先で指を突き、血の玉をぷっくりと浮き上がらせた。痛みよりもびっくりしてしまって、ゆめりは泣いた。ラズベリーハートだったら、敵と戦って怪我をしてもサツキくんが魔法で治してくれるけれど、ゆめりのサツキくんはぬいぐるみなので、母が代わりに絆創膏を巻いてくれた。母はどこかほっとしたように「ほら、ゆめりにはまだ難しいんじゃない？　ママがやろうか？」と言ったけれど、やっぱり首を縦に振らなかった。

怪我をしたことで（怪我というほどでもなかったのだけど）、よりラズベリーハートに近付けた気がした。困難を乗り越えてドレス作りに邁進する自分に、幼いながら酔っていた。

努力の甲斐あって、ドレスは発表会前日の夜に完成した。頑固に一人でやり通したせいで時間がかかってしまったけれど、満足のいく出来だった。ピンクのリボンを腰に巻き、スカートの上からチュールをかぶせ、さらにパールビーズを裾にぐるりと一周分縫い付けたドレスは、ラズベリーハートが着ていたのとそっくり同じに見えた。

試着してみようか、と母は言ったけれど、ゆめりはこの提案にも頷かなかった。「変身するのは本番だけだよ！」とドレスをいそいそとかばんに詰め込んだ。

その夜は、どきどきしてよく眠れなかった。

そして当日を迎えた。クラスメイトのみんなは、くまの着ぐるみに身を包んだり、お姫様みたいなティアラを頭に載せたりしていたけれど、ゆめりのドレスより素敵に思える衣装は見当たらなかった。胸を高鳴らせながらドレスに袖を通し、先生に背中のファスナーを上げてもらった。この日のために教室に置かれた姿見に映るゆめりは、ラズベリーハートそのものだった。

ゆめりは意気揚々と、みんなと一列に並んで集会室の壇上に上がった。

歌まではよかった。ラズベリーハートのドレスを着ている、それも自分で作ったドレスを、という気持ちがこみ上げて、いつもより大きな声で歌えたくらいだった。

やがて出し物はダンスに移り変わった。

ダンスといっても、ちょっと回ったり、腕を動かしたりするだけだ。

でも、甘い縫い付け方をされたパールビーズは、微々たる振動にも耐えられなかった。

ゆめりが振り付け通りくるりと一回転した瞬間、糸が切れた。

いくつものビーズが音を立てて床に落ち、辺りに散らばった。何人かのクラスメイトは、それを踏んで転んだ。ずっと練習してきたダンスを本番で失敗してしまったと気付いた子たちは、ひっひっとしゃくり上げ、声を上げて泣き始めた。

発表会は完全に中断してしまった。泣き出した子につられ、わけもわからず泣き始める子に、おろおろと右往左往する先生、困惑しきった親たち。もしこの状況が自分のせいだとバレたら――怖くなって、ゆめりはその場から逃げ出した。

先生が追いかけてくる声にも立ち止まらず、教室まで逃げ帰った。

そして姿見に映った自分を見て、ぎょっとした。

鏡に映ったゆめりは、変だった。変なドレスを着ていた。パールビーズが取れてしまったことだけじゃない。リボンは左右の膨らみの大きさが違って歪んでいたし、チュールは裾の長さが揃っていなくて、ぼろきれがくっついてるみたいだった。

今朝、着替えた時は完璧に見えた。でもそれは、ゆめりが浮かれてたからそう見えただけだと、今わかった。わかってしまった。ママは最初から知っていた、ゆめりが変なドレスを作ってるって。だから何度も手伝おうとしてくれた。なのにゆめりが断った。

魔法はすっかり解けてしまった。今すぐにドレスを脱ぎたかったけれど、一人じゃ背中のファスナーに手が届かない。腰に手を回しても、チュールの上をカサカサと手がすべるばかりだった。どうしようもなくて、うずくまってしくしく泣いた。

自分みたいな子が、ラズベリーハートになりたがったのがいけなかったんだ。そのせいで、みんなの発表会をだいなしにしてしまった。先生もクラスメイトも、きっとゆめりのドレスを笑ってたし、ゆめりのことが嫌いになった。

チュールが素肌にちくちく刺さって、足がかゆくて仕方なかった。涙はサテン生地の上を、吸い込まれずにすべっていく。まるでドレスにも、ゆめりの涙は持て余されてるみたいだった。

それから、どうやって家に帰ったのかは覚えていない。覚えているのは、その夜に母がひとりごとのようにつぶやいたことだけだ。

「ごめんね、ゆめり。ママがいけなかったね」

あの発表会から、二十五年が経った。

それなのに、ゆめりにとって悪夢の定番は未だにこれだった。五歳の頃のささいな出来事が最大の悪夢だなんて、なんて平和で、つまらない人生だろう。

けれど今日は、いつもの悪夢とは様子が違った。

ゆめりがいるのは、発表会のあった集会室でも教室の姿見の前でもなく、何もないだだっ広い空間だった。空間には壁がなく、天井と床ばかりが平行にどこまでも続いている。どちらにもチュールがびっしりと敷き詰められ、ピンク色に染まっていた。天井には、大きなパールビーズと不格好なリボンも輪飾りのように飾られている。

ゆめりは自分の手を見た。五歳の子供ではなく、大人の手だ。仕事中にこすったらしい、ボールペンのインクが手についたままだった。

「やっと起きたの。待ちくたびれたわ」

少女の声に、はっと振り返る。例のふわふわが、宙に浮いてゆめりを見ていた。

「なんであなた、私の夢に……」

「夢？　違うわよ、ここは黒禍の中。あいつらは呑み込んだ人間の頭の中を覗いて、悪夢を引っ張り出すのが習性なの。まったく悪趣味な化物よね」

ため息まじりに言われて、会社を出た途端に黒禍に遭遇したことを思い出す。

「木庭さんは!?」

「あそこで伸びてるわ」

ふわふわの尻尾が指し示した先で、スーツ姿の颯太が倒れていた。駆け寄ろうと一歩踏み出すと、靴裏でチュールがすべる。がさりとした懐かしい感触に、鳥肌が立った。

颯太のそばに膝をつくと、あの日肌をちくちくと刺したチュールの手ざわりが、膝頭にそっくりそのままよみがえった。五歳のゆめりの胸をいっぱいに占めていた恥ずかしさ悲しさまでが再現され、呼吸が苦しくなる。それを振り払うように、叫んだ。

「木庭さん！」

颯太の顔は蒼白で、いくら呼んでも揺すっても目を開けなかった。

「無駄よ。その人を起こして、ここから出る方法は一つしかない」

正体不明のふわふわは、あらためてコンパクトを差し出した。

「黒禍を倒せるのは魔法少女だけ。可能性があるのはゆめりだけよ」

どうしてこの子は、私の名前を知ってるんだろう。

　かすかな疑問は、追い詰められた状況の前にかすんでいった。差し出されたコンパクトの中央で光るピンクの宝石の中に、弱りきった顔をしたゆめりが映り込んでいる。

「……倒せなかったら、どうなるの？」

「ゆめりも私も、そこの男も死ぬのを待つだけね。そしてさらに悪いことに、黒禍が体内に人を取り込んだ状態では、外側からの攻撃では倒せなくなる」

「つ、つまり私たちがここから出なきゃ、黒禍がずっと街で暴れ続けるかもってこと？」

「そういうことになるわ」

　ゆめりや颯太、この女の子（？）が死んでしまう上に、街の被害がどれほどになるかもわからない。それはだめだ。なんとかできる可能性があるなら、ほかのあれこれはひとまずおいて、やってみるしかない。

　もう一度コンパクトに触れかけたその時、くすくすと耳元で笑う幼い少女の声がした。振り返ると、そこにいたのはゆめりだった。五歳の姿で、あの時作ろうとしたラズベリーハートのドレスを着ている。だけど、違うのは――それが、きちんとゆめりが思い描いた形に縫われていることだった。リボンは腰の真ん中で左右対称に広がり、チュールの裾はまっすぐな線を描き、パールビーズは等間隔にたわんでいる。

　たぶんこれは、母に手伝ってもらったらこうだった、というドレスだ。

　つまりそこに立っているのは、間違えなかった五歳のゆめりだった。

――ゆめりなんかが、ラズベリーハート（まほうしょうじょ）になりたがったらいけないんだよ。

少女の声が、頭に直接響く。

――そんなことしたら、ママも先生も、みんなも困るよ。ゆめりがそんなだから。

少女はゆめりをひたりと指差した。

ふと、肌にざらついた感触があった。ゆめりは自分の体に目を落とす。

喉から、小さな悲鳴が漏れた。懐かしい、あのドレスが体を包んでいた。もちろん、目の前の少女のような「正しい」ドレスじゃない。ゆめりが作った、「間違えた」ドレスだ。

――恥ずかしいんだ。似合いもしないのに、もう大人なのに、そんな服着て。

ゆめりは思わず、ドレスを隠すように両腕で自分を抱きしめた。

ふわふわがちっと舌打ちする。

「放っておきなさい。黒禍は人の弱みにつけ込むのが得意よ。もう一度言うわ。木庭颯太を助けたければ、魔法少女になるしかない」

ゆめりが答える前に、ゆめりが得意そうに口を開いた。

――ゆめりが何かしようとすると、いつも誰かが困るの。どうせなんにもできないくせに出しゃばって、恥ずかしい思いをするのはゆめりなんだよ。

ゆめりの言うとおりだった。ゆめりは何もできない。発表会がいつまでも悪夢の定番なのは、あの出来事がゆめりの人生を象徴しているからだ。ちょっとやってみたいと思って手を出すと、周りに迷惑をかける。トイズアニマに就職したことだってそうだ。魔法少女に関わる仕事をしたいなんて欲を出すから、入社早々大失敗した。社長だってきっと採用したことを後悔しているし、周りにもお荷物だと思われてるに決まってる。

だってゆめりは何をやっても下手くそで、何をしたって人並み以下だ。だったら何もせず、何も決めず、おとなしくじっとしていた方がいい。

うつむいたゆめりの顔を、ふわふわの両手ががっとつかんだ。

「ああもう、煮え切らなくてイライラする！　余計なことは考えないで！　その男のこと、助けたいの、助けたくないの、どっち!?」

「それは……」

その時、颯太がうめき声を上げた。はっとして見ると、真っ白な顔に汗が浮かび、うなされているのか、口元が苦痛に歪んでいる。

「……助けたい」

ゆめりは唇を噛んだ。

昼間、颯太はゆめりを助けてくれた。放っておいたってよかったはずなのに、助けてくれた。それでどうして、何もしないでいられるだろう。たとえ失敗したって、最初から何もしないなんて許されない。

「魔法少女」なら、できないとわかっていたって立ち向かう。ゆめりの中に住む彼女たちに、顔向けできないようなことはしたくない。

きゃはは、と少女が甲高い声で笑った。

——無理だよ、ゆめり。自分のこともできないのに、どうやって人を助けるの？

ゆめりはその声を振るい落とすように頭を振った。握りしめたチュールの裾が、あの日のように手のひらの上をざらざらとすべる。

「私じゃ、無理かもしれないけど……」

ここで動けないなら、魔法少女が好きだと口にする資格はない。

「やってみなきゃわからないなら、やらなくちゃ」

ラズベリーハートの受け売りだった。悪夢の中の小さなゆめりだって、やってみたいからやったのだ。今のゆめりよりも、子供のゆめりの方がずっと勇敢だった。やらなければ、最初から失敗したのと同じ、なんにもないままだ。

「だからお願い。私を、魔法少女にして」

ゆめりの答えを聞いたふわふわは、口元をにっと持ち上げて笑った。かわいらしい見た目に似合わない、不敵な笑みだった。

「契約成立ね。私はミラ。よろしく、ゆめり」

ミラと名乗ったその生き物は、ゆめりの額にちゅっとキスを落とした。

その途端、開かれたコンパクトからピンク色の光があふれ出す。

光はゆめりの体を這い、やがて全身を包んだ。暖かい両腕に全身を抱きしめられるような心地よさと、誰かの手が体の中身をまさぐるような気持ち悪さが同時に襲ってくる。脳が快と不快の両極に引っ張られて、意識が飛びそうになる。

ゆめりはぎゅっと目を閉じた。

「身を委(ゆだ)ねて。大丈夫だから」

遠く聞こえるミラの声を、糸のようにたぐりよせる。どこかへ行ってしまいそうになる意識を、脳みそごと腕に抱いているような心地だった。

やがて、体を覆(おお)っていた光が弾けて収束する。

チュールの不快な肌触りがいつの間にか消えていて、代わりにくすぐったいくらいに心地よい感触が全身を包んでいた。

「なかなかいいじゃない。似合ってるわよ」

目を開けると、ストッキングにすら包まれていない生足と、ピンクのミニスカートが目に入った。視界にちらちら映る毛先がウェーブした髪は、本来のゆめりよりずっと長く、おまけに桜色に染まっていた。手を見れば、爪もピンクに塗り上げられ、ハートやリボンのデコパーツで飾られている。胸元には、大きなリボンが見えた。体をひねってみると、腰におそろいのリボンがくっついている。背中には小さな羽。力を入れるとぴょこぴょこと羽ばたいて、体が数センチ浮いた。

「はいこれ、武器ね」

ミラが尻尾で何か投げて寄越した。先端にピンクの宝石が付いたそれは、いかにも魔法少女的なロッドだった。ゆめりが大量に所持しているレプリカとは、重みが違う。

そんな場合じゃないのに、わかっているのに、体温がぎゅんと上がる。

本物だ。本物の魔法少女だ。

すごいすごい、ここに鏡があったら全身が見られるのに――と思って、血の気が引いた。

「どうしたの、ぶるぶる震えて。憧れの魔法少女になれて感激しちゃった？」

「そうじゃなくて！　いやちょっとはそれもあるけど、違くて！」

衣装やロッドがどんなに完璧な魔法少女をしてたって、顔と体は三十歳のゆめりなのだ。ここにはゆめりとミラ（と気絶した颯太）しかいないとはいえ、無理である。鏡がなくてよかった。あったら困る。そんなもの見たら、羞恥で脳が焼ける。

「さっきも言ったけど、私、三十歳なので！　この格好はかなり厳しいというか！」

「こういう服、好きだと思ったんだけど。違った？」

「違わないですけど！」

「じゃあいいじゃない。それに、恥ずかしがってる暇なんかないわよ」

ミラがいたずらっぽく笑うと、めりめりと何かが裂けるような音が聞こえてきた。見れば、幼いゆめりの脳天が卵のように割れ、そこから真っ黒な影と触手が這い出している。むきだしの太ももに鳥肌が立った。すがるように、ロッドを抱きかかえる。

「ほら。天敵が登場したから、本体のおでましよ」

さあ行くわよ、とミラはちゃっかりゆめりの肩に乗っかった。

そうしている間に黒禍は完全に羽化し、体を震わせて幼いゆめりの残骸を振り落とした。黒くぶよぶよした胴に短い足が無数に生えた、限界まで肥えきったクマムシのような体が現れる。子供のゆめりの中に、いったいどうやって収まっていたのか不思議なくらい巨大な姿だ。ニュースで見るものと比べても、だいぶ大きい気がする。体軀に比して小さすぎる豆粒みたいな二つの目と、ぽっかりと開いた口は、はるか頭上にあった。ここが黒禍の体内だから、サイズまで違うんだろうか？

「これが黒禍の本体。外のはハリボテみたいなものよ。安心して、本体を倒したら外側もいずれ死ぬわ」

「これを倒すって……」

象を三十頭分丸めたくらいの質量がありそうなこれを、倒す。ゆめりが、一人で。手がカタカタ震えるので、ロッドをぎゅっと握り締めた。

宵町かのんはどうやって戦ってたっけ？　こんなことになるなら、あれこれ文句をつけてないで、ちゃんと戦闘配信を追っておけばよかった。

その時黒禍が下を向き、小さな目がゆめりを捉えた。思わず身震いすると、黒禍はぞろりとした足の一本一本で床を踏み鳴らし、こっちに向かって走り出した。

「ねえ、私、どうしたらいい⁉」

「怯えなくて平気よ。こいつは雑魚だから、ゆめりが『消えろ』って思って頭ぶん殴るだけでも消えるわよ」

「ぶん殴る？　魔法少女なのに、魔法とかは……」

「そういうのは後からいくらでも教えてあげるから。今は説明してる時間が惜しいから、行って。ゆめり、けっこう素質ある方だもの。自信持っていいわ」

　自信を持てと言われても、ゆめりはそんなもの持てたことがほとんどない。しかも目の前に現れた黒禍本体は巨大で、殴ろうにも足元くらいしか触れられそうになかった。

「せめて、どうやってあんな高いとこまで行けばいいのかだけでも教えて！」

「なんでも質問してないで、まずはやってみなさい。さっき私が跳ぶとこ見てたでしょ」

「だって、あんなの普通できないよ！」

「魔法少女が普通だったことなんてあった？　魔法少女は特別な女の子。魔法を使えるだけじゃない、その肉体だって特別よ」

　ミラの言うとおりだった。魔法少女は、ぜんぜん普通じゃない。

　ゆめりは今、その普通じゃない魔法少女なのだ。

「……わかった、やってみる。失敗したら、ごめんね」

「大丈夫。ゆめりならできるって知ってるわ」

　鼻の奥がつんと痛んだ。ゆめり自身がゆめりのことを全然信用できないのに、どうしてこの子は会ったばかりでそんなことを言うのだろう。

　でも、今は泣くよりやるべきことがある。

　地面を蹴（け）ると、またもチュールに靴裏（くつうら）がすべった。けれど今度は、まるでゆめりを空中に押し出すかのようだった。体が軽く、重力なんかないみたいにふわりと宙に浮く。あまりの軽さに、かえって体勢を崩したくらいだった。

「ゆめり！」と首元にしがみついたミラが叱咤（しった）するように叫ぶ。

宙に浮いたゆめりは、戸惑った。どうしたらいいかわからないからじゃない。
逆だ。跳び上がった途端に、全部がわかったからだ。次に何をすればいいのか、手に取るようにわかる。神様が世界を一度バラバラにして、ゆめりの前でもう一度組み立てて見せてくれたような、そんな感じ。こんな感覚は生まれて初めてだった。特別な肉体、とミラが言った意味がよくわかる。自分の体なのに、まるで自分じゃないみたいだ。

天井からぶら下がったパールビーズとリボンの連なりを蹴りつけると、体がバネのように跳ね、ゆめりを黒禍（こくか）本体の頭部へ連れていった。

目の前に黒い体が迫り、どろりと濁（にご）った目がゆめりの姿を捉える。

全身に鳥肌が立ったけれど、どこかその感覚すら心地よかった。

「そこ！　振りかぶって！」

「わかってる！」

自動車教習所の教官みたいなミラの声に合わせ、ロッドを構えた。するとペンライト二本分くらいの長さだったロッドがむくむくと伸び、ゆめりの身長と並ぶほどになった。強く握ると、さらに先端の宝石も形を変えていく。幼い頃に憧れた、魔法少女（ラズベリーハート）やほかのすべての特別な女の子（まほうしょうじょ）の象徴である、ハート型をかたどる。

迫る黒禍の頭目掛けて、ロッドを振り上げた。いつものゆめりは三キロの米袋を息切れしながらなんとかスーパーから持ち帰っているくらい貧弱なのに、今は巨大なロッドをなんなく振りかぶることができた。むしろロッドの方が意志を持って腕を引くように、音を立てて風を切る。

　ミラがまだ何か叫んでいたが、声はもう耳に届かなかった。

　大丈夫、と目を閉じる。ミラが言ったように、大丈夫だ。

　負けない。負けるわけがない。ロッドをつかんだ手のひらから、確信が流れ込む。

　わけのわからない、未知の全能感が全身にみなぎる。

「消えろ！」

　ゆめりの喉（のど）が叫んだと同時に、ロッドが黒禍の頭に振り下ろされた。手には、たしかに何かを殴った感触があった。だけどその先にあるものが、生き物とは到底思えなかった。やわらかい弾力でロッドを拒（こば）むような、それでいて得物（えもの）を肉の奥へと沈ませ、自身の中へ引きずり込もうとするかのような、奇妙な感触。

　右腕に絡みついた怖気（おぞけ）に、ゆめりは思わずロッドを引いた。

　黒禍が咆哮（ほうこう）を上げる。目一杯に開かれた口から発される臭気にたじろいだのも束（つか）の間（ま）、ロッドが光り出した。

「ゆめり、叫んで！　『貫け（ペネトラーレ・サリーサ）』！」

「え、なに!?」

「『貫け（ペネトラーレ・サリーサ）』だってば！」

「……ペネトラーレ・サリーサ！」

　唱えると、宝石から放たれた光が一閃（いっせん）、黒禍の目に突き刺さる。

光は見る間に増幅し、光輪のような円状となって全身を貫いた。

黒禍の巨体がもろくも崩れていく。

ほっと息を吐いたのも束の間、もがくように伸ばされた触手の一本が足首をつかんだ。

ミラが指示を出すより早く、絡みついた触手にロッドの先端を押し当てる。焼き鏝を押されたようにじゅうっと音がして、ゴムが焼けるのに似た臭いが鼻をついた。

ぎいいいい、と錆び付いた扉を無理矢理こじ開けたような声が耳をつんざく。

ゆめりは思わず目をつむった。

声が途切れ、おそるおそるまぶたを開くと、すでに黒禍の姿はなかった。

ゆめりの体が、ゆっくりと地上へ落ちていく。丸く開いたスカートがパラシュートの役目を果たしているらしく、近付いた地面に向かって足を伸ばすと、すとんと着地できた。

辺りには、黒禍が千切れた破片と墨汁のような体液が飛び散り、ピンクの生地を汚していた。巨大な黒い水風船が爆発でもしたかのようだ。しかしそれも次第にかすんでいき、光の塵となって消えていく。

「初勝利、おめでとう。やっぱり私の見込んだとおりよ」

ミラがふわふわの両手をぽふぽふと打ち鳴らす。

これが勝利。なんだか呆気ない。

巨大なリボンやパールビーズで飾られた天井や床もぼろぼろと剝がれ落ち、空間そのものが崩れていく。まるで悪夢が溶けてゆくようだ。

気が付くと、ゆめりは見慣れたオフィス前の道路に立っていた。

「さ、仕上げよ。外側はほっといても死ぬけど、その前に被害が出たら困るでしょ」

見上げたビルの屋上では、触手をうねらせる黒禍の外側の姿があった。

ゆめりは屋上に向かって跳んだ。さっき人型のミラがして見せたのと同じようにビルの側面を蹴り、無我夢中で屋上まで駆け上がる。道を阻もうと伸びてくる無数の触手を、ロッドの一振りで払い落とす。

三十年生きてきてやっと、本来の自分の体に戻ったような心地だった。これまでは、何をしていいのか、いつもわからなかった。何をしてもうまくいかなかった。

でも今は、望んだとおりの現実が後からついてくる。

「呪文を唱えて。そうしたら、ロッドが応えてくれる」

ミラが耳元でささやいた。

「呪文って、さっきの？」

「なんでもいいの。頭に思い浮かんだことを」

真っ先に思い付いたのは、懐かしい言葉だった。それ以外にあり得なかった。

ゆめりは目を閉じて叫ぶ。

「『ミーティアの名において！　正義は絶対！』」

二十年ぶりに唱えた呪文だった。魔法少女ごっこをしていた子供のゆめりが、脳裏でラズベリーハートの決めポーズをとる。

その瞬間、ハート型の宝石から一筋の光が放たれ、黒禍の中心を射貫いた。黒い輪郭が霧散し、光の粉となって夜空に降る。騒ぎを聞きつけて集まってきた人たちが、地上で歓声を上げるのが聞こえた。

——まではよかったのだけれど、ロッドに宿った光は黒禍を貫通しても消えず、そのまま眼下の歩道を一閃した。嫌な音がして、アスファルトに亀裂が走る。人々が悲鳴を上げ、左右に割れる地面から逃げ出した。

「え、わ、うそ」

ロッドを隠すように抱え込んだところで、ようやくパトカーがサイレンを鳴らして到着した。降りてきた警察官たちは割れた地面を確認すると、やれやれとばかりに頭をかき、屋上のゆめりを見上げた。

思わずしゃがみ込み、手すりの陰に隠れてしまう。

「ゆめり、よくやったわ」

顔を上げると、いつの間に屋上に来たのか、ミラが誇らしげに胸を張っていた。

「でも、道路が……！」

「巻き込まれた人はいないみたいだし、大丈夫。これくらい黒禍と戦うなら当たり前よ。あとは人間側の行政が処理する。ま、魔力コントロールは今後の課題とするとして」

よかった、と安堵の息を吐きかけたのも束の間、はっと大事なことを思い出す。

「ミラ、木庭さんはどこ？」

颯太の名前を出すと、ミラの顔が曇った。さっと心臓が冷える。

あそこ、とミラは小さな手で地上を指差した。集まった人々や警察官が、地割れの横であおむけに横たわった颯太を囲み、肩を叩いて呼びかけている。

「木庭さん！」

ゆめりはためらいなく屋上から飛び降りた。駆け寄ると、人垣が割れる。颯太はうなされてでもいるかのように顔を歪め、苦悶(くもん)の声を漏(も)らしていた。

「なに、これ……」

頰(ほお)に、黒禍の残滓(ざんし)のような、黒くどろどろしたものがこびりついている。こすり取ろうとしても、肌の上を伸びるばかりでちっとも取れない。それどころか、頰から首へ、胸元へと、颯太の体を這(は)いずるように広がっていく。黒禍は消えたのに、まるで意志を持って颯太を蝕(むしば)もうとするかのようだった。

ミラを振り返ると、小さく首を横に振った。

「……黒禍に取り込まれてしまってる。そうなったらもう、助けようがないの」

「うそ！　なんで、黒禍は倒したのに！」

さっきまで全身にみなぎっていた高揚(こうよう)が、一気に冷める。どうしようどうしようと心臓がばくばくするばかりで、何もできないいつものゆめりに戻ってしまう。

颯太はまだ意識があるらしく、小さく口を動かした。

「なんですか!?」

耳を澄ますと、かすかな声で「大丈夫」と聞こえた。昼間に、電話を替わってくれた時と同じように。口元が引きつって見えるのは、まさか笑おうとしているのだろうか。

この人は、こんな時でも人の心配をしているのだ。自分が死のうとしている時にさえ。

あの束の間の全能感はなんだった？　この人を助けられないなら、なんの意味もないのに。

ロッドを握る手に、ぎゅっと力がこもる。

すると、手のひらに熱を感じた。握っていられないほどの熱さに、思わずロッドを離す。

「なに!?」

ミラを見たが、彼女も驚いたように目を見開いていた。

手から離れたロッドは、見る間に形を変えていく。

「これって、鋏……？」

現れたのは、巨大な黄金の鋏だった。ロッドがいかにも魔法少女らしいファンシーなデザインだったのに対し、落ち着いた雰囲気を漂わせたアンティーク調の大鋏だ。両刃の留め金部分に嵌まった宝石だけが、ロッドと同じピンク色に輝いている。

大鋏はまるでゆめりが手に取るのを待つように、静かに宙に浮いていた。

「そんな。魔法を使うことすら初めての人間が、固有魔法を？」

ミラがつぶやくのを聞きながら、無我夢中で鋏に手を伸ばした。

さっきの戦いは、ロッドが導いてくれた。この変形にだって意味がないわけがない。

ゆめりが鋏の持ち手をつかむと、颯太の全身に広がった黒禍の残滓の下に、黒い糸が見えた。糸は颯太の全身を縛(しば)り上げ、肌が赤味を帯びるほどきつく食い込んでいる。こうしている間にも新たに巻きつき、颯太の体を覆(おお)い隠そうとするかのようだった。

鋏はふたたび熱を持ったが、今度は持っていられないほどではなかった。むしろゆめりを鼓舞するような、「行って」と背中を押すような、そんな熱さだった。

「切り離して！」

ゆめりが叫ぶと、大鋏はふたたび手を離れ、金色の軌跡を描きながら夜空をすべった。鋏の両刃が開き、黒い糸をその口にくわえた瞬間、糸は黄金色に変わった。

シャキン、と小気味よい金属音が、ぬるい空気の中で冷たく響く。

「『切断(リベル・モイラ)』――」

ミラがつぶやく声と共に、颯太に張り付いていた黒禍(こくか)の残滓が、切れた糸に引かれるようにぼろぼろと零(こぼ)れ落ちていく。

大鋏は手元に戻ってくると、まるでフリスビーを取ってきた忠犬のようにゆめりに寄り添った。冷たいはずの金属が、ひどく温かい。

ありがとう、と大鋏の宝石を撫(な)でると、鋏は身を震わせ、溶けるように短いロッドに戻った。

途端に疲労が全身にのしかかり、その場に膝をついた。

「ど、どうなったの？」

「心配ないわ。ゆめりが黒禍から解放したから、この人は助かる」

ふーっと長いため息が唇から出ていく。

「よかった、本当に……」

覗き込むと、颯太はゆっくりとまぶたを開き、うつろな目がゆめりをとらえた。

「君は……？」

不思議そうな表情に、ゆめりは自分の格好を思い出した。思わず両手で顔を覆ったが、間に合ったかは疑わしい。我に返ってみれば、周囲には人だかりができている。警察官が見物人たちを押さえ、「下がってくださーい！」と声をかけているが、「新魔法少女？」というささやき声や、スマホのシャッター音がかき消されることなく耳に届いた。

まずい、と顔を隠したまま立ち上がると、颯太の唇がかすかに動いた。

「そうか、助けてくれたんだね。ありがとう……」

それだけ言うと、颯太はまた気を失ってしまったようだった。救急隊員の人たちが集まってきて、「せーの」とストレッチャーに彼を乗せる。

「ミラ、ミラ！　早く戻して！　この姿、知ってる人に見られたら終わる！」

「今戻したら、普段の姿も撮られるけど。いいの？」

ミラは慌てるゆめりを面白がるように、口の端を持ち上げて意地悪く笑った。

「いいわけないよ！」

「そう。じゃあ、黒禍も無事始末したことだし撤収ね」

退路を探して辺りを見回すと、警察官の一人がミラに声をかけた。

「報告はこっちでやっときますから。新人さん、いけそうなら登録頼みますよ」

　ミラは「はいはい、いけそうだったらね」とおざなりな返事をすると、ゆめりの肩によじ登った。まずはあっち、と頭上を指差す。すぐにも跳び上がろうとしたが、思い直して踏みとどまった。警察官と救急隊の人に「道路壊してすみません、後はよろしくお願いします」の意を込めて一礼し、今度こそ跳んだ。

「はい次、左のビルに。次、正面」

　地上から聞こえてくる、魔法少女の退場を残念がる声を振り切るように、ミラのナビに従ってビルの屋上から屋上へと飛び移る。まるでパルクールだ。魔法少女って、もしかして結構肉体派？　高所恐怖症じゃなくてよかった、と眼下に広がる夜景に身震いする。

「はい、ここでいいわよ」

　ミラがそう言った屋上で止まった。周囲は薄暗く、人の姿はない。どうやら池袋駅付近の路地にある雑居ビルの一つらしかった。

　ぱちんとコンパクトを閉じる音がしたかと思うと、握り締めていたロッドがふっと消えた。体に視線を落とすと、ピンクのコスチュームの代わりに、見慣れたブラウスとベージュのワイドパンツが戻っている。焦茶色の通勤バッグも、いつの間にか足元に落ちていた。

　バッグの肩紐をつかむと、途端に現実感が手のひらから流れ込む。ゆめりは思わず、屋上の手すりにもたれかかった。火照（ほて）った体に、鉄柵（てっさく）の冷たさが染みる。

「お疲れ様。初陣としては上々よ」

「あ、ありがとう……」

いろいろ訊きたいことはあるのに、のしかかる疲労が口を重くした。空腹を覚え、麻美からもらったチョコがポケットにあることを思い出す。口に入れると、マンゴーの香りが鼻から抜け、中からあふれ出したジャムの強烈な甘味が舌から全身へ回った。舌の上でチョコが溶けるのと一緒に、疲労も溶けていくようだ。ミラも食べたがったので、一つあげた。動物に人間の食べ物をあげたらだめだというけれど、本体（？）は人型だったし、たぶん平気だろう。

ミラは「なかなかいけるわね」と口元の毛並みをチョコで汚しながら、短い足で危なげもなく手すりに飛び移り、眼下の街を示した。

「見て、ゆめり。これがゆめりが守った街よ」

見慣れた池袋の、いつものごみごみした街並みだ。だけどそう言われて、悪い気はしない。特別好きだと思ったことはなかったけれど、ゆめりにとって、ここは八年も通った勝手知ったる街なのだ。

「疲れたでしょ。さ、帰るとしましょ」

ミラはコンパクトを通勤バッグに押し込むと、ぬぬぬと片手に載るくらいのサイズまで縮んだ。信じられないことが続きすぎて、もうサイズが変わったくらいでは驚けなくなっている。

　ほら早く、とちゃっかり自分もバッグの中に収まったミラに急かされる。当然のごとく、一緒に帰るつもりらしい。たしかにいろいろと話を聞かないといけないし、こんな薄暗くて蒸し暑い場所で話し込むよりは、自宅に帰った方がましだろう。いくらぬいぐるみを連れ歩く文化が浸透しつつあるとはいえ、ミラとその辺のカフェに入るわけにもいかない。普通のぬいぐるみは、自分からぺらぺらしゃべり出したりはしないのだ。

　ゆめりはパンプスの踵で非常階段を鳴らしながら、地上に下りていった。

　路地を抜けて大通りに出ると、そこはいつもの池袋駅東口前だった。車が行き交い、ロータリーではたくさんの人が信号が青に変わるのを待っている。

　ショーウインドウに自分の姿を映してみると、昨日の仕事帰りとまったく同じ、肩をちょっと過ぎたくらいの中途半端な長さの茶髪に、よれたメイクのゆめりがそこにいた。

　人混みの中に立っていると、さっきまでの出来事が夢だったように思えてくる。だけどバッグの中でベストポジションを探るべく動き回り、「狭いわね、まったくもう」とぶつぶつ文句を言うミラの声が、これは現実だとゆめりに告げていた。

　雑踏から「その辺に黒禍出たらしいよ」「えー、見に行っとく？」「や、もう退治済みだって」「はや。魔法少女誰来た？」「新しい子みたい」「まじで？」と聞こえてくる。

　信号が変わり、ゆめりは足早に横断歩道を渡り始めた。

　魔法少女になった。それで、木庭さんを助けた。

　事実を反芻すると足がむずむずしてきて、思わず走り出した。「ちょっと、揺れるからやめてよね」とバッグの中からミラの声が聞こえてきたけれど、「ごめん、すぐ着くから！」と足を止めなかった。

改札からエスカレーター、ホームへと人波を器用にすり抜け、埼京線にすべり込む。すみっこの手すりにしがみついて息を整えながら、ゆめりはバッグを覗き込んだ。

「なによ」とミラが口パクしながらこちらを見上げてくる。

「さては家まで待ちきれないのね」

こっそりね、とミラはコンパクトをゆめりに向かって掲げてくれた。

手のひらに載せると、ずしりと重みがあった。嵌め込まれたピンクの宝石は、蛍光灯の白い光の下でもまばゆく光っている。宝石に詳しくはないけれど、イミテーションやガラスの類には見えない。中央に座す宝石を金色の百合が囲い、縁は小粒の石で飾られている。百合の花は、花弁や花芯の先まで丁寧に彫り込まれる精緻さだ。

ベースは何の素材で作られてるんだろう。ゆめりが持っているレプリカみたいな、プラスチックじゃないことだけは確かだ。すべらかなこの感触は、もしかして陶器？　名前が思い出せないけど、絵本か何かで見たロシアの卵型のアンティークのような、そんな雰囲気だ。繊細で唯一無二感があるというか、どこか高貴なオーラをまとっている。

あんまりべたべた触ってはいけない気がして、コンパクトをミラに返した。

顔を上げた先で、暗い車窓に映っているのはいつものゆめりだ。だけどバッグの中、見慣れた財布やポーチの近くに、ミラとコンパクトが収まっている。さっきまでこの手でロッドを握っていたし、この足でビルからビルへと飛び移ったし、黒禍まで倒してしまった。

変ににやついた自分の顔が、黒い窓に白く浮き上がる。慌てて唇をぎゅっと結び、浮かんだ笑みを押し殺した。

ふわふわした気分が落ち着くと、今度は「もし会社の誰かに見られてたら」という不安がぶくりと泡のように浮かんできて、あっという間に胸を満たした。なにしろオフィスの真ん前で暴れていたのだ。ブラインドを上げればすぐ見えてしまう。それに、颯太は真正面からゆめりの顔を見た。一瞬だったし意識も混濁してただろうから、万一何か言われてもしらばっくれるとして、写真が流出したら言い訳できない。

お願いだから、誰も撮った写真をネットに上げたりしてませんように。撮られた写真、全部ピンボケでありますように。今すぐにスマホを見る勇気はなくて、祈ることしかできなかった。万が一特定された日には生きていけない。宵町かのんはアイドルをやれるくらいの美少女で、しかも十七歳だ。対してゆめりは地味顔の三十歳。魔法少女のコスプレをして許されるスペックではない。誰に許されないのか知らないけど、とにかく許されない。

電車を降りたゆめりはどこにも寄らず、最寄り駅からの家路を足早にたどった。興奮と羞恥と不安とその他諸々の感情が体の中で渦巻いて、ゆっくり歩いていたら叫び出してしまいそうだった。

マンションのエントランスに着き、運良く一階にいたエレベーターに乗り込む。五階に着くのをじっと待っているのももどかしく、扉が開くとすぐに飛び出した――ところで、何かにぶつかってよろめき、肩にかけていたバッグがすべり落ちた。

「わっ」

「えっ、ごめんなさい！」

思わず反射的に謝る。ぶつかった相手は何か取り落とし、紙片を何枚も廊下に散らばらせてしまっていた。すみませんすみませんとしゃがみ込み、その内の一枚を拾い上げる。

手にしてみて、思わずしげしげと見つめてしまった。蛍光灯に照らし出されたのは、カードだった。それも、魔法少女のイラストが描かれたカードだ。先日カードゲーム会社から売り出されたばかりのパックである。アイテムまで細かく描き込まれていてかわいいので、遊びもしないのにスターターパックと拡張パックを何セットか買ったので覚えていた。

「わ、すみ、すみません」

慌てて自分でもカードを拾い集め始めたその人は、ゆめりの隣人だった。名前は知らない。二十代くらいの男の人で、黒縁の眼鏡をかけているが、それが完全に隠れるほど前髪が長い（前が見えているのか不思議だ）。夜勤をしているらしく、帰宅したゆめりとすれ違うことが多い。その度に「こんばんは」と会釈くらいはするがそれだけの仲であり、まさしく隣人としか呼べない関係である。

「本当にごめんなさい、ちゃんと前見てなくて……。お怪我ありませんか、カードも無事ですか。もし汚しちゃってたら弁償します」

「い、いえ、どっちも大丈夫です。前見てなかったのは僕も同じですし、こんなの持ち歩いてたから悪いんです、すみません」

　それからもすみませんすみませんと二人して三回ほど言い合って、ようやく散らばったカードを全部拾い集め終わった時、ゆめりは思わず口走った。

「魔法少女……お好きなんですか」

「え?」

「あ、いいえ、なんでもないです、ごめんなさい!」

　ゆめりはバッグをつかみ上げ、よろよろと角部屋の自室に向かった。玄関ドアを開き、照明をつけて鍵をかけるといっぺんに気が抜けて、三和土にそのまま座り込んでしまった。

「服汚れるわよ、ゆめり」

　ミラがバッグの中から這い出して、勝手に部屋の中へ入っていく。後を追うようにのろのろと立ち上がり、エアコンのスイッチを入れた。

「狭い部屋ねえ。王宮の鳩だって、もう少しマシな小屋に住んでるわよ」

　非日常のふわふわ尻尾が、ゆめりの日常そのものである1Kで揺れている。

　ミラはキッチンのコンロを物珍しげに見上げたりお風呂を覗いたりしていたけれど、ビーズクッションを見つけるといそいそとよじ登り、フィット感に驚くように目を見開いた。猫の香箱座りみたいに手足がしまわれたのは、気に入ったということだろうか。

「なによ、さっきから人を化け物か何かみたいにじろじろ見て」

「え、あの、ごめんね。なんか、まだいろいろと信じられなくて」

「あっそう。それよりゆめり、おなかが空いたわ。なにか食べる物ない？」

「大したものはないけど……」

「なんでもいいわよ。急に押しかけておいて、ごちそうでもてなせとは言わないわ」

ミラは今度はエアコンの下へと跳ねていき、涼風で白い毛並みを揺らした。

この生き物は結局なんなんだろう。妖精ってことでいいんだろうか。妖精って何を食べるんだろう？　さっきはチョコを食べてたし、なんでもいいのか。

ひとまず朝食用のフルーツグラノーラをお皿にあけてみると、ミラはローテーブルにちょこんと座り、ハムスターみたいにいちいち一粒ずつ両手で持って食べ始めた。

ミラが食べている姿を眺めていたら、ゆめりもおなかが空いてきた。意識した途端に、ぐおおおおと怪獣のいびきみたいな音でおなかが鳴る。すっごい音、と頬をふくらませながら言うミラに照れてみせる余裕もなく、冷蔵庫を開いた。こんなことならお弁当を買えばよかった。今から買いに走る元気はないので、戸棚にあったカレー味のカップ麺にお湯を注ぐ。たまにはこういう怠惰な食事もいいだろう。なにしろ今日は、仕事でミスし、颯太に助けられ、志保が結婚すると聞かされ、その上魔法少女にまでなってしまうというてんこ盛りすぎる一日だったのだから。

ミラがカップ麺も食べてみたいと言うので、麺とスープを小皿に移した。小さな手では箸がつかみにくいようなので、ケーキ用フォークを渡してみる。ミラは器用に麺をフォークに巻きつけ、くあっと口を開けて食べ始めた。

「これも悪くないわね。味が濃くていいわ」

「そう？　気に入ってくれたならよかった」

　カップ麺はスープまで飲み干して空（から）になったけど、頭に「焼け石に水」ということわざが浮かぶほど、まだまだおなかは空いていた。有名な絵本のあおむしにでもなった気分で、ゆめりはまた食べ物を探した。野菜室に傷みかけのレタスが半玉あったのでつかみ出し、マヨネーズをかけてサラダ代わりとする。半玉はすぐに消えたけど、まだおなかは絞（しぼ）られたような音を立てていた。この食欲、なんだか怖いくらいだ。普段のゆめりはごく当たり前の一人前でおなかいっぱいになるのに。

「魔法を使った後、人間っておなか空くらしいのよね。食べて魔力を回復するみたい。だから今ならどれだけ食べても太らないわよ」

　この空腹は当然である上にカロリー吸収もないとのお墨付（すみつ）きを得たので、安心して冷蔵庫をあさった。結果、ゆめりの胃には、ポテチ一袋に冷凍チャーハンとたこ焼き一袋ずつ、バナナ二房とヨーグルト一パック、冷凍ご飯を解凍して醤油（しょうゆ）とかつおぶしをかけたもの二杯、明日のお弁当用に残してあったごぼうと牛肉の煮物、作り置きの茄子（なす）の揚げびたしタッパー一つ分、それにアイス二つが吸い込まれていった。それでもまだ食べたりなかったので、卵を五個使った目玉焼きを作って飲むように平らげ、仕上げに牛乳一リットルを飲み干した。それでやっと、胃が「もういい」と言うみたいにげっぷが出た。

　気付けば冷蔵庫はほとんど空になり、いちごジャムの瓶（びん）やケチャップ、紅ショウガだけが残る寂しい有様になっている。

「人間って手軽でいいわね。魔力を食事で補充できるんだもの」

この量を食べるのは手軽とは言えないじゃないんじゃないかと思ったけど、しゃべるとまたげっぷが出そうだったので黙っていた。食べ疲れたゆめりが皿も洗わずベッドに寝転がると、ミラは勝手にリモコンを操作してテレビを付けた。

『たった今入ってきたニュースです。本日午後九時十分頃、池袋にて黒禍が発生した模様』

「あら、これさっきの奴じゃない」

ゆめりはがばりと体を起こした。ベッドから転げ落ち、そのまま画面ににじり寄る。

『一人が病院に搬送されましたが、意識はあるとのことです。黒禍はすでに魔法少女により駆除されたとのことですが、午前中に続いて本日二体目の出現となります。付近の方は、念のため不要不急の外出をお控えください。万一黒禍を見かけた場合は――』

ゆめりのテレビは、魔法少女アニメ鑑賞のために画素数にこだわって買った、一人暮らしとしてはかなり大きい五五インチモニターだ。

そこに、魔法少女が黒禍と戦う姿が映し出されている。

左上には「視聴者提供映像」の文字。

「だ、だれ、これ……」

魔法少女が身にまとった衣装は、ピンク色のミニスカート、胸元と腰には大きなリボン、背には羽。ハートの宝石を戴いた巨大なロッドにも見覚えがある。というか全体的に見覚えしかないし、場所はどう見てもトイズアニマが間借りするビルの真ん前だ。

だけど——そこに立つ魔法少女は、知らない顔をしていた。ロッドを構えたその子は、魔法少女の名に恥じない立派な少女だ。どう見ても十代半ば、角度を変えても目を細めても、三十歳のゆめりには見えない。というか、十代の頃のゆめりの顔ですらない。

「これってどういうこと⁉」

どうって、とミラは残りのグラノーラをちびちびかじる手を止めた。白いふわふわの口元は、食べかすだらけになっている。

「さっきのゆめりが映ってるだけじゃない」

「だ、だって、顔が、私じゃない」

ああ、とミラは両手でくしくしと口元を洗った。

「魔法少女っていうからには、実年齢が何歳でも十五歳の姿に変身することになってるの。人間のいう魔法少女って、だいたいそれくらいの年齢でしょ？　魔法少女の概念を借りれば、おのずとその歳になるってわけ」

「概念を借りる……？　どういうこと？」

「人間に魔法を発現させるには、『私は魔法が使える』ってまずは思い込ませないといけないのよ。だから、現代日本において魔法を使える象徴として魔法少女が選ばれたってわけ。その姿になったら、魔法が使えて当然って人間は思ってくれるでしょ？」

ちまちま食べるのが面倒になったのか、ミラはグラノーラを五粒一気に口に押し込んだ。

「なんかよくわかんないけど、でも年齢だけじゃなくて、顔も全然違うよ！　私、こんなにかわいくない！」

「すあたがきゃわゆのは、はあ、ハービスってひゅうか」

ゆめりがグラノーラの皿を取り上げると、ミラは不満げに目を細め（いわゆるジト目というやつだ）、口の中のものを飲み下した。

「あれはサービスっていうか、合理化っていうか。人間の使う魔法って、精神状態にかなり依存するの。つまりテンション高かったら魔法も強くなるし、低ければ弱くなるってこと。だったら見た目からして理想の姿にしといた方が、気分も上がるでしょって配慮ね。どう？　ゆめりがなりたい姿そのものになってるはずだけど」

「理想……いや、うん、たしかに……」

テレビはもうとっくに次のニュース、芸能人がアスリートと結婚した話題に移り変わっていた。バッグからスマホを取り出し、「魔法少女　池袋」とＳＮＳで検索してみる。

「ゆめり、やるわね。人気者じゃない」

覗き込んだミラの言うとおり、検索結果にはゆめりが――というか、魔法少女姿のゆめりがいくつも並んでいた。テレビに映ったのと同じ動画がいろんな人に転載されているし、別角度から撮られた写真もあった。

画面をスクロールすれば、『新しい子、かわいい！』『推せる！』『王道感ある！』『やっぱ魔法少女はピンクでしょ！』というコメントが並ぶ。これが自分に向けられた言葉かと思うと、とても見ていられない。スマホをベッドに放り投げ、枕に顔を埋めた。

心臓がばくばくする。こんな風にストレートなほめ言葉を向けられた体験なんて、これまでの人生のどこを探したってない。いきなり許容量を超えすぎている。

サツキくんを引き寄せて抱きしめてみても、動悸はおさまらなかった。

「なによ、嬉しくないの？　せっかく変身できたのに。魔法少女、好きなんでしょ」

「なんで知ってるの!?」

「なんでも何も、好きじゃなきゃあんなもの作らないでしょ」

ミラは振り返って部屋の隅を指差した。そこはゆめりの「祭壇」だった。もちろん神様を祀ったやつじゃない。小さなドレッサーの上に、アクスタやぬいぐるみ、変身グッズのレプリカや弊社ガチャガチャ商品からポスターまで、コレクションの中から厳選したグッズを飾ったコーナーのことだ。中央では、ラズベリーハートの１／６スケールフィギュアがポーズを決めている。

「この部屋見て魔法少女好きだってわかんないなら、相当鈍感よ」

たしかにゆめりの部屋のベッドリネンは魔法少女グッズに似合う淡いピンクだし、テーブルやカーテンも安物ではあるが白で統一してある。グッズ収納のためクローゼットが広めの物件を選んだし、ベッド脇の窓辺には、オルゴールや魔法少女モチーフのコスメが並べられている。魔法少女アニメの主人公の部屋みたいな雰囲気にしたくて、いかにもなグッズを並べるのは祭壇に限り、漫画やブルーレイは棚の中に仕舞っておとなしめに仕上げたつもりだったが、言われてみれば趣味丸出しの部屋である。

「なんで適性年齢を過ぎたゆめりが適合したのか不思議だったけど、これだけ執着してれば納得だわ」

「適性年齢って？　だって、変身したらみんな十五歳になるんでしょ」

「変身前と変身後は、なるべく年齢が近い方が魔力を魔法に変換する効率がいいの。宵町かのんにしたって十七歳でしょ」

「それって、やっぱり三十歳で魔法少女は相当無理あるってこと？」

「普通はね。でもゆめりは魔力がだいぶ多いから、ちょっとくらい効率悪くても問題ないわ。年齢のハンデがあったって、かのんより強くなれるわよ。初めての戦闘で固有魔法まで発現させたくらいだもの」

　ミラは尻尾の先でゆめりのおでこをちょいとつついた。ふわふわの毛がこそばゆい。

「固有魔法って、なに？」

「名前のとおりよ。その人だけが使える魔法のこと。ゆめり、あの木庭って人に絡みついた糸を切って解放したでしょ。あんなこと、普通はできないのよ。一度黒禍の中に呑み込まれた人間は、魔法少女にも救えない。精神は黒禍と同化して、肉体はずっと意識不明のままになってしまう」

「……ん？　ちょっと待って。じゃあ固有魔法が発現できてなかったら、木庭さんが呑まれた時点で、魔法少女になっても助けられなかったってことにならない？」

　まあそうね、とミラは悪びれず言った。

「騙すような真似をしたのは悪かったわ。でも、それだけ必死だったのよ。ゆめりが変身してくれなきゃ、私もあそこで死んでたんだから」

　怒る気にはならなかった。それよりも、颯太が永遠に意識不明になる可能性の方が高かったという事実に身震いする。

「だけど結果的に、ゆめりは彼を救えた。すごいことなのよ。固有魔法の中でも相当レアな部類だと思うわ」

　すごい、レア、普通はできない。どれもこれまで無縁の言葉だった。ほめられ慣れていなくてなんと答えればいいかわからず、「あ、ありがとう」ともぞもぞ言った。

　投げたスマホを引き寄せ、確かめるようにもう一度動画を再生してみる。黒禍に立ち向かう美少女の横顔は、やっぱり見知らぬ女の子のそれだった。

「これ、ほんとに私なのかな……」

「なに寝ぼけたこと言ってるのよ。じゃあ、もう一回変身してみる？」

「え」

　瞬時に体が光に包まれ、それが消えた時には例のコスチュームが視界に入っていた。

「う、うわ～～～………」

　急いで姿見の前に立ったゆめりは、悲鳴じみた声を漏らした。

魔法少女の概念そのものみたいな女の子が、鏡の中からこちらを覗き込んでいる。ゆめりがぎこちなく笑うと、鏡の中の少女がにこっとほほえみ返した。

少女は完璧だった。こんなの、ベルベットのリボンで包装された砂糖菓子、ビーズでできたお花のブローチ、オルゴールの中でくるくる踊るバレリーナだ。お砂糖にスパイス、それに素敵なものすべてでできてる、マザーグースに謳われたとおりの女の子だ。

「これ、本当の本当に私……？」

桜色の髪は、肌に触れると絹のようにくすぐったくやわらかい。髪より濃い色をした瞳は、顔の小ささに不釣り合いに大きくて、泣いてもいないのに潤んでいる。その瞳を守る長くて分厚いまつ毛やふっくらとした唇や頬まで、揃って淡いピンク色だ。おそるおそる頬に触れると、すべすべで弾力ある肌が指を押し返した。ゆめり本人の毛穴の目立ち始めた肌とは全然違う。おまけに体が軽い。肩こりも万年疲れもどこかに消えてしまっていた。

音を立てないようにその場で跳ねてみると、背中の小さな羽が体を持ち上げるみたいに体が浮いて、腰の長いリボンが揺らめいた。

「あれ？」

リボンの裾が揺れるのを見た瞬間、デジャヴが頭をかすめていった。

「なんかこの服、どこかで見たことあるような……」

「この魔法少女姿はゆめりの理想だから、これまでに見たキャラの要素が反映されてるかもしれないわね」

だけどラズベリーハートの衣装とは違うし、祭壇に飾られたどの魔法少女とも合致しない。「理想」とするくらい好きな作品だったら、絶対グッズも買ってるはずなのに。もっとよく見ようと鏡に顔を近付けると、ぼふんと間抜けな音がしてゆめりは元の姿に戻った。よれたファンデと皮脂でテカる肌が目に入り、「うわ」と思わず後ずさる。

「デジャヴって、実際は類似要素を見た人間の脳が『見たことある』って誤認してるだけって説もあるらしいわよ。似たような衣装なら、ゆめりはたくさん見てるでしょ」

「うーん、そっか？　そうかもね」

今夜はただでさえ頭が混乱しているし、そういうこともあるのかもしれない。

「さて、それじゃ本題に入りましょ」

グラノーラを食べ終えたミラはぐいと空の皿を押しやり、ベッドに上った。

ゆめりはミラと向かい合うように床に座り、思わず姿勢を正す。

ミラはコンパクトを取り出した時と同じように、ふさふさの尻尾からよいしょと分厚い本を引っ張り出した。尻尾と本を見比べると、本の方がどう見ても大きい。いったいどういう仕組みになってるんだろう。秘密の日記帳みたいな見た目の表紙には、小さな鍵穴も見える。ミラはその本の表紙をぺしぺしと叩いた。

「これが契約書。本当は中身をちゃんと説明して、納得してもらった上で変身させないといけないの。今回は緊急事態だったから例外ね。でも心配いらないわ。一週間以内なら、人間界で言うところのクーリングオフも可能だから」

クーリングオフ。魔法からかけ離れた響きに目を瞬くと、ミラはしたり顔で頷いた。

「人間との契約だもの。ちゃんと人間界のやり方に合わせてるのよ、こっちも」

「あ、あのさ。さっきからミラは『人間』って私のこと言うけど、ミラは違うの？　かのんちゃんと一緒にいる子みたいな、妖精ってことでいいのかな。でも、最初に会った時は人型だったよね。なんで急に姿が変わったの？　それに、そもそも黒禍ってなに？　気付いたら当たり前みたいになってたけど、なんで魔法少女が戦ってるの？　全然わかんないことばっかりだから、契約以前にまずはそこから説明してほしいんだけど……」

「説明しなくても、ゆめりはだいたい知ってると思うけどね」

「どういう意味？」

「ゆめりがよく見てる魔法少女アニメみたいなことが、現実に起きてるってこと」

そう言ってミラがくるりと宙返りしたかと思うと、ベッドの上に例の女騎士姿の魔法少女（？）が腕を組んで仁王立ちしていた。

「わ!!」

「これが私の本来の姿。見た目は人間によく似てるけど、種族が違う。私たちは『妖精』と自分たちを呼んで、人間とは異なる世界に暮らしてる。この世界と鏡合わせに、妖精が暮らす平行世界が存在してるの。パラレルワールドって言ったらわかりやすいかしら」

ミラはまたすぐにふわふわの小さな姿に戻り、ちんまりと座った。

「妖精は魔法の力で、世界を住みよいものに変えてきたわ。ゆめりに渡したコンパクトやロッドみたいな魔道具も、その産物ね。だけど魔法は、人間界のおとぎ話に出てくるものみたいに万能じゃない。人間が科学ですべてを解決できないのと同じよ。

　魔法も魔道具もすべて、魔力を元に発動する。その魔力を生み出すためには、妖精界の大気に満ちる、マナと呼ばれる物質を変換する必要がある。妖精には魔炉(まろ)って内臓があって、そこで体内に取り込んだマナを魔力に変えて、全身に送り出すの。魔炉は人間でいうところの心臓みたいな器官ね。胸にあるのも同じだし。ここまではいい？」

　ゆめりは正座しながら、こくこくと頷いた。入社したばかりの頃、麻美の説明を必死にメモしていた記憶が頭を過(よぎ)る。今も頭がこんがらがっているから、メモを取った方がいいかもしれない。魔法少女モチーフに惹(ひ)かれて買ったノートを引っ張り出してきて広げ、「妖精」「マナ」「魔力」「魔炉」と単語を羅列(られつ)して矢印で繋(つな)げた。

「ここからがさらに重要よ。厄介(やっかい)なことに、マナを魔力へ変えると、副産物としてデブリが発生するの。人間が化石燃料を燃やすと、二酸化炭素が出るのと似たようなものね。デブリは妖精の体から自然に放出されて、それ自体に害はないんだけど……寄り集まると、まれに災厄の影(メルム・ウンブラ)――人間界で言うところの黒禍が生まれる」

「デブリ」↓「災厄の影＝黒禍」、とノートに追加する。

「黒禍が妖精界に留まるなら、兵士に始末されるわ。でも、中には人間界に逃げ込む個体がいるの。追いかけてきて退治すればいいじゃないって思うだろうけど、魔力の源であるマナが人間界には存在しないのよ。つまり、私たち妖精は人間界でほぼ魔法を使えないのよ。

早い話が、こっちじゃ役立たずってわけ」

「妖精＝人間界で魔法×」と新たに書き込んだゆめりは、ペンで眉間をつついた。

「つまり、こっちの世界に来ちゃった黒禍は人間が倒すしかないってこと？」

「そういうこと。しかも黒禍は体内に人間の精神を取り込むと、外側からの攻撃では倒せなくなるって最悪の特性まで持ち合わせてる。だから奴らは、本能的に人を襲うわけ」

「えーと……一回整理してもいい？　黒禍には魔法少女の攻撃だけが通じて、普通はそれで倒せる。人が取り込まれてしまうと、精神だけが呑まれて、外に残された肉体は意識不明になる。おまけに魔法少女が中に入って本体を倒せても、私の固有魔法で糸を切らないと、呑まれた人の精神は帰ってこられなくて、ずっと意識不明のまま。……これで合ってる？」

「合ってるわ。なかなか理解が早いじゃない。黒禍はそういう恐るべき害獣なんだけど、世の中うまいことできてるもので、人間にもまれに魔炉を宿して生まれてくる個体がいるのよ。さらに妖精と違って、魔力の精製にマナを必要としない。食べて寝るだけで魔力を生み出し、回復できる。だから妖精は素質ある人間を探して、魔法少女になって戦ってもらうことにした。魔力を保有する人間は黒禍を引き寄せやすい傾向にあるから、先回りして保護する意味合いもあるわね。

　人間たちは知らないだろうけど、このシステムの原形はそれこそ何千年も前からあったのよ。魔法少女って概念がなかった時代には、魔女とか巫女とか呼んでたみたいね。その時代の人間が理解しやすい概念なら、なんだってよかったの。さっき言ったみたいに、『魔法が使える』と当人が信じ込めるならね。

そういうわけで私のこの間抜けな姿も、魔法少女の概念に合わせた形状ってわけ。魔法少女にはマスコットキャラがつきものなんでしょ？　巫女相手なら使い魔に、魔女なら黒猫や梟に擬態して、妖精は陰から彼らをサポートしてきた。まあ、妖精は人間界に滞在するだけで消耗するから、小さい姿のが省エネだからってのもあるんだけど」

長くなったけど、とミラは咳払いを一つした。

「誰かが戦わなくちゃ、人間界は破滅する。もちろんただで奉仕しろとは言わないわ。黒禍は元はといえば妖精界が生み出した化け物で、責任はこちらにあるのだもの。魔法少女になってくれるなら、契約期間を終えた時、ゆめりの願いを一つ叶えてあげる。登録して正規の魔法少女になれば給料も出るけど、都の担当者によれば『時給換算で新卒都職員並みしか出せない上に歩合制、規則の整備が追い付いてなくて危険手当も今のところ付けられないから、こっちは期待しないでほしい』らしいわ」

契約期間に給料、新卒、歩合制。またしても魔法少女らしからぬワードの連続だ。行政と連携してるんだから考えてみれば当たり前かもしれないけれど、魔法少女に給料が支払われているとは思わなかった。そういえば、宵町かのんがそんなことを言っていたような気もする。……魔法少女も、口座登録とかするんだろうか。

「ちなみに契約期間って、どれくらい？」

「たいていは五年ね。十五歳で契約したら五年で二十歳（はたち）、普通はそれくらいが『少女』をやれる限界だから」

　ゆめりは例外、とミラはにやっと笑った。

「五年の内、最初の一年は仮契約よ。一年経過してもまだ続行可能と評価されて、魔法少女側も合意すれば、正式な契約に進むことになる」

「なんか、普通に契約社員みたいだね」

「これも人間のルールを模倣（もほう）してるのよ、その方が理解してもらいやすいから。夢がない感じになっちゃうのはマイナスだけど」

　ミラはゆめりをちらと横目で見た。

「にしても、ゆめりって変な子ね。普通は契約期間のことなんかより、どんな願いを叶えられるかを先に訊くのよ。どんな人間にだって、願いはあるでしょ？　この報酬は、人間側が支払うしけた給金なんか目じゃないくらい価値あるものよ」

　ミラはそう言ったが、ゆめりがぱっと思いつけるのは「魔法少女になりたい」という幼い頃に抱いた夢くらいのものだった。そのほかは「なんとなく幸せになりたい」みたいな、漠然（ばくぜん）としたものばかりだ。

　しかもたった一つの具体的な夢は、今日叶ってしまっている。

「反応が鈍いけど、とりあえず説明しとくわ。魔法でできる範囲でという注釈はつくけれど、たいていのことは叶えられる。意中の人を振り向かせたり、家族の病気を治したりが多いかしら。妖精界で禁じられていても、魔法少女の報酬としてなら特例で許可される魔法もあるわ。もし先に願いが決まっているなら、実現可能か照会することもできる」

どう？　とミラはふわふわの胸を張った。人型のミラがやってもかわいい仕草だっただろうけど、今のぬいぐるみみたいなミラがやると、格別にかわいい。

「悪い話じゃないと思うの。ゆめりくらい素質がある子も珍しいから」

詳しいことはここに書いてあるから、とミラは契約書を金色の鍵と共に差し出した。

「全部書いてあるの？　言ってくれたら、メモする必要なかったのに」

ゆめりが口を尖らせると、「ただ読むだけより、自分の言葉で書いた方が覚えるでしょ」とまるで予備校講師のような答えが返ってきた。

「返事は一週間以内にくれたらいいわ。よく考えて決めて」

差し出された契約書を受け取ると、ずしりとした重みに腕が沈んだ。けれどそれを開こうとは思わなかった。答えはすでに決まっていた。

「一週間もいらない。私、やるよ」

ミラは葡萄みたいにまん丸い目を、ますます丸くした。

「どうして？　なに、実は絶対に叶えたい願いがあるとか？」

「ううん、そんなものないけど。一回変身したらそれで決まりなんだって思ってたから、もう決心はついてる。それに私、ずっと魔法少女に憧れてた。だから魔法少女にしてくれるなら、私の願いは叶ったも同然なんだよ」

ミラは呆れたように鼻を鳴らし、ゆめりの頬を両手で挟んだ。

「あのねえ、これはフィクションじゃないのよ。憧れだけじゃ済まないの」

「ミラは、私に魔法少女になってほしくないの？」

「そりゃ、なってほしいわよ。ゆめりの適性は頭一つ抜けてるもの。でも、ゆめりは契約するのに良いことばっかり並べ立てる相手を信用できる？　そんなのどう考えたって詐欺師じゃない」

たしかにそれはそうだ。ゆめりは小さく首を横に振った。

「魔法少女と妖精はいわばパートナーよ。相棒を信用できなくて、うまくいくはずない。魔法少女って大変な仕事だもの。都合の悪い説明を省いて、『妖精に騙されて無理やり魔法少女にさせられた』とでも思われたら困るの。繰り返すけど、人間の魔法は精神状態に大きく依存する。一度疑心暗鬼に陥ったら、悪くすれば魔法を発現することもできなくなるわ。そうなったら契約の続行は不可能、また候補探しからやり直しよ。魔法少女だって、契約途中で職務を放棄すれば願いを叶えてもらえない。どちらにとっても不幸な話なの」

だからちゃんと聞きなさい、とミラはゆめりの目を覗き込んだ。

「魔法少女は無敵じゃない。たいていの怪我なら変身を解くと同時に治るように設計されてるけど、間違いなく痛みはあるのよ。ゆめりはそれに耐えられる？」

答えに詰まる。配信で見かけたことのある負傷したかのんの姿が頭を過ったが、同時に苦痛に顔を歪めた颯太の顔も思い出した。

「でも、今夜私があそこにいなかったら、木庭さんはずっと意識不明のままになっちゃったんでしょ？　私が魔法少女にならなかったら、これからもそういう人が出るかもしれないってことだよね」

　ミラは答えなかった。しかし沈黙は肯定と同じことだった。

「私、そんなのやだよ。ずっと自分は役立たずなんだと思ってた。何しても人並みに足りなくて、周りの人を困らせてて。何度も自分にがっかりした。でも、私が魔法少女になったら助けられる人がいる。それなら私、やりたい。誰かの役に立ってみたい。魔法少女になりたいよ」

　はあ、とミラは呆れたように息を吐いた。

「ゆめり、そんなんじゃ駄目よ。誰かのためになりたいから魔法少女になるなんて。結局最後に残るのは、自分の欲望なんだから」

「誰かのためっていうか、誰かのためになってみたい自分のためだよ」

　屁理屈（へりくつ）ばっかりこねて、とミラは肩をすくめた。

「でもいいわ。本人がやると言ってるのに、わざわざ止める理由なんかないもの」

　それじゃ、とミラは額の宝石をぽんぽん叩いた。

「ここにキスして。それが契約の証（あかし）になるわ」

「キ、キス？」

「そう。人間だって、結婚式で誓いのキスをするでしょ。こういうのは形が大事なの」

ゆめりはミラをそっと抱き上げた。

「なんか、どきどきするね……」

いいから早くして、と言われるかと思ったけれど、ミラは目を閉じた。

「そうね。これで私とゆめりは一蓮托生（いちれんたくしょう）ってことになるから」

宝石に唇を当てると、契約書が宙に浮き、バラバラとページがめくられた。最後のページの署名欄（らん）に、「花咲ゆめり」の名前がぼうっと浮き上がる。そのピンク色の文字は、不思議なことにゆめりの筆跡そのものだった。

「もういいわよ」

唇を離すと、左手の薬指に冷えた感触があった。見ると、小さなピンクの石が嵌（は）め込まれ、翼の刻印がされた金色の指輪が現れていた。

「それは契約指輪。私とゆめりの絆（きずな）の証よ。長い付き合いになることを祈ってるわ」

ゆめりは左手を持ち上げ、蛍光灯にかざして指輪を眺めた。

「綺麗（きれい）だね。でも、これって外せるの？」

「契約してる間は外せないわ。でも心配しなくても、普通の人間には見えないわよ」

そうなんだ、とゆめりはほっと息を吐いた。こんなものを見られた日には、志保に何を言われるかわかったものじゃない。できたのは彼氏でも婚約者でもなくて、ふわふわの美少女妖精騎士パートナーだと言ったって、信じてくれないに決まってる。

「あらためて、よろしくお願いするわ。私はミラ。サナスキア王国女王騎士長代理、ミラ・アルトネンよ」

ミラは仰々しい肩書に不釣り合いな、ふわふわの手を差し出した。

「よ、よろしく。私、花咲ゆめり。えと、会社員、です……」

知ってるわ、とミラは笑った。

「ミラは女王様に仕える騎士で、しかもその長なの？　若いのに、すごいんだね」

「あら。私、言うほど若くないわよ。ゆめりよりずっと年上だし」

「え？　だって……」

人型のミラは、どう見ても十代後半の少女だったはずだ。

「ミラっていくつなの？」

「今年で百五十二歳よ」

うそだあ、と思わず声が出た。

「嘘ついてどうするのよ。妖精は総じて人間より長命なの。短くても三百年、長ければ五百年生きた例もあるわ。青年期が長いから、若く見えがちだけど。だから三十歳のゆめりなんて、私にしてみたら赤ちゃんみたいなものよ」

見た目に騙されないことね、とミラはふわふわの手でゆめりの鼻をつついた。

魔法に満ちた妖精界では、どうやら人間の常識は通用しないらしい。

「わ、わかった。それで女王騎士っていうからには、女王様がいるの？」

「そうよ。陛下はこの世で唯一私が敬愛する方。本当はおそばを離れたくないんだけど、騎士は命令には逆らえないから。今の私は陛下をお守りする代わりに、人間界に赴いた妖精たちを統括する任務を拝命してる」

「でも、女王様を置いてきて大丈夫？　ほかの騎士の人が守ってくれてるの？」

「まあ、そんなところ。陛下は王城にこもってらっしゃるから、護衛の仕事はそれほどないのよ。元老院の連中には、女王騎士なんてなんでも屋程度に思われてるくらいだし」

ミラは己の現状を憂うように、一つため息を吐いた。

魔法を使う妖精たちが暮らす国に、お城に君臨する女王様。彼女にかしずく騎士、そして王国に襲来する怪物。まるで、子供の頃に読んだおとぎ話の世界そのものだ。

「女王様の治める妖精の国かあ。素敵だね。いつか私も行けたりする？」

「残念だけど、人間を妖精界に連れていくのは禁止されてるわ」

「なんだ、そうなの」

ゆめりが肩を落とすと、「でも、内緒でなら別よ」とミラは悪戯っぽくささやいた。

「さ、今日は疲れたからもう寝ましょ。細かいことはまた明日から教えるから」

ミラが言い終えると、ゆめりの体が浮き上がり、ベッドに転がされてタオルケットにくるまれた。放り投げられていたスマホは充電コードに繋がれて、照明は常夜灯だけになる。

顔からはいつもの保湿クリームの、口の中からは歯磨き粉のミントの香りがした。

「魔力、切れてるんじゃなかったの？」

「この程度、残りカスの魔力で造作ないわ」

ミラは自分の寝場所を探しているのか、部屋の中をごそごそとうろつきまわった。体を自在に伸び縮みさせ、ビーズクッションの上で丸まったり、バッグの中にもぐりこんでみたり、しまいにはテーブルに置きっぱなしだった、会社で余ったのをもらったガチャガチャのカプセルから中身を引っ張り出し、空になったそこに体を押し込んでみたりもしていたが、結局はベッドに戻ってきた。

おいで、と手招きするとミラもゆめりと同じタオルケットにくるまった。

ミラの寝息が聞こえ始めても、目が冴えて眠れなかった。

なんとなく枕元のサツキくんを引き寄せ、平たいおなかを押してみる。『最高ツキ！』

という、いつもの声が響くと、ミラが迷惑そうにもぞもぞと顔を出した。

「うるさいわよ。なに、その変な語尾で話す人形は」

「ご、ごめん。この子はサツキくんっていってね。魔法少女ラズベリーハートのマスコットキャラなの。サポート役の子って、こうやって話すのがお約束っていうか」

ふうん、とミラは興味がなさそうに返事をした。

「魔法少女の概念教本で見た気がするわ。ゆめりはそういうのが好きなのね」

「うん！　この子、私が小さい頃からずっと一緒にいるんだ。ラズベリーハートの相棒なのにポンコツで、サツキくんのせいでよくピンチになっちゃうの」

ミラは早く眠りたいのか、「サポート役のくせにとんだまぬけなのね」と辛辣に言い放った。ポジションが同じミラに全否定されたサツキくんは、どこかしょんぼりして見える。

ゆめりはもう一度サツキくんのおなかを押した。『そんなのってないツキ～』と情けない声が闇の中で鳴ると、ふん、とミラは小さく鼻を鳴らした。

「ゆめり、もう寝るミラ。夜更かしは禁物ミラ」

んくく、とゆめりは喉を鳴らして笑った。

「なにそれ。サツキくんの真似？」

「こうした方が魔法少女のマスコットっぽいんでしょ？　ちがった、ぽいミラ？」

「たしかにそれっぽいけど……無理しなくていいってば」

「見た目からして間抜けなんだから、語尾くらい今さらなんでもないミラ」

口調はそのままに語尾だけミラミラいうのがかわいくて、思わずだっこした。暴れられるかと思ったけど、ミラはおとなしくゆめりの腕に抱かれたままでいた。

「おやすみ、ミラ。明日からよろしくね」

「こちらこそミラ」

薄闇の中でミラの額の宝石と、薬指の契約指輪がぼうっと光る。目を閉じても、その光はしばらくまぶたの裏に残った。

やがてゆめりは、疲労が手を引くまま眠りについた。


そして、夢を見た。

目の前に木の格子があった。堅牢で、どれだけ揺すってもびくともしなそうな格子だった。辺りには真っ暗な闇があるばかりで、格子の向こうだけが薄明るくなっている。覗き込んでみると、誰かと目が合った。思わず短い悲鳴を漏らし、格子から後ずさる。

女の人がいた。

格子に切り取られた四畳ほどの狭い空間に、古びた一組の布団が敷かれ、その上に着物姿の女性が座っている。

これは——座敷牢というやつじゃないだろうか。

着物はかつて桜色だったのだろうが、今はかすれて白茶けた色になっていた。伸び放題の長い黒髪に錆びた簪が挿さり、髪の隙間から両目が覗いている。

しかし瞳は、思いがけないほど澄んでいた。

恐ろしい見た目ではある。しかしゆめりは奇妙な懐かしさを覚え、格子の隙間からおそるおそる手を伸ばした。

けれど彼女は、小さく首を横に振った。

『今はまだ、その時ではありません』

そこではっと目が覚めた。現実のゆめりは、虚空に向かって右手を掲げていた。

朝はまだ遠く、部屋は暗いままだ。ミラの寝息がかすかに聞こえてくる。

胸が苦しいような気がして、思わず心臓の辺りを押さえた。

「……変な夢」

初めて魔法少女に変身した日に見る夢にしては、世界観が一致しない。もっときらきらした夢を見たっていいはずなのに。

そんなことを考えながら、ふたたびまどろみに落ちた。

朝を迎えた時には、夢のことは覚えていなかった。

2

「ゆめり、肩まで漏れてるミラよ」

「うぬぬぬぬ……」

魔法少女になって三週間が経った日曜の昼下がり、ゆめりは魔法陣が描かれたヨガマットみたいな小さな敷物の上でうなっていた。

マットの上で魔法を使うと、魔力の流れが目に見える。妖精界では子供が練習用に使うアイテムらしい。初回の戦闘みたいにうっかり道路を割ることがないよう、魔力コントロールの修業に励めとミラに手渡された。自宅にいる時は、食事と睡眠以外、常に変身してこの上に座り、まずはとにかく全魔力を右手に集められるようになれと命じられている。それができれば魔力を自在に操れるし、暴発させる確率が大幅に下がるとのことだった。

だけどどうにもうまくいかない。ゆめりのピンク色の魔力はまるで粘度を持っているかのように、肌にはりついて動こうとしないのだ。なんとか右腕まではじりじり移動させて集められるようになったが、気を抜くと肩や首まですぐに漏れ出す。しかもこれが異様に体力を消耗(しょうもう)し、毛穴という毛穴から汗が噴き出し、ぜえぜえと息が上がる。

けれど休もうとすると、ミラの叱咤が飛んでくる。「またこないだみたいに、余計なものぶっ壊してもいいミラ？　あの時は道路だったからいいものの、人間だったら大惨事だったミラね～」と脅すのだ。

「わかってるって、でも、ちょっと、もう、限界で、休憩」

ゆめりがマットに倒れ込んだ途端に魔力は腕から解き放たれ、全身をねっとりと包んだ。

「しっかりするミラ。まったく、魔力が多すぎるのも考えものミラね」

「ていうか修業ってさ、バトル漫画の主人公とかがやるんじゃないの？　魔法少女もので、あんまり見たことないっていうか……」

「フィクションはフィクション、現実は現実ミラ。失くしたコンパクトの分きっちり活躍するためにも、頑張ってくれないと困るミラ」

道路を壊したことに加え、コンパクトについてまで言われると、ゆめりは黙るしかなかった。泣き言を呑み込んで起き上がり、また一から魔力を集め始める。

初めて変身した次の日、颯太が元気に出社してきているのを見届けて安心したのも束の間、通勤バッグに入れっぱなしだったはずのコンパクトが失くなっているのに気が付いた。青くなったゆめりに、ミラは手のひらを天に向け、肩をすくめてみせた。

「あれってけっこうお高い魔道具ミラよ。初日で失くすとは、なかなかの大物ミラ」

コンパクト自体も高価だが、そこに埋め込まれた宝石は「ラピス」という微量の魔力を持ち運ぶための貴重な魔道具らしい。ミラの額に嵌まっているのも同じものとのことで、

「妖精界にいたら多少の魔力補強くらいにしか使い道がないけど、人間界に魔力を変質させずに持ち込むには重宝する」らしかった。

「ちょっと思ったんだけどさ。ラピスをたくさん用意して魔力をストックできないの？　そしたら妖精も人間界で戦えない？」

「それは無理な相談ミラ。ラピスはかなり貴重ミラよ。材料が高価で貴重なわりに需要がないから、作れる職人が少ないミラ。いくらでも用意できるならミラが全身に埋め込んで戦ってもいいけど、現実的じゃないミラね」

ダメか、とゆめりは肩を落とした。

「安心するミラ、ゆめりの魔力は膨大ミラ。ラピスで持ち運べるけちな魔力なんか話にならないミラ。せっかく魔法少女になったんだから、はりきって強くなるミラよ。魔法少女が足りなくて備品は余ってるから、コンパクトの件はスペアで対応しとくミラ」

ところで、どうやらミラはこの語尾でいくと決めたらしかった。ゆめりはこの方が嬉しかろうというのが建前だが、子供相手に赤ちゃん言葉で話しかけているような雰囲気をやや感じなくもない。「三十歳なんて妖精界じゃ赤ん坊同然なんだから、気にせず魔法少女やるミラ」というのがミラの主張だった。

ミラにとって赤ちゃんに等しいゆめりは、言われるがまま修業に励み、池袋の一件からさらに二体の黒禍を倒した後、正式な魔法少女として都に登録も済ませた。

手続きのためミラに手を引かれて連れていかれたのは都庁でも警察署でもなく、新宿区のはずれにある公共施設の一室だった。机と椅子とPCだけかき集めてなんとか部署の体裁をとりましたといわんばかりの殺風景なその部屋の扉には、『黒禍対策特別分室』という冗談みたいなプレートが取り付けられていた。

対応してくれたのは、区役所の窓口にでもいそうな五十代くらいの普通の女の人だったけれど、首から下げた職員証には『黒禍対策特別分室　室長』の文字があった。

「わざわざ足を運んでもらってごめんなさいね。都庁にスペースがなくって、こんなところに飛ばされちゃったのよ。魔法少女を統括するこの部署も、やっと半年前にできたばかりだし」

室長はすまなそうに眉を下げた。

「言い訳をすると、管轄を国にするか都にするかでなかなか折り合いがつかなかったらしいのよね。渋々都が引き受けたはいいけれど、現状与えられた裁量でできるのはほぼ事務処理だけっていう。名前ばっかり大げさなくせして頼りない統括部署で、魔法少女の皆さんには申し訳ないわ」

何と答えていいかわからず、ゆめりは曖昧に笑うしかなかった。

ここにあるのはあくまで現実だ。魔法少女も現実に持ち込めば、事務処理も後片付けも役所での手続きも必要な、現実の一部になってしまうらしい。

手続き自体はほとんどミラと室長のやり取りで進んだ。ゆめりがしたことといえば、二人の話に頷いて、契約書を読んで署名をすること、登録用の写真を撮ること、振込先の口座番号を記入することくらいだった。

すべての手続きを終えると、室長はゆめりに頭を下げた。

「以上で終了になります。七番目の魔法少女として、今後のご活躍に期待してますね」

室長に見送られて施設を後にすると、「期待してる、かあ……」とゆめりはつぶやいた。

期待という言葉は、嬉しい反面、怖くもある。期待が表面なら、その裏面は落胆だから。

「心配いらないミラ。ゆめりは新人としてはかなり好調なすべり出しミラよ」

ミラはゆめりの思考を読んだみたいにそう言った。

たしかに修業の甲斐あってか、ここのところの二回は初回と違って何かを破壊することも、黒禍に呑み込まれることもなく倒せはした。だけど体はすでにガタがきている。あちこちが痛んで仕方ないのだ。こんなことで、これから先やっていけるんだろうか。これは筋肉痛ではなく、魔力を生成する魔炉と、全身を巡る魔力回路が痛んでいるらしい。ミラによれば「これまでほとんど使われてなかった器官が急に酷使されてびっくりしてるだけ」とのことだったが、一時は体を湿布まみれにするほかないくらいだった（魔法由来の痛みに湿布が効いたのかは謎だけど）。体を軋ませ修業に明け暮れているせいで、日課のオークションサイト巡りも新連載の魔法少女漫画のチェックもろくにできていない。

しかしそんなゆめりを後目に、ネットは新魔法少女の登場に盛り上がりを見せ、変身姿のゆめりには「ミーティア」という呼び名がつけられていた。もちろん、ゆめりが初戦闘でミーティアの名前を口走ったことに由来する。ゆめりが唱えたのがラズベリーハートの呪文だと気付いた人もいたけれど、「生まれる前の作品まで知ってる魔法少女好きの魔法少女誕生」と受け止められたみたいだった。半分当たりで、半分ハズレだ。ゆめりはたしかに魔法少女オタクだけれど、リアルタイム世代である。

それはそれとして、ラズベリーハートに繋がる名前は素直に嬉しい。女神様の名前なんてもったいない気がするけれど、せめてその名に恥じない活躍をしなくてはならない。

だから修業に加え、通勤中はかのんの戦闘配信のアーカイブを見て戦い方を学んだ。ちょっと前までは戦闘配信に否定的な立場だったのに、いざ自分が魔法少女になってみると、記録を残しておいてくれているのはかなり有り難かった。手のひらを返すようなことになってしまってなんとなく罪悪感を覚え、お詫びの気持ちを込めて時々五百円や千円をお布施として投げている。

もっとも、かのんは戦闘中にスクショタイムを設けたり投げ銭を煽ったりしていて、参考にできるのは部分的ではあった。武器だって、ロッドではなくリボルバー銃（ハートやユニコーン、ドクロのパーツでこれでもかとデコられたやつ）が中心だ。時々はライフルやらガトリング砲やらに持ち替えたりもする。かのんの契約妖精ルミナスが提供する武器は見た目も派手で、視聴者はそれも楽しみの一つにしているらしかった。かのんの配信は戦闘というか、一種のショーやライブみたいだ。それでも最後には必ず黒禍を制圧してみせる。

「ねえ、ミラ。私がかのんちゃんより強くなれるなんてこと、本当にあるのかな」

「ミラの言葉が信じられないミラ？　かのんは魔力コントロールがうまいから器用にカバーしてるけど、保有魔力はそんなに多くないのがバレバレミラ」

「でもさ、魔力量が少なくてこんなに戦えるって、逆にすごいんじゃない？」

ふん、とミラは鼻を鳴らした。

「ルミナスが魔道具でテコ入れしてるだけミラ。人間に渡す魔道具は最低限にするのが原則なのに、あいつ家が金持ちだからって自費でやってるミラ」

「じ、自費」

またも魔法らしくないワードの登場に、思わず力を緩めてしまった。その途端、せっかく腕まで集まっていた魔力がぼうっと全身に広がっていく。

はあ、とミラがため息を吐いた。

「ゆめりはかのんと正反対ミラね。魔力量は桁違いなのに、コントロールが下手すぎミラ」

「うーん、頑張ってはいるんだけど……」

「もしかして遺伝ミラ？　百年くらい前、ゆめりの先祖にも妖精と契約した人がいたみたいだけど、同じように魔力が豊富で調整は下手だったたって記録があるミラ」

「ご先祖様が？　魔法少女？」

「先見の千代って、妖精界の資料に名前が残ってるミラ。しかもなんとゆめりのご先祖様は、先代の妖精王ヨルンと契約してたミラよ」

「王様と契約……？」

「異例中の異例ミラ。なんでも、先王は人間界にもともと興味があったらしいミラ。それで家臣たちに黙って城を抜け出して、人間界まで来てしまった。そこで出会ったのが千代という娘。いろいろあって二人は契約して、やがて種族を越えた恋に落ちて……」

「ま、待って待って。ご先祖様が妖精の王様と恋に落ちちゃったら、私はどうやって生まれたことになるの？」

ミラは肩をすくめて見せた。

「もちろん、恋うんぬんは後世の創作ミラ」

なんだ、とほっとして息を吐く。

「だけど先王が人間好きの変わり者で、自ら人間と契約したのは確かミラ。その辺りのことは、『ヨルンと娘』って物語が本とかお芝居になって妖精界に残ってる。それくらい、王と人間が契約するのは珍しい話だったたってことミラ。サナスキアではそこそこ有名な話なのに、子孫のゆめりは千代の名前に聞き覚えもないミラ？」

「うーん……」

頭をひねってみても、やはり覚えはない。けれど当然といえば当然だ。ゆめりは祖父母の下の名前もようやく思い出せるくらいで、そこから上の世代の名は聞いた記憶もない。

「ま、知らないのも仕方ない話ミラ。当時の子たちはまだ世間から隠れて活動してて、魔法少女みたいに表に出たりはしなかったミラ。今は黒禍がかつてないほど大量に生まれてるから、そういうわけにはいかないミラが」

「え、そうなの？　なんで急に黒禍は増えたの」

「それは今、学者たちが血眼で調べてる最中ミラ。原因が不明でも、とにかく増加した黒禍に対処しないといけない。だから妖精は、魔法少女を人間界にも認知させて、協力を仰ぐ方向に切り替えたミラ。人間たちに伏せ続けるのは不可能と判断したってわけ」

　ミラはゆめりの顔の前で、ぽふぽふと手を叩いた。

「ほら、それより集中、練習あるのみミラ。もう一回、爪の先に火を灯すイメージで」

　そのたとえはピンとこなかったけれど、ふたたび魔力を集めるべく目を閉じた。


「それじゃ、新島さんの婚約と、みなさんの親睦に」

　幹事が音頭を取ると、かんぱーいとあちこちで声が上がった。会社近くの中華料理店、回るテーブル上には種々の料理が並んで湯気を上げている。ゆめりが正面のエビチリを取り分けるべきか迷っている内にテーブルは素早く回転し、回鍋肉にすり替わってしまった。

「花咲さん、乾杯」

「あ、はい、お疲れ様です！」

　ゆめりは左隣の颯太とジョッキを合わせた。ゆめりはビール、下戸の颯太はウーロン茶だ。緊張で苦みも喉越しも感じないまま、三分の一を飲み干してしまう。頭の中に張り巡らされた毛細血管に、ぐるんとアルコールが行き渡る感覚がした。

「花咲さん、お酒強いんだっけ」

「あ、いえ、そういうわけではないんですけど……」

今日の飲み会は、志保の所属する経理部で婚約祝いをしようという話が持ち上がったのが発端だったらしい。それを志保はどうせならと営業部や販売部にも声をかけ、懇親会兼婚約祝いに変えた。「人数多い方が楽しいし、ゆめりにも来てほしかったから」と言っていたが、この席順からして、ゆめりと颯太を呼びつけるための方便のような気がしてならない。この間「乗り気じゃないならしょうがないか」とか言ってたのはどうなったんだ。というかご飯に連れていくのはゆめりの方だったはずなのに、これじゃ立場が逆である。

しかし念を込めた視線を送ってみても、志保は涼しい顔だ。早くも一杯目のビールを飲み終えたらしく、紹興酒を手にしている。

「そういえば、すみません。バタバタしてて、この間のお礼もできてなくて」

観念して話しかけると、お礼？　と颯太は首をひねった。山内からのクレームの件を口にすると、「ああ」と口元を緩める。

「いいよいいよ、飲み物がどうとかって、冗談のつもりだったし。かえって気を遣わせちゃってごめんね」

「え、そうだったんですか？」

「だってあれくらい、別にお礼を要求するようなことじゃないでしょ」

聖人君子めいた回答に、ゆめりはほうと息を吐いた。志保は、颯太はアイドルでも二次元でもないと言ったけど、やっぱり常人には手の届かない人に思える。

「あの、体の方は大丈夫ですか？　救急車で運ばれたって聞きましたけど……」

「うん、もう全然平気だよ。病院行ったのも、念のためみたいなものだったし」

「それならよかったです。まさか会社の近くに黒禍が出るなんて、びっくりですよね」

「それに魔法少女まで現れるなんてね。こんなこともあるんだなって思ったよ」

魔法少女という単語にぎくりとして言葉を切ると、途端に何を話していいかわからなくなる。会話の糸口を求め、颯太のネクタイを見た。今日は紺地に無難なドット柄のように見えたが、目を凝らせば、丸の一つ一つが小さなスイカの刺繍である。

スイカかわいいですね、とゆめりが言う前に颯太が口を開いた。

「よかった。もしかしたら、花咲さんには怒られちゃうかもって思ってたから」

「え、私が怒る？　どうしてですか？」

「ほら僕、魔法少女に助けてもらっちゃったから」

その魔法少女はゆめり本人である。颯太の言わんとするところがつかめず、首を傾げた。

「だって花咲さん、魔法少女がすごく好きでしょう。そんな花咲さんを差し置いて助けてもらうなんて、ずるいかなって」

ゆめりは思わずグラスをテーブルに置いた。ゴン、と鈍い音が鳴る。

「待ってください。なんで私が、ま、魔法少女が好きだって知ってるんですか？」

「あれ、覚えてない？　花咲さんが入社したばっかりの頃、カプセルトイの試作品渡したことあったんだけど。その中でも魔法少女のやつを、特に喜んでくれてたから」

　たしかにゆめりのデスクがまっさらだった頃、試作品をいくつか渡された。今も机にいるラズベリーハートのフィギュアも、颯太がその時くれたものだ。

　頬がじわりと熱くなる。まさか、顔に出ていたなんて。

「世間が魔法少女ブームになって、花咲さんに追い付いた感じだよね。先見の明ありだ」

「いえ、そんな……。それより、そんなささいなことまで覚えててくださったんですね。木庭さんはやっぱりすごいです。営業は天職ですね」

　心からの賛辞だったのだけれど、颯太は「うーん？」と苦笑し、回転テーブルを一周して戻ってきたエビチリを取った。

「別に普通だよ。印象に残ったことは、自然と覚えてるだけだし」

　それが努力なしにできるのがすごいと思うのだけれど、きっと説明してもわかってもらえないだろう。ゆめりとは「普通」のラインが最初から違うのだ。そうですかね、と言葉を濁し、人気がないらしく多めに残っていたピータンの皿に手を伸ばした。

「ところで話は戻るんだけど」

　颯太はウーロン茶を一口飲むと、口元に手をやって声を落とした。

「僕、ちょっとだけ花咲さんの気持ちがわかったかもしれない」

「え？」

「魔法少女って、かっこいいね」

にこっと笑ったその顔に、ゆめりはめまいを覚えた。

颯太自身がなんと言おうと、やっぱりこの人はすごい。こういう人だから、山内のような人の懐にも入れるのだ。山内翁は苦手だけれど、気持ちはよくわかる。この笑顔を前にしたら、誰だって懐をガバ開きにして迎え入れてしまうに決まってる。

「そう、そうなんです。かわいいだけじゃなくて、かっこよくて……」

ゆめりが大きく頷いたその時、背中と背もたれの間に置いた通勤バッグが震えた。スマホのバイブレーション機能にしては大きすぎると中を覗き込むと、カプセルに入って丸まったミラがぶるぶる振動している。何してるの、と小声で訊いても答えてくれない。ここで話を切り上げるのは惜しいけれど、何か不測の事態が起こっていたらまずい。なんでよりによって今こんな意味不明なことを、と嘆きながらもゆめりは椅子を引いた。

「すみません、ちょっとお手洗いに……」

まだ一杯もグラスを空けてないのに、そそくさと席を立つ。志保が「何してんの」という視線を向けている気がしたが、気付かないふりをするほかない。

「ミラ、どうしたの。大丈夫？」

トイレの個室でバッグを開けると、カプセルからぴょーんとミラが飛び出てきて、ミニサイズからいつもの猫サイズに戻った。

「緊急事態ミラ！　上野で黒禍が発生！　ほかの魔法少女が向かった様子はまだないミラ。ゆめり、行かないと」

「え!? それなら早く言ってくれたらいいのに! なんで黙って震えてたりしたの!」

「失礼ミラ! ミラがいきなり飛び出したら困ると思って、気を利かせたのに」

「カプセルに入ってたのは何!?」

「あの中、狭くて案外居心地いいミラ」

いいから早く向かうミラ、とミラはすぐにでもコンパクトを開こうとした。

「ちょ、ちょっと待って。ここじゃだめだって」

トイレの個室から魔法少女が出てくる絵面は面白すぎる。面白すぎるし、正体がバレかねないからダメだ。急かすミラを押さえ込み、『ごめん。めちゃくちゃおなか痛くなっちゃったから帰ります』と志保宛てにメッセージを打った。

送信ボタンを押すと同時に、個室から、そして中華料理店から飛び出す。

路地に引っ込むと、待ちかねたようにミラがコンパクトを開いた。

まばゆい光がゆめりを包み、視界がホワイト（ピンク）アウトした。

「じゃ、上野まで走るミラよ!」

「池袋から上野まで!? 瞬間移動する魔法とかないの!」

「あるけど、ラピスの魔力はちょっとでも温存したいからミラは無理だし、ゆめりのコントロール力で扱える代物じゃないミラ。太平洋にでもワープしたいなら止めないミラが」

「じゃ、じゃあ、代わりの魔道具とか……。魔女の箒みたいな」

「そんなもん買う予算ないミラ、サナスキアはわりと貧乏国家ミラ。いいから走って!」

仕方ないとゆめりは手近なビルへと駆け上り、屋上から屋上へと飛び移った。

池袋から上野まで、電車に乗って十五分強、山手線で八駅分の距離をひた走る。

魔法少女は肉体労働。三度の戦闘を経て、もうわかっていたことだ。

ミラのナビに従ってビル群を駆け抜けると、やがて高い建物が途切れる場所が見えてきた。光の灯っていないその場所はまるで、夜の街にぽっかりと空いた黒い穴だった。

上野公園だ。

「降りて！　黒禍が近いミラ！」

ミラは羅針盤のような器具を見ながら言った。黒禍の気配を察知する魔道具らしい。

ゆめりは人気のない雑木林に飛び降り、息を整えた。汗まみれの耳元を、蚊の羽音が横切っていく。魔法少女も蚊には刺される。あんまり得たくなかった知識だ。

「それで、黒禍はどこ？」

「おかしいミラね。この辺りで間違いないはず……」

その時、ざあ、と水音がした。反射的に地面を蹴り、音の方へと走る。

木々が途切れた先に、蓮に覆われた不忍池が見えた。池を囲むように人だかりができ、スマホの四角いライトがあちこちで揺れている。

たしかにここは不忍池のはずだ。

けれど水面が、異様なほどせり上がっている。池を埋め尽くす蓮を戴いたまま、本来あるべき場所からゆうに五メートルは上空に「水面」があった。池の中に黒禍が入っているのだろうが、まるで池自体が黒禍と化してしまったかのようだ。

「行こう！」

　ゆめりが飛び出すと、スマホのカメラが一斉にこちらを向いた。

「ミーティアだ！」

　歓喜と落胆（らくたん）、両方の声が人垣から上がる。前者はミーティアを、後者はかのんや別の魔法少女を待っていた声なのだろう。

「下がって！　危ないから！」

　ゆめりが叫んでも、彼らは引くどころかますます興奮してシャッターを切った。数人の警察官が駆けてきて追い散らそうとするが、おとなしく指示に従う人は多くない。

「ほんっとに、人間ってバカミラ。『下がれ（アルキナティオ）』」

　ミラがため息まじりにつぶやくと、目の前で揺れていた光がぴたりと止まった。群衆はざっと靴（くつ）の踵（かかと）を鳴らし、回れ右して去っていく。警察官たちは振り回していた誘導棒を下げ、ミラとゆめりに向かって一礼した。

　唖然（あぜん）としたゆめりの隣で、ミラのラピスが笑うように光る。

「瞬間移動の魔法はケチったのに……」

「助けてもらっといて、文句言わないでほしいミラ。それに、こんなの魔法の内には入らないミラよ」

　あんなにたくさんの人間を操っても、ミラにとっては魔法ですらないのか。ミラが魔力の心配なく戦ったら、どれくらい強いんだろう。ゆめりなんか指先一つで転がされるんだろうなと思ったところで、池のほとりにぽつんと一つ残った光に気が付いた。

「む。ミラの命令が効いてないミラ？」

その一粒の光に向かって、黒禍の触手が急速に伸びていくのが見える。

「待っ……！」

て、と叫ぶ間もなく、人影が触手につかみ上げられ、あんぐりと開いた口に放り入れられた。チッと耳元でミラの舌打ちが聞こえる。

駆けつけた時には、ひび割れたスマホだけが点灯したまま地面に落ちていた。

映し出された待ち受けは、ミーティアの写真だ。

ゆめりはまだ開いたままの黒禍の口を見上げる。

「ミラ、行こう！」

「はいはい。まったく、ゆめりのファンなら面倒かけないでほしいミラ」

ぶつぶつ言いながら、ミラが首元にしがみつく。

ゆめりは月を背に跳び上がり、生涯(しょうがい)で二度目、今度は自分から黒禍の体内へと身を躍らせた。

「えっ……」

黒禍の中で目を開けた瞬間、ゆめりは戸惑いの声を上げた。

そこはまるで、はるか昔に修学旅行で訪れた三十三間堂、無数の仏像が居並ぶ御堂だった。けれど今、床を埋め尽くしているのは仏像じゃない。誰かの姿形を象ったものだという点は同じだけれど——ここに並んでいるのはアクスタやぬいぐるみ、フィギュアや缶バッジにブロマイド等々、まるっきりアニメショップみたいな品揃えだった。どこまでも続く空間の彼方まで、グッズたちが兵馬俑みたいに整列している。床だけじゃなく、宙にも無数のモニターがふわふわと浮き、そのすべてに同じ少女が映し出されていた。

ゆめりは数々のグッズやモニターをぐるりと見渡した。

「これ、わ、わたし……？」

それらすべてが、ミーティアの姿を写し取ったものだった。

「うえ。これじゃファンっていうか、ストーカーの脳内ミラ」

ミラは舌を突き出した。言われてみれば、ドラマなんかでよく見る、部屋中に盗撮写真が貼りつけられたストーカーの部屋に似ていなくもない。

だけど驚きはしたけれど、嫌悪感は湧いてこなかった。だってゆめりは、これと似たようなものを毎日見ている。似たようなというか、まったく同じかもしれない。

「ううん、違うよミラ。たぶんこれって、私の部屋にある祭壇のでっかいバージョンなの。ストーカーじゃなくて、オタクだよ」

はあ？　とミラの眉が吊り上がる。ミラにとってはストーカーもオタクも同じようなものだろう。だけど今は、その違いについて説明している時間はない。

「それより、呑み込まれた人を探さないと」

　辺りを見回すと、無数に置かれたグッズの下に、シート状のものが敷かれていることに気が付いた。何か模様のようなものが描いてあるのが見える。配置崩してごめんね、と心の中で謝りながら、埋もれたそれを引っぱり出した。

「これって、漫画？」

　それは人物の姿さえあいまいなネームだった。頁数もバラバラだったけれど、手に取ったすべてに魔法少女が描かれているのはわかる。

　奇妙な既視感が、頭の隅をかすめた。

　あれ、この感覚って、ついこの間もなかったっけ？

　それがいつだったか思い出せないまま原稿をめくっていくと、一枚だけカラーイラストが紛れているのが目に留まった。ピンク髪の魔法少女が、涙を流しながら笑っているワンシーンを描いた絵だ。

――似てる？

　絵の中のキャラクターがまとった衣装の胸元を飾る大きなリボン。背中の羽。

　それは、ミーティアのコスチュームとよく似ていた。ゆめりは体をひねり、腰のリボンと羽を見た。間違いない。似ているどころか、フォルムがまったく同じだ。イラストをもう一度確認すると、リボンや羽だけでなく、全体の雰囲気もミーティアに似通っているように思える。

この空間にあふれたミーティアグッズのことを考えれば、ミーティアを真似(まね)てこの絵が描かれたと想像するのが自然だ。

でも、それならどうして細部まで完全に一致してるわけじゃないんだろう。裾(すそ)のカットの形や、ロッドの装飾は微妙に違っている。それに、さっきのデジャヴは何？

答えに繋(つな)がるヒントがないかと、とびとびになった原稿を繋ぐ部分を探そうとしゃがみ込む。

その時、カツ、カツ、と静かな足音が耳を叩いた。

「……ゆめり、気を付けるミラ。こいつ、これまでの雑魚(ざこ)よりはマシな奴かも」

顔を上げると、彼方に小さな人影が現れていた。

黒いレースの傘を差し、ゴシックロリータ調の衣装に身を包んだ女の子が、長くまっすぐな黒髪を揺らして歩いてくる。

少女が足を踏み出すと、グッズたちはさっと道を空(あ)けるように左右に割れた。

「あれが、黒禍(こくか)の本体……？」

少女の姿が一歩近づく度(たび)に、モニターにノイズが走り、映る人がミーティアではない誰かに切り替わった。連動するように、床に置かれたグッズたちの顔もモニターと同じものに入れ替わる。何度切り替わっても、すべてが魔法少女の姿であることだけは変わらない。

宵町(よいまち)かのんやほかの正体不明の魔法少女たち、往年の名作アニメの魔法少女、ＳＮＳで人気の魔法少女漫画、魔法少女がモチーフの新生アイドルグループ。ラズベリーハートの姿も見えた。彼女たちはコスチュームのスカートをひるがえしては、次々に画面から消えていく。

傘を差した少女は、今やその相貌が視認できるほど近付いていた。

――どこかで会ったことがある。

少女の顔を正面から見た瞬間、そう思った。

それは「気がする」なんてレベルじゃなく、確信に近いものだった。

この少女に、いつかどこかで会った。

あのイラストといい、この子といい、どこで見た？　どこで会った？

知っているはずなのに思い出せない、もどかしさの連続に胸を押さえる。

思い出さないといけない気がした。それなのに、脳は答えを見つけられずに空転する。

正解を探し、少女を構成する要素の一つ一つに目をやった。

長いまつげに縁どられ、濡れたように光る黒い瞳。腰の辺りまで伸びた、うねりのない黒髪。肌はその下に血が通っているのか不安になるほど白く、唇ばかりが赤い。関節が球体で繋がれていても驚かないほど、人形じみた少女だ。

彼女がひたりと立ち止まると、モニターもグッズもすべてミーティアの顔に戻った。

黒いマニキュアで塗り潰された指先が、傘をぱちんと閉じる。

烏の濡れ羽よりなお黒い瞳が、ゆめりの両目をぐうっと覗き込んだ。

『やっと、こっちでも会えたね』

「こっちって……？　私たち、どこかで会ったことある？」

少女の真っ赤な唇が引き上がる。

ゆめり、とミラの鋭い声が飛んだ。

「こいつと話す必要ないミラ。どこまでいっても黒禍は黒禍。たとえ言葉を話しても、すべて妖精や人間を陥(おとしい)れるためだけのものミラ」

「で、でも」

じゃあ、この既視感はなんなのだろう。

ゆめりが呑み込まれた時は、幼い頃の自分と対面した。だったら、黒禍は呑み込んだ人の姿を真似ている？　つまり呑まれた人のことを、ゆめりは知っているんだろうか。

『私のこと、忘れちゃった？』

少女は寂しそうにつぶやいたが、声音(こわね)と裏腹に口元は笑んだままだった。

『ひどいなあ。あの時はあんなに泣いてくれたのに』

少女が閉じたままの傘を一振りすると、ヴン、と低い電子音がして、周囲のモニターが黒く染まった。同時に無数のグッズたちの首が、音もなくぼろぼろと落ちる。首をなくしてバランスを崩したミーティアのぬいぐるみやアクスタが、あちこちで倒れていった。

「悪趣味ね。知性があってもさすが災厄(メルム・ウンブラ)の影ミラ」

ミラがいまいましげに舌打ちする。

『ね。私のこと、ちゃんと思い出して』

少女が天に向かって傘を掲(かか)げると、ふたたびモニターが点(とも)った。

そこに映し出されたのは、漫画だった。

アニメではなく、漫画原稿をただ映したものだ。吹き出しには、写植(しゃしょく)じゃなく手書きのセリフが見える。おそらくはアナログで描かれ、商業出版されていない原稿だった。

登場する二人の魔法少女は、ミーティアと、目の前の少女によく似た顔をしている。

「これって……」

もっとよく見ようと、ゆめりはモニターに顔を近付ける。

「ゆめり！」

ミラの声を後頭部で聞いた時には、モニターから傘の切っ先がにょきりと生えていた。

とっさに顔を逸(そ)らしたが、衝撃に体が後ろに吹っ飛ぶ。首のないフィギュアやアクスタをなぎ倒し、床に倒れ込んだ。痛みはさほどでもないが、ひどい耳鳴りがする。

飛び起きて次なる衝撃に備えた。少女が構えた傘の先端から、硝煙(しょうえん)が細くたなびくのを視界に捉える。撃たれたのだ。こめかみをぬるいものが垂れ落ちていく感触があり、拭(ぬぐ)うと手の甲に血が伸びた。

「ぼーっとしないで！　何度でも言うけど、あれは黒禍！　勝手に人間の頭の中を覗いて姿を真似してるだけ！　意味ないの、見た目になんか！」

語尾の「ミラ」が消えてしまったことで、ミラも焦っているのだとわかった。

集中しなきゃ、とゆめりはフィギュアやアクスタの欠片(かけら)を払い落として立ち上がる。

ミラが投げたロッドを受け取ったのと、飛んできた傘の槍の先端が眼前に迫ったのはほぼ同時だった。

「……『貫け（ペネトラーレ・サリーサ）！』」

一言で傘は光の矢に貫かれ、燃え殻（がら）がグッズの上に落ちる。

しかしすぐに、次の傘が向かってくる。いつの間にか少女の体から伸びた何本もの触手がそれぞれ傘を握り、次々に射出している。その一本一本を撃ち落とすが、触手は少女を苗床（なえどこ）にどんどん新しく生え、無数の傘の切っ先がゆめりを串刺しにしようと迫ってきた。

しまいに傘は、雨のように降った。傘と傘とが重なり合い、少女の姿さえ見えなくなる。

状況に反して、心は凪（な）いでいた。

ロッドを祈るように握れば、手のひらが焼け付く熱を持つ。

「『爆ぜろ（ピュロ・ボルス）！』」

放たれた光球が、傘の群れの中で炸裂（さくれつ）する。

無数の傘が灰となって降り、その向こうに立つ黒禍の姿をふたたび露わにした。

少女はしかし、優雅ささえ感じられる笑みを浮かべたままだ。

電流のように、背骨を直感が走る。

これは黒禍。見た目なんか、なんにも意味ない。

さっきのミラの言葉を、正しく理解する。

だってこの子は、絶対にこんな笑い方をしない。

思い出したのだ。ゆめりはたしかに、この少女を知っている。

霧が晴れ、デジャヴの向こうにあった景色が鮮明になる。

黒禍とミーティアに似た、二人の少女。

彼女たちとは、ネットの海で出会った。

たった一度だけ読んだ漫画の中に、二人はいた。

当時は就活に苦戦し、同じく内定先を見つけられずにいた彼氏ともうまくいかなくなっていた。似た境遇にいるんだから励まし合えばよかったのに、二人ともそういう余裕すら失っていた。相手の言うことすべてが癇に障って、全然気持ちがわからなかった。それなのに、向こうも同じようにゆめりにいら立っていることだけは伝わるから不思議だった。

でも「彼氏」だしという義務感だけで、日報みたいな無味乾燥のメッセージを毎日送り合っていた。今日面接した会社もダメっぽい、疲れたしアニメ見て寝る。その日送ったのも、そんなたわいない短文だった。いつもの感じからして、返事がくるのは翌朝だろうと思った。なのに、その日はすぐに既読がついた。

『なんのアニメ見るの？』

向こうから質問が来るのは、その頃にはもう珍しくなっていた。ちょっとだけ嬉しくなって『ラズベリーハート。へこんだ時はやっぱり原点回帰だよ』と送り返し、ラズベリーハートが親指を立てるスタンプまで押した。ブルーレイを流し始めて三分くらい経って、また返事があった。ちょうどOPで変身バンクが流れているところだった。

スマホに目を落として、ゆめりは固まった。

『そういうのにこだわってるから内定出ないんじゃん？　時間あるなら、もっと話題作とかチェックしたら』

そういうの。

彼氏が魔法少女を好きじゃないのは、なんとなくわかっていた。子供っぽくない？　とからかわれたこともあったから、積極的には話題に出さないようにしていた。別に彼氏だからって、全部をわかってもらえなくてもよかった。ゆめりだって、彼氏が好きなTRPGの説明を何度されてもルール一つ覚えられず、面白さもいまいちわからなかった。

でもその時はだめだった。よりによって「彼氏」がそんなことを言うのが許せなかった。ゆめりはブルーレイの再生を止めた。彼氏の言葉に従うみたいで癪だったけど、こんな気分でラズベリーハートを見たくなかった。よっぽど『こだわってないそっちだって内定ゼロじゃん』と言ってやりたかったけど、指はハテナを浮かべたクマのスタンプを選んで送り返していた。なんのキャラクターでもない、プレーンなクマ。こんな時でも既読無視も喧嘩もできない自分が、どうしようもなく嫌いだった。

もう寝ようと思って布団をかぶったけど、当たり前に寝付けなかった。ゆめりは布団の中にスマホを引っぱり込み、頭の中からさっきの彼氏の「そういうの」とか、今日相対した面接官の半笑いとかを追い出すように、ＳＮＳの文字列を追った。

そこで見つけた。フォロワーの一人が「これいい」という短い言葉と共に、漫画投稿サイトのURLを貼っていた。何の気なしにタップした先にあったのが、例の漫画だった。

主人公は二人の少女。魔法少女が大好きな二人は、天使に選ばれて魔法少女になる。一人は傘を携えた黒い衣装、もう一人はロッドを手にしたピンクの衣装に身を包んだ姿に変身し、二人で世界の平和を守った。二人揃えばなんでもできた。

しかしやがて世界の危機が訪れ、敵である魔女から、二人は自分か片割れのどちらかを殺せば世界を救うことができるとささやかれる。

悩み迷った末、二人はどちらも選択しないことを選んだ。互いにとって互いが一番大切だったから、相手を殺すことも、自分を殺して相手を一人残していくこともできなかった。それに二人が大好きな魔法少女は、世界のために誰か一人を犠牲にしたりはしないはずだった。

だから二人は魔女の言葉を跳ねのけ、世界を崩壊から救う道を探した。

しかしとうとう方法は見つからないまま、終わりの日を迎える。

根負けした魔女は、あれは二人を惑わすための嘘だった、この世の終わりはどうあっても避けられないと告げて消える。

崩れていく世界を見つめる二人の後ろ姿と、『世界、終わっちゃうね』『うん。でも私たち誰も殺さなかった。だから最後まで二人でいられるし、正義の味方のままで終われる』というセリフで漫画は終わる。

悲しい結末のせいかもしれないけれど、やたらに泣いた。

ゆめりはやっぱり魔法少女が好きだった。このタイミングでこの漫画にたどり着けたのは、魔法少女を好きでいていいと世界に許されているから、大げさだけどそんな気がした。鼻水をかみながらブクマし、ゆめりにしては珍しく「すごくよかったです」とコメントを送り、ほかにどんな作品があるのか気になって作者ページまで確認した。

だけど作者ページはまっさらで、その漫画が初投稿のようだった。それじゃあこれからの作品を楽しみに待とう、また魔法少女を描いてくれるといいなと思った。

それから一か月後、ゆめりはトイズアニマの内定を得た。嬉しくなって例の漫画を見に行くと、作品は削除され、アカウントも消えていた。一つの物語があったはずの跡地には、「この作品は削除されました」の無慈悲な文言だけが残されていた。以来、その作者のイラストも漫画も見かけたことはない。

なのになぜ今になって、あの漫画のキャラクターが目の前に現れる？

「ゆめり、上！」

ミラの声にはっと天を仰ぐと、真上から巨大な一本の傘が回転しながら落ちてくるところだった。

その切っ先が銀色に光るのを、鼻先に見た。

悲鳴を聞いた。

それが自分の声なのかミラの声なのか、ゆめりにはわからなかった。

けれどいつまで経っても痛みがやってこないので、おそるおそる目を開けた。

視界に飛び込んできたのは、またしても傘だった。

しかし切っ先ではない。傘は、ゆめりを守る盾のように開かれていた。

黒地にフリルのついた華奢なそれは、黒禍が携えていたのとそっくり同じに見える。

目の前には、ゆめりを貫くはずだった傘の一撃を防いだ少女の姿があった。

彼女が傘を閉じると、攻撃対象を見失った黒禍の傘はばさりと地面に落ちた。

長いストレートの黒髪に黒い爪、ゴシックロリータテイストの黒い衣装。

魔法少女だ。でもこれは——似てるどころじゃない。まるで黒禍のコピー、いや、あの漫画のキャラが紙面からそのまま飛び出してきた姿だ。

「騎士長、これは貸しにしときますよ」

黒い少女の肩にするりと現れたのは、灰青色の長毛猫を二等身にデフォルメしたみたいな生き物だった。ミラと基本のフォルムは似ているけれど、耳は短く、毛足はより長い。

ミラのことを騎士長と呼ぶからには、同じサナスキアの妖精なんだろう。

ミラは長い尻尾を伸ばしたかと思うと、止める間もなく灰青色の妖精を締め上げた。ぐえ、と妖精の喉が鳴る。

「ノア、あんたいつの間に契約したの？　まさかとは思うけど……」

「いやいやいや、だって俺来なかったらやばかったじゃないですか。それにこの子と契約したのにはちゃんと理由あるんですって、ほら」

ノアと呼ばれた妖精の尻尾が、天秤に似たものをミラの眼前にずいと押し出す。天秤の皿の片方には透明な宝石、片方には真っ黒な宝石が載せられており、天秤は黒い方に大きく傾いている。それで何を納得したのか、ミラは拘束を解き、ふんと鼻を鳴らした。

「そもそももっと早く契約相手を見つけてたら、こんなことにならなかったのよ」

「でも破格の数値じゃないじゃないですか！　待った甲斐ありましたよ」

「破格ったって、ミーティアに比べたら全然じゃない」

「無茶言わないでくださいよ。騎士長のとこの子は規格外です」

「うるっさいわね。だいたい私たち、向こうで宙ぶらりんの身分だから人間界に派遣されたんでしょ。ルミナスみたいに資産家の変わり者が道楽半分にこっち来てんじゃないんだから、真面目にやりなさいよ」

「俺はいつでも真剣ですって！　ていうか宙ぶらりんとか言わないでくださいよ、悲しくなるでしょうが。俺たち陛下直々に叙任された、誇り高い騎士じゃないんですか？」

ミラとノアは、その後もごちゃごちゃ言い合っていた。妖精側にもいろいろ事情があるらしい。

「あの……ありがとう、助けてくれて」

おずおずと声をかけると、黒い魔法少女が顔を上げた。

ゆめりの姿を真正面から捉えると、瞳の縁がにじむように揺らいだ気がした。しかし彼女は涙を零すことなく、首を横に振った。長い黒髪がしゃらしゃらと揺れると、黒い星屑が辺りに散るかのようだった。

「違うんです。もともと、ぼ……私が、あなたを見に来たりしなかったら、こんなことにはならなかったんです」

「え？　じゃああなた、もしかしてさっき黒禍に呑まれちゃった人なの？」

はい、と少女は申し訳なさそうにうつむいた。長いまつげが、白い頰に影を落とす。

「これって夢かなあってぼんやりしてたら、あの猫みたいな妖精が来て。契約したらあなたを助けられるって言われて……」

それって、ゆめりが契約した時とまったく同じシチュエーションだ。契約は慎重にうんぬんとミラは言っていたが、もしかしたら常套手段なのかもしれない。

その時、視界に黒いものが映った。身をかわすと、耳の真横をひゅおっと音を立てて傘が通り過ぎていく。

「話してる暇はないみたい。まずは黒禍を倒そうか」

見れば、黒禍はゆらゆらと揺れながら形を変え始めていた。少女の姿から黒いタール状のものが染み出て、輪郭を曖昧なものにしつつある。

「変身したばっかりで申し訳ないけど、手伝ってもらえる？」

はい、と少女は傘を握りしめた。まるで自分が初めてロッドを持った時を見るようで、胸がぎゅっとなった。たった数週間前のことなのに、ひどく懐かしい。

「そのために契約したんですから。とはいってもすみません、まだ魔法はさっぱりです。ガードならさっきの要領でいけると思うんですが」

「十分だよ。私を黒禍の近くまで連れてって。そしたら必ず倒すから」

了解です、と少女は傘を開いた。

ミラは、魔法少女の変身姿はその人の理想が反映されるのだと言っていた。それならこの少女も、ゆめりと同じようにあの漫画をどこかで読んだことがあるのかもしれない。

本人に訊いてみたいけど、それは後回しだ。

黒禍はすでに変形を終え、お馴染みの姿となっていた。ぶよぶよした真っ黒いボディに触手が蠢き、無数の足が床を踏み鳴らして、散らばったアクスタを粉々にしている。

試し撃ちとばかりに、触手の一本が自らの肉片を弾丸代わりに飛ばした。

黒い魔法少女が傘で防ぐと、硬質な音を立てて跳ね返る。

「いけます、たぶん。大丈夫です」

ゆめりは頷きながら走り出した。少女も遅れずについてくる。

グッズの群れを蹴り散らすと、無数のミーティアが靴の下で砕けていった。自分を踏みしめるのはいい気持ちがしないけど、今はそれよりも、なんていうか、そう、楽しかった。

少女は傘を開いて攻撃を防ぎ、時に閉じて触手を振り払う。傘をかいくぐって伸びてきた触手は、ゆめりがロッドで殴って撃ち落とす。二人で道を切り開く。

隣を走る人がいるってこんな感覚なんだなあ、と思う。

あの漫画の二人が「二人揃えば」なんでもできた理由が、ラズベリーハートをはじめとした魔法少女たちがたいてい仲間と一緒に戦う理由が、今ならわかる。

だってこの方が、ずっと強くなれる気がする。「気がする」ってすごく大事なことだ。自分が強いと信じれば信じられた分だけ、魔法少女は強くなる。

　気が付けば、黒禍はもう目の前だった。

「ありがとう、ここまで来たらもう大丈夫。行ってくるね！」

　ゆめりは少女の肩を蹴って飛び上がり、宙を舞った。急に踏み台にされたのに、黒い少女は体勢を崩しもしなかった。それがゆめりと同じ「魔法少女」の証明のような気がして、ついさっき死にかけたことも忘れて笑った。

　飛び出したゆめりに、無数の触手がいっぺんに襲いかかる。しかしその先端がゆめりの体に触れる前に、ロッドから光があふれ出した。

「『貫け（ペネトラーレ・サリーサ）！』」

　ピンク色の輝きが、触手を一本残らず貫き、焼き払う。

　触手を失った黒禍は見る間に収縮していき、やがて少女の姿に戻った。

　焼け爛（ただ）れた顔が、恨めしそうにゆめりを睨（にら）む。

　着地したゆめりは、一歩後ずさった。その拍子に、とすんと誰かにぶつかる。

「……見たら駄目です。あれは偽物ですから」

「うん、わかってる。ありがとう」

　ゆめりはロッドを構え、すうと息を吸った。

「『爆ぜろ（ピュロ・ボルス）』！」

光球が、黒禍の頭上で炸裂する。

黒禍の四肢が千切れ飛ぶのを見届ける前に、少女の手で後ろを向かされた。

断末魔の叫びがかすれていくにつれて、足元に散らばるグッズたちも宙に浮かぶモニターも、どろりと溶け始める。

ふと、握り締めたロッドが鋏に姿を変えた。すると黒い魔法少女の手首や足首に、黒い糸が巻き付いているのが目に映る。黒禍の残した怨念のように、それは少女の体を黒く縛めていた。魔法少女も例外なく、黒禍に呑まれれば縛られるらしい。

「ごめん、ちょっとじっとしててね」

少女は不思議そうな顔をしながらも、ゆめりの言うとおりにした。鋏がシャンと音を立てると、糸は地面に落ち、黄金色に光りながら消えていった。

空間の天井が剥がれ、薄赤い上野の夜空が覗く。

ミラとノアが、こっちに向かって走ってくるのが見えた。

現実に帰る時間だ。

「あの、また会える？　連絡先とか……」

言いかけて、口元を押さえた。この子の連絡先なんか聞いて現実の姿を知れば、ゆめりも正体を明かさないといけなくなる。ミーティアをわざわざ見に来たというこの子に、「実は私、三十歳で」とは切り出したくなかった。

がっかりさせたくない。というか、この子のがっかりした顔を見たくない。

「あ、ごめんね、急に言われても困るよね。魔法少女続けるかもわかんないだろうし……」

傘の魔法少女は首をかしげた。その頬に、月光が差す。白い肌とつややかな黒髪に、夜がよく似合った。

「いえ。なりますよ、私。魔法少女に」

少女は傘を開き、ふわりと宙に浮き上がった。

「黒禍が出たら、そこで会いましょう。……先輩」

少女はほほ笑むと、夜ににじむように姿を消した。


ゆめりは雑木林の中で変身を解いた。羽織ったカーディガンからかすかにアルコールの匂いがして、そういえば飲み会から抜け出してきたままだったと思い出す。今から戻っても、とっくにみんな解散した頃だろう。

駅に向かいながらスマホを見ると、志保から何度も着信が入っていた。慌てて謝罪のメッセージを送る。やっと体調が落ち着いた、心配かけてごめん、代金は週明け必ず払うと送ると、即既読がつき、十秒もしないで返信があった。

『大丈夫!?　急にいなくならないでよ、みんな心配してたんだから!』

返信しかけたところで、『もちろん木庭さんも!』と追撃のメッセージが届く。なんと返していいのかわからず、書きかけの文章を消し、泣き顔のサツキくんスタンプを押した。

スマホをバッグにしまうと、手のひらサイズに戻ったミラがぴょこんと顔を出した。

「あのねゆめり。わかってるとは思うけど、さっきみたいな油断は絶対ダメミラ。ゆめりが撃破した黒禍はまだたった四体、素人に毛が生えた程度ミラ。がちがちに気張っててちょうどいいくらいミラ」

「ちょ、ちょっとミラ、誰かに見られたらまずいって。帰ったらちゃんと話聞くから」

頭をバッグに押し込んでも、ミラのお説教は続いた。いくら人気の少ない夜の上野公園とはいえ、誰かに聞かれたら完全にひとりごとの多すぎる人だ。ハンズフリーで通話してるふりをしようとイヤホンを耳に詰めると、「ちゃんと聞くミラ」とすっぽ抜かれた。

「ごめんってば。これからは本当に気を付けるから。私だって死にたくないし」

「ゆめりは死なないミラ。さっきだって新魔法少女が来なかったら、ちゃんとミラがゆめりを庇ったミラ」

驚いてミラを見下ろす。けれどまん丸の目は、冗談を言ってる感じじゃなかった。

「だ、だめだよ。そんなことしたらミラが死んじゃうよ」

「妖精は人間より丈夫ミラ。妖精界に帰ってマナを補充すれば、死にはしないミラ」

「でも、怪我はするよね？　痛みだってあるんでしょ？」

「当たり前ミラ」

ゆめりは周囲に人がいないのを確認し、バッグの中からミラを抱き上げた。

「……ごめんね。ミラに痛い思いなんかさせない。今度は一人でも、ちゃんとやるから」

わかったならいいミラ、とミラはそっぽを向いた。

駅前に出ると、戦闘を見に来たらしき人たちがたむろしていた。中には、髪の毛をミーティアと同じようにピンクに染めた人の姿も見える。漏れ聞こえる会話からして、どうやら撮った写真を見せ合っているようだ。当たり前だけど、ゆめりがそばを通っても誰もミーティアだとは気付かない。楽しそうな笑い声が、ぬるい空気を震わせるばかりだ。

ゆめりはバッグの中に手を差し入れて、ミラのふわふわの頭を撫でた。

「おなか空いたし、早く帰ろ」

急に声を出したゆめりを、ピンク髪の女の人が不思議そうに振り返った。


赤羽駅に戻る頃には空腹が限界値に達し、おなかが雨に打たれた子犬みたいな声で鳴き続けていた。魔力の消費に加えて、夕飯も食べ損ねたせいだ。これはもう何か買って帰るほかないけれど、なんとなくいつも使うコンビニは避け、別店舗に向かった。顔見知りの店員に、カゴからあふれそうな量の食品を会計してもらうのは気が引ける。

白い照明の中に飛び込むと、心地よい冷気が体を包んだ。いそいそと買い物カゴを手にし、おにぎりやサンドイッチ、からあげやポテトサラダに冷凍まぜそばから杏仁豆腐まで、店の商品を一掃する勢いで次々にカゴに放り込む。途中から金額の計算が追い付かなくなったけど、先月ボーナスが出たばっかりだし、少しくらいの贅沢は大丈夫だろう。

ずしりと重たくなったカゴを意気揚々とレジに置くと、「あ」と店の人が小さく声を上げた。買いすぎて驚かれたのかと顔を上げると、前髪の向こうにある眼鏡と目が合った。

しましまのコンビニ制服を着てそこに立っているのは、マンションのお隣さんだった。

「こ、こんばんは。この間は失礼しました」

いいえ、と隣人氏は小さく会釈した。これじゃ、わざわざいつもと違うコンビニに来た意味がない。視線をさまよわせて名札を見ると、「黒須」とある。表札は出ていないから、名前を初めて知った。
ピ、ピ、とバーコードの読み取り音が、気づまりなくらい長く続く。
ゆめりは手持ち無沙汰にレジ上のモニターを見上げた。店内に流れているBGMがたぶんそれだ。国民的アイドルグループ「アイドリーフェノミナ」が新譜の宣伝をしている。

「よろしくお願いしまーす！」と声を合わせたメンバー全員が弾ける笑顔をこちらに向け、宙に指先でハートを描き、それを飛ばすように息を吹きかけた。彼女たちのお決まりの挨拶だ。フェノミナはたしか宵町かのんが魔法少女になる前に所属していたグループだけど、かのんがこういうかわいらしい仕草をしているところは、あんまり想像できない。

フェノミナのいかにもアイドルらしい爽やかな曲が終わると、それを塗りつぶすように激しいイントロが鳴り出した。ゆめりでも知ってる、宵町かのんの代表曲『メタメタメタメタモルフォーゼ』だ。画面もかのんの秋ライブ告知に切り替わる。

「お待たせしました。ありがとうございます」

ちょうどその時、黒須が袋詰めを終えた商品を差し出した。

「すみません、こんなにたくさん……」

早いところ退散しようと、ぱんぱんに膨らんだビニール袋二つを持ち上げたところで、

「あの」と呼び止められる。振り返ると、袋ががさりと音を立てた。

「えっと、あの、これ。この間ぶつかった時、落としませんでしたか？」

黒須はポケットから何かを取り出した。

ジップロックに入ったそれは、たしかにゆめりのものだった。

魔法少女初日になくしたコンパクトだ。

「わ、え、はい、私のです！　すみません、ありがとうございます！」

「いえ、こっちこそすぐ返しにいけばよかったんですけど。遅くなってすみません」

どうぞ、と黒須はジップロックごと差し出そうとして、はっと引っ込めた。「すいません、なんか高そうだったんで、汚したらまずいかと」とわたわた袋から取り出す。

コンパクトを受け取ると、重みでずしりと手のひらに沈んだ。

「……魔法少女、お好きなんですか」

え、とゆめりは黒須の顔を見上げた。

「あ、いえ、それっぽいデザインだなー、と。さ、最近流行ってますし。この間ぶつかった時も、魔法少女って言ってたような気がして、それで……」

そうか。魔法少女はブームだから、今なら好きだと言ってもおかしくはない。それにこの間持っていたカードといい、もしかしたら黒須も好きなのかもしれない。

「はい。かわいくて、かっこいいので……。この間黒須さんが落としたカード、私も持ってるんですよ。遊びもしないのに、絵が好きだから買っちゃって」

そう答えると、黒須の口元がかすかに引き上げられた気がした。

「そ、そうなんですね。実は僕もなんです。あの、それなら、もし……もしよかったらなんですけど。かのんちゃんのライブチケット、いりませんか。十一月のです」

これです、と黒須は頭上のモニターを指差す。そこではかのんが歯を見せて笑っていた。

「当選確率上がるかなって二連で申し込んだんですけど、一緒に行くような人いなくて……」

「え、そんな！　私なんかにはもったいないですよ、倍率すごいらしいですし」

ファンクラブに入っていても、落選はよくあると聞いたことがある。ゆめりじゃなくて、どうしても行きたい人が行くべきだろう。

「でも、ネットで譲渡先探したりして、万一転売ヤーの手に渡ったら嫌ですし」

ちゃんと魔法少女が好きな人にもらってほしいんです、と黒須は熱を込めてつぶやいた。

「かのんが好き」じゃなくて「魔法少女が好き」でいいなら、ゆめりも当てはまる。

通勤バッグの中から、ミラがゆめりの脇腹を小突いた。「もらえ」という意思表示らしい。

たしかに一度、かのんには会っておきたい。修業中はずっとかのんの配信動画のお世話になっているし、なにより魔法少女の先輩だ。ライブ会場に行ったたって話せるわけじゃないけれど、画面越しよりはずっと近くに行ける。

ゆめりは黒須の目（正確には、目がある辺りと思しき前髪）を見た。

「本当にいいんですか」

「はい、もちろん。むしろもらってくれたら助かります」

黒須の口元が、今度は間違いなく笑みの形を描いた。

3

「ごめん、志保。金曜、せっかくお祝いだったのに先帰っちゃって……」

週明け月曜日、いつもの休憩室で、ゆめりは志保に平謝りしていた。

「いいって、別に。それよりおなかの方は平気なの？　何か変なものでも食べた？」

「うーん、最近ちょっと食べ過ぎだったからそのせいかも。でも、もう大丈夫」

ちょっとどころか、魔法少女に変身した日は山のような食物を胃に詰め込んでいる。しかしゆめりの胃腸は痛むどころかいたって健康だ。

ならいいけど、と志保はいつものサラダパスタの容器を開けた。

「でさ、話は変わるんだけど。ゆめりが帰ってから、なんか変な話聞いちゃって」

眉を寄せた志保の表情に肝が冷える。まさか、トイレでミラと話してるのを聞かれた？

「へ、変な話って？」

「まだ確定じゃないんだけど。木庭さん、彼女いるかもって」

なんだそういう話かとほっとして、一拍遅れて――胸がつきりと痛んだ。

「営業部の人が言ってた。急いで帰る日あるし、やけにスマホ気にしてたりするんだって」

　けれど次第に胸に広がっていったのは、「やっぱりそうだよね」という、安堵にも似た諦めと納得だった。

「そうなんだ……」

「そうなんだ、って。ショックじゃないの？」

「だってさ、木庭さんみたいな人に彼女いない方が不思議じゃない？」

　ゆめりはやや焦がした卵焼きを丸ごと口に収めた。苦みから逃げるように、大して嚙みもせずに飲み下す。

「そりゃ、ショックはショックだけど」

　嘘じゃないけど、本当でもなかった。どうして、と考えて、颯太に恋人がいれば、彼女になりたいと行動しなくて済むし、振られて恥をかくこともないからだと思い当たる。

――なんで私、こうなんだろうなあ。

　うすっぺらくて、傷付くのが何より怖い。憧れていた人に彼女がいるかもと知っても、「まあしょうがないよ」とへらへら笑う準備ばかりができている。

　志保は今の彼氏に一目ぼれして、付き合ってもらうために手を尽くしたと前に聞いた。そんな志保には、正直な気持ちなんか恥ずかしくてとても言えない。

「うーん……そっかあ。ゆめりと木庭さん、いいと思ってたんだけどなあ」

　志保は無念そうにパスタを奥歯で嚙みしめている。

「前から不思議だったんだけど、なんでそう思ったの？　普通に考えて、私と木庭さんってつり合いが取れてるとはいえないというか……」

「普通とか知らないよ。私はゆめりが好きだから、幸せになってほしいだけ。木庭さんはいい人だって私も知ってるし、ああいう人とだったら安心だなって」

あーでも待って、今のなし、と志保はプラスチックのフォークを置いた。

「幸せになってほしいイコール誰かとくっついてほしいって、考えてみたらおかしいよね。別に人間は、ペアじゃないと幸せになれないわけじゃない……」

志保は口の中でぶつぶつ言った。まるで自分に言い聞かせるみたいに。

「志保、どうかしたの？」

「や、ごめん。昨日彼氏に言われたんだ、恋愛脳すぎるって。くっそ、思い出しても腹立つ。けどそのとおりではあるんだよね。恋愛だけが人生じゃないし、生きてたら仕事でも趣味でもいくらでもやることあるって、わかってはいるんだけど」

志保はまたフォークを取り、大量のパスタをぐるぐると巻き付けて口に押し込んだ。

「恋愛脳って、そんな言い方……。私が趣味が一番なのと同じで、志保にとっては恋愛が一番だったたって、それだけじゃないの？」

ゆめり、と志保が腕にしがみついてくる。もう少しでかじっていたわかめご飯おにぎりを喉（のど）に詰めるところだった。

「あーあ。彼氏なんかよりゆめりの方が、ずっと私のことわかってくれてるのにな」

じゃあなんで結婚するの、と喉元まで出かかった言葉を、ゆめりはご飯粒と志保の香水の匂いと一緒に呑み込んだ。

「結婚式の準備のことでまた言い合いになっちゃってさ。今の彼氏とは勢いで同棲して、絶対こいつと結婚してやるって意地になってて……。それがいざ叶うってなったら、私って本当にこれでよかったのかなーとか考え始めちゃって」

「でも、結婚するでしょ？」

「うん、する。好きだから」

むかつくけどね、と付け加えながらも志保は即答した。さっき言いかけた問いは、こんな短い答えで粉々になってしまう。好きだから結婚する。なんて強い言葉だろう。

「結婚してだめになったら、その時また考えるよ。今しないって選択肢はない」

この迷いのなさが羨ましかった。志保には志保の悩みがあるとわかっていても、三十を越えても何も決められないゆめりよりはずっといい。

「ごめん、つまんない愚痴吐いたわ。ね、なんか楽しい話ない？」

「楽しい話かあ。えーと……そうだ、今度かのんちゃんのライブに行くことになったよ」

「え、そうなの？　ゆめりって宵町かのん苦手じゃなかったっけ」

「そうなんだけど、チケット譲ってくれる人がいて。それなら行ってみようかなって」

「魔法少女つながりの友達？　ＳＮＳのフォロワーとか？」

「ううん、マンションの隣に住んでる人」

「あれ、ゆめりの隣って男の人だったような」

「あ、うん。そうだけど」

志保はちょうどパスタを食べ終わり、フォークを置いた。

控えめな白のグラデーションネイルに彩られた指先が、ゆめりの手をがっとつかむ。

「いるじゃん！　木庭さん以外にも！」

「え？　えーと……」

「何歳くらい？　何やってる人？　かっこいい？　どこでそんな話になったの？」

志保の目は、気圧されるほどきらきら、いや、ぎらぎらと光っている。

「たぶん二十代半ばくらいで……私が落とした魔法少女グッズ拾ってくれて、それで」

志保は悶絶するように頭を抱えたかと思うと、ぱっと顔を上げた。

「王道シチュ！　いいと思う！」

「いや志保あのね、黒須さんは魔法少女友達がほしかっただけだと思うし」

「趣味で知り合ったカップルがこの世にどれだけいると思ってるのよ、ゆめり！」

生粋である。志保は生粋の恋愛オタなのだ。ゆめりが魔法少女アニメを見ている時とまるで同じ顔をしている。ちょっと反省したくらいで、これが変わるはずがない。

「年下かあ。ゆめりはぽやんとしてるからしっかりした年上の方が合いそうって思ってたけど、気が合うに越したことないよね！」

「あ、あはは……」

ゆめりが引きつった笑いを浮かべると、志保ははっとした顔をし、「ごめん、またやっちゃった……今の取り消しで……」と小さくなった。

ゆめりは笑って、志保の、もうすぐ結婚する友達の肩を揺すった。


夏がようやく完全に遠ざかった十一月、ゆめりは九段下駅に降り立った。

まだ会場に到達してもいないのに、周囲はかのんのイメージカラーである赤一色に染まっている。沿道にはかのんのアップが印刷された赤いフラッグが揺れ、真っ赤なライブTシャツに真っ赤なマフラータオル装備の男の人や、髪やリボンからネイル、靴にいたるまで全身赤コーデの女の人ばかりが道を埋め尽くしていた。

そんな中、ラベンダー色のニット姿のゆめりと、黒シャツ姿の黒須は浮いていた。ごく普通の秋服なのに、この一帯ではむしろ異端だ。

赤色の効果か人混みのせいか熱気がものすごく、秋だというのに、二人は同時に手で顔をあおいだ。

「僕らも、赤い服着てきた方がよかったですかね」

雰囲気に気圧されたようで、黒須はきょろきょろと辺りを見回した。

「でも私、赤い服って一着も持ってないです」

「僕もです。というか、黒以外の服ってバイトの制服くらいしかないかも」

ゆめりは黒須が青と白のしましま制服でこの場に立っているところを想像し、小さく笑った。うん、大丈夫そうだ。これまでただの隣人だった相手に何を話せばと緊張していたけど、お祭りみたいな雰囲気にわくわくしてきた。

　せっかくだし物販でタオルやリボルバー型のペンラくらい買おうかなと思ったけれど、長蛇の列で、今から並ぶとライブ開始に間に合わないと言われてしまった。

　残念ですね、と黒須を振り返ると、何やらリュックの中をごそごそやっていた。

「よかったらどうぞ、と差し出されたのは、リボルバー型ペンライトだった。

「どうせ混むだろうと思って、事前通販しておきました」

「え、でも私が借りたら黒須さんの分は……」

　大丈夫です、と傾けられたリュックの中には、さらに二本のリボルバー型ペンライト、マフラータオルにラバーバンド、予備らしき普通のペンライトが何本も入っていた。

「ここまで用意してんならライブTも着ろよって感じですが、なんでかそれは恥ずかしくて……」

「いえ、なんとなくわかる気がします。私も会社のデスクにフィギュア飾ってるんですけど、魔法少女一色にはできなくて、それ以外のミニチュア混ぜて飾ったりしてますし」

　黒須の口元がほっとしたように緩む。

　ゆめりは差し出されたペンラを有り難く受け取り、バッグに忍ばせた。「狭くなるじゃない」と中からミラの文句が聞こえた気がしたが、知らないふりをさせてもらう。

　会場内も、道中と同じく赤で統一されていた。ロビーにずらりと並んだフラワースタンドまで赤一色に塗り上げられた様は、まるでハートの女王の薔薇園だ。否応なしに気分が高まる。ゆめりでこうなのだから、ファンの子たちはもっとだろう。見回した顔のどれもが、ライブへの期待でつやつやしている。

しかも黒須が譲ってくれた席は、なんとサブステージの正面だった。予想外の超良席に、思わず顔を見合わせる。赤い服も着ないでこんな良席にいるのは肩身が狭くて、ゆめりと黒須は小声でぼそぼそ話した。

「魔法少女にはまったきっかけってなんでしたか？　やっぱりかのんちゃん？」

「いえ、子供の頃に見たラズベリーハートってアニメですね。放送当時、黒須さんはまだ生まれてないかもですけど……」

会場の薄闇の中でも、黒須がぱっと顔を輝かせたのがわかった。

「大丈夫、わかります。僕が生まれた年にちょうど放送開始だったはずです」

ということは黒須はゆめりの五つ下、二十五歳だ。

それより、ラズベリーハートの放送開始年までわかるなんて。黒須は結構気合いの入った魔法少女好きかもしれない。

「リアタイしたのはメルトフラッシュ初代からなんですけど、姉がいるんでラズベリーハートもＤＶＤで見ました。毎回コスチューム変わるのいいですよね。今はもうああいうの無理なのかなあ……。花咲さん、どの衣装が好きでした？」

「あの、最初のドレスアップ衣装の……リボンとパールがついてる……」

口にした途端に、発表会の記憶が過った。けれど黒須はゆめりが口ごもったのにも気付かず、さっきより大きな「わかります！」を口から飛び出させた。

「どれもかわいいけど、やっぱりあれがラズベリーハートそのものって感じで最高です。最終回のコスチュームが、あれの強化版なのも胸熱ですし」

「そう、そうですよね！　私あのドレスに憧れて、似たようなやつを幼稚園の発表会で着たんです。裁縫なんてできないのに、無理やり自分で作って……」

「ええ、すごい！　僕なんて幼稚園のお遊戯会、浦島太郎の亀役でしたよ。いいなあ」

あれは悪夢の一日だったけれど、黒須はそうとは知らず羨ましがった。

言われてみればたしかに、不格好ではあってもゆめりは一人であのドレスを作り上げたのだ。発表会を台無しにしてしまったことは今でも胸が痛むけど、五歳なりに精一杯頑張った結果だった。いつまでも夢に見るほど、最悪の出来事ではなかったかもしれない。そんな風にも思えてくるから不思議だった。

黒須はゆめりと同じくらいたくさんの作品を見ていて、マイナータイトルを挙げれば「あれの特殊OP回よかったですよね」と小声で歌ってくれたし、メルトフラッシュの敵キャラで誰が最強かを一緒に考えてもくれた。間違いなく、ゆめりと同じ熱量で魔法少女を追っていた。何を話せばいいのかと悩んでいたのが嘘みたいに、話すことはいくらでもあった。こんな気分を味わうのは、子供の頃、まだ周りの友達がみんなラズベリーハートの真似をしていた時以来だ。

夢中になって話しすぎて、気付けば開演時間が迫っていた。

「すみません、僕ちょっと今のうちにお手洗いに」

ざわめきの中に一人残されると、もしかして自分のことを話さなくていいから、こんなに楽しいのかもしれないなとふと思った。この場所では、ただ魔法少女が好きなゆめりでいればいい。年齢は、仕事は、一人暮らしか実家か、彼氏はいるのか、ここにいるゆめりには何も関係がない。そういえば黒須の下の名前さえ知らないし、ゆめりも名乗った記憶がない。大人になると、そんなことってなかなかない。自分が何をしてきたどういう人間か、いつも誰かに向かって説明を迫られる。

その時、バッグがもぞもぞ蠢いたかと思うと、おでかけサイズのミラが這い出してきた。

「みんなかのんもどきみたいなかっこしてるミラね。ゆめり、ここなら何着ても目立たなかったミラ。迷った挙句、会社行く時みたいな地味服にした意味なかったミラ」

会場が薄暗いのをいいことに、膝の上できょろきょろと辺りを見回す。

昨夜ゆめりはミラ相手に、ピンクのニットは三十代には派手すぎるだろうか、ティアードスカートだと周りの邪魔になるかもとさんざん迷い、ラベンダーのニットに白のロングスカートという、微妙にトーンダウンさせた格好に落ち着いたのだった。これだってゆめりにとってはいつもより華やかめのファッションではある。

「ミラ、隠れててってば。ライブ始まったら出してあげるから」

「つまんないミラ、ゆめりばっかり楽しそうにしてずるいミラ」

バッグに押し戻そうとすると、ミラは短い手足をばたつかせて抵抗した。

「あの、すみません。通してもらってもいいですか？」

誰かに声をかけられ、ミラがぱたりと動きを止める。目から光すら消え、一瞬でどこからどう見てもぬいぐるみと化した。

「あ、すみません！　どうぞ！」

ゆめりは慌てて立ち上がった。会場内の通路は狭く、席に座ってしまうとその前を通れないほどなのだ。声をかけてきた男の人はゆめりの前をすり抜けると、席番が隣だったらしく、そのまま着席した。

なんだか目の奥に違和感が残って、横目でちらとその人を見た。違和感の正体はすぐにわかった。赤ばかりの会場で、その人が水色のTシャツを着て、水色のマフラータオルを首からかけていたせいだ。Tシャツには、見たことのあるロゴが躍っている。

アイドリーフェノミナ。誰もが知る国民的アイドルグループだ。四十人以上の正規メンバーに加え、研究生まで抱える大所帯である。かのんがソロ転向前に所属していたグループだが、あまり人気が出ないまま卒業した。バラエティ番組では、そのことをいじられているのを時々見かける。ライブの予習にと当時のMVも見てみたが、黒髪ポニーテールにプリーツスカート姿で、たくさんのメンバーたちが行き交い目まぐるしく変化するフォーメーションに組み込まれ踊るかのんは、今とは別人みたいだった。

隣に座ったこの人は、きっとフェノミナ時代からのファンなんだろう。それだけの熱量を持った人と並んで座るのは、やっぱり申し訳ない気がする。

　手持ち無沙汰になったゆめりはスマホを取り出し、ライブのハッシュタグを検索して眺めた。今日のためのコーデ写真やセトリ予想をスクロールする内に、ふと白黒アイコンのポストが目に入る。

『会場、にわかばっか。ハコだけでかくて、アイドルとしては終わってんな』

　思わず親指を上にすべらせて、その発言を画面の外に追いやった。

　熱気に満ちた会場にいながら、こんなことをつぶやく人もいるのか。なんだか画面に表示される文字が頭に入らなくなってきて、早くもスマホの電源を落とした。

　黒須が戻ってきたのは、開演時間ぎりぎりになってからだった。

「遅くなってすいません。トイレ、ものすごい並んでました」

　ゆめりが答える前に客電が落ちていく。

　ミラをバッグから出し、そっと肩に乗せた。ふわふわの手が、暗闇で首元につかまる。

　歓声と共に点灯された無数のペンライトが、会場を赤く染めていく。その光に応えるかのように、目の前のサブステージにスポットライトが点った。床にぽつんと置かれたマイクが照らし出されたが、かのんの姿はそこにない。

　会場のどこからか、悲鳴のような声が上がる。声の元らしい三階席を見上げて、ゆめりは息を呑んだ。かのんが手すりに腰かけ、足をぶらぶら揺らしている。平気な顔をしているが、少しでも体勢を崩せばアリーナに落ちてしまう。モニターには、妖精ルミナスが深紅の瞳に涙をためながら、かのんにしがみついている姿も映し出された。

『お前らー、今日はお集まりいただきありがとうー。満員御礼、グッズも完売続出で、あたしも事務所も超笑顔だわ。クソだる長すぎ列に並んだのになんも買えんかった奴はすまん。再販しろ言っとくから、めんどくても通販してなー』

そんでまあ、とかのんは手すりの上で立ち上がった。さっきよりさらに甲高い悲鳴が客席から上がるが、声にはどこか期待がにじんでいる。

『今はグッズ適正数読み違えた無能運営のことは忘れて、あたしのことだけ考えな』

ハンドマイクが投げ捨てられ、ハウリング音が耳をつんざく。

かのんはそのまま三階席から、アリーナのサブステージに向かってダイブした。

悲鳴と歓声が入り混じった叫びが、会場を揺らす。

かのんが大写しになったモニターを見ると、一緒に落ちていくルミナスが落下の恐怖で泣きながらコンパクトを開いていた。かのんの体を炎に似た赤い光が包み、ステージに着地する頃にはおなじみの魔法少女姿になっている。

会場を揺らした絶叫は、いつの間にかまじりけなしの歓声に変わっていた。

マイクを拾い上げると、かのんはにっと歯を見せて笑った。

もうモニターを見上げる必要はない。肉眼で、その歯の白さまではっきりと見える。ゆめりは棒立ちのまま、魔法にかけられたみたいに、叫ぶことも動くこともできなくなった。

そこにいるのはアイドルだった。ゆめりと同じ魔法少女だけど、同じところはそれだけで、あとはまったく別種の生き物なのだと、肌にびしびしと伝わる存在感が叫ぶ。

『よっしゃお前ら、一曲目行くぞ！』

かのんが拳を突き上げると、サブステージを取り囲むように炎が吹き上がった。頰に熱を感じたのも束の間、スピーカーから大音量でイントロが流れ出す。かのんの代表曲「メタメタメタメタメタモルフォーゼ」だ。

地鳴りがする。観客がみんな跳ねているせいだ。がなるような歌声に応えて、会場中に赤い光が揺れる。まるで炎の波だ。ゆめりも慌てて、さっき黒須に借りたばかりのペンライトを赤色に点灯した。その光一つ持つだけで、会場を渦巻く波の一部になる。

波の上で、宵町かのん一人だけが笑い、走り、踊り、歌っていた。

この曲のMVには、かのんが魔法少女に変身する箇所がある。歌詞は『あたしはアイドル、しかも魔法少女、息つく間もない』。今日は最初から魔法少女姿だったかのんは、そのシーンで『あたしは魔法少女、それもアイドル、息なんかつかせねーよ』と客席のファンを指差し、魔法少女からアイドル衣装のかのんへと逆変身した。

早くも今日一番の歓声が耳をつんざいて、そのままサビに突入する。

『メタメタメタメタメタモルフォーゼ！　宵町かのんが!?』

客席にマイクが向けられると、観客全員が腹から声を出して叫んだ。

『この世で一番！』

そのフレーズが繰り返される度に、観客のボルテージがどんどん上がっていくのがわかった。大サビに辿り着いた時には、思わずゆめりも一緒になって叫んでいた。

『宵町かのんがこの世で一番！』


「「……すごかったですね！」」

休憩時間になり客電が点灯した途端、ゆめりと黒須は同時に言った。

「すごい！　映像より全然すごいです！」

かのんの存在感を表す言葉がもっとあるはずなのに、脳みそがすっかり興奮してしまっていて、すごいすごいとそれしか言葉が出なかった。黒須も同じみたいで、「いや、びっくりしました！　自分も現場は初めてで、配信とかバラエティの時と別人みたいで……」と早口にまくし立てた。鼻と口元しか見えないのに、興奮ぶりが伝わってくる。

「お二人、かのんちゃんのライブは今日が初回ですか？」

声に横を向くと、話しかけてきたのは隣席のフェノミナTを着た男性だった。

「はい！　本当にかっこよくて……最高でした！」

そうでしょう、と男の人は自分がほめられたみたいに深く頷いた。

「誤解されやすいんですけど、かのんちゃんてストイックなんですよ。最近は炎上キャラとか魔法少女の活動ばっかり注目されてますけど、昔から努力家で、アイドルに命懸けてるんだなってパフォーマンスから伝わってくるんです！　なのにフェノミナ時代はなかなか評価されなくて。それが一人でこんな大きい会場埋められるようになるなんて……」

男の人は話しながら鼻水をすすり出した。

「すみ、すみません。勝手に話しかけて、勝手に泣き出したりして」

「謝らないでください。大好きな人のこんな姿見たら、そりゃ泣いちゃいますよ」

黒須もゆめりの言葉に何度も頷いた。よかったらこれどうぞ、とティッシュを差し出すと、男の人は「ありがとうございます」と涙と鼻水を拭いた。

「見苦しくて、すみません。こんな顔、かのんちゃんに見られたら笑われる」

「そんなことないですよ！　むしろ嬉しいんじゃないですか？　ずっと応援してくれてる人が、泣くほどライブ楽しんでくれてるなんて」

男の人は、どうしてか一瞬真顔になった。

しかし次の瞬間にはもう、嬉しそうな笑みが口元に戻っていた。

「だったら、いいんですけど」

お手洗いで顔洗ってきます、と彼は席を立った。

「……かのんちゃんって、本当にすごいんですね。こんなに完璧にアイドルをやって、ファンの人に愛されて、その上魔法少女もこなしてるなんて」

ゆめりはちょっと前まで、かのんは「魔法少女」を利用してるみたいで苦手だと思っていた。だけど彼女は自身の言葉通り、きっとアイドルが一番なのだ。魔法少女は素質がなければ妖精と契約できない。やれる人がいないならと仕方なく魔法少女業を引き受けてくれたのかもしれないのに、そんなこと考えもしなかった。ゆめりはただ、理想の魔法少女じゃないとだだをこねていただけだ。自分が魔法少女にならなかったら、ずっとそのままだったかもしれない。

「地力すごいですよね。それで頑張ってる感を出すどころか、戦闘配信とか賛否あることして、あくまで利用してるってポーズとるところがらしいっていうか」

黒須は、今は誰もいないステージに目をやった。

「でも、かのんちゃんも前よりは楽になったんじゃないんですか？　魔法少女も増えましたし。ほら、最近は新しい子が二人も出てきたじゃないですか」

思わず口元が引きつった。魔法少女好きなら、ミーティアのことだって知らないわけはない。話題に上るに決まっているのに、なんの心づもりもしていなかった。

「そ、そうですね。でも、その分黒禍も昔より増えてるみたいですし……」

語尾がふにゃふにゃと揺らいで消える。我ながらごまかすのが下手くそだ。だけど黒須は特に気にも留めず、「花咲さん、実在魔法少女の中だったら誰が好きですか？」と続けた。

「え？　えーと、かのんちゃんのライブに来ておいてなんですが……今は、一番新しい黒い子が気になってますかね」

「ああ、アイギスですか」

「アイギス？」

「あの黒い魔法少女、ネットでそう呼ばれ始めてるんです。防御魔法の使い手だから、神

「おそらくは。とにかく、指示があるまで動かない方がよさそうです」

　頷きはしたものの、このままなりゆきを眺めていていいものだろうか。こんな人混みで戦うなんて、いくらかのんが経験豊富とはいっても無謀すぎる。天井から照明一つ落ちてきたって、観客が重傷を負いかねない。加勢した方がいいだろうか。

　だけどここじゃ変身できない。人が多すぎるし、黒須が隣にいる——

「あれ？」

　しかし天井を見渡していた視線を下げると、黒須の姿がなかった。

「黒須さん？」

　人混みに紛れてしまったのだろうかと見回しても、暗くて遠くまでは見通せない。

「ミラ、どうしよう」

　まったく好き勝手やってくれちゃって、とミラがひょこりと顔を出した。

「とりあえず様子見ミラ。かのんが一人で対処できるなら、それに越したことないミラ」

「でも、手遅れになったりしたら……」

　そう言っている間に、かのんがメインステージから跳んだ。

　小柄な体が、黒禍めがけて赤い弧を描く。まるで衛星の軌道のような美しさに目を奪われた刹那、リボルバーが火を噴き、魔弾が黒禍の背に打ち込まれた。

　黒禍は苦悶の声を漏らし、上りかけていたサブステージから客席に落ちる。ゆめりたちがいた辺りの座席は、その背に押し潰されてひしゃげてしまった。

『なんだ、雑魚(ハズレ)かー？　せっかくのライブなのに盛り上がんないじゃん』

　黒禍の背に着地したかのんは、続けざまに五発を撃ち込んだ。その度(たび)に黒禍の体は跳ね、軋(きし)るように呻(うめ)いて動かなくなった。観客たちはどこか残念そうにも聞こえる声を上げたが、ゆめりはほっとして肩から力が抜けた。

「安心するのはまだ早いミラ。あいつ、消えてない」

　ミラが言い終わらない内に、かのんが視界から消えた。

　その姿を探し当てる前に、耳が衝撃音を捉える。

　音の元、二階席を見上げると、触手に絡めとられ、座席に叩きつけられたかのんの姿がそこにあった。

　悲鳴は上がらなかった。声すら追い付かない、一瞬の出来事だった。

　息を詰めた視線が集まる中、かのんがもぞりと動いた。観客がそろって安堵(あんど)の息を吐く。彼女が今にも起き上がり、『やば、ダサいとこ見せたわ』と舌を出すのだと、みんな思った。

　しかしかのんの体は脱力したまま、アリーナの上空をぶらんと揺れた。

　振子の軌跡は、赤かった。

　アリーナにいる黒禍から長く伸びた触手が、かのんの体を宙にぶら下げていた。下手(へた)くそな人形師に操られたマリオネットみたいに、その四肢(しし)が軋み、あらぬ方向にねじ曲げられようとする。

　ようやく、悲鳴が聞こえた。

　それが聞ければ満足だとでも言わんばかりに、黒禍（こくか）はかのんをねじり上げるのを止め、サブステージによじ登った。新しいおもちゃを人々に向かって自慢するように、触手の先端に吊り下げたかのんをぶらぶらと揺すってみせる。

「……ミラ、お願い。ちょっとだけ周りの人にむこう向いててもらって」

「やれやれ、手がかかるミラ」

　ミラは肩をすくめると、飛び上がって普段のサイズに戻った。周囲の人が青く発光するラピスに気付き、「え？」と小さな声を上げる。ミラが『下がれ（アルキナテイオ）』とつぶやくと、彼らはぼうっとした表情になり、ざっと後ろを向いた。

　ゆめりのいる場所にだけ、ぽっかりと人込みに穴が空（あ）く。

　バッグの中に手をつっこみ、コンパクトをつかみ出して開いた。

　薄闇に、たちまちピンクの光があふれる。

　人々が振り返る前に、ゆめりは床を蹴（け）った。

「ミーティアだ！」

　誰かが叫ぶと、こんな状況でも無数のシャッター音が聞こえてくる。

「まったく、ルミナスがかのんをちゃんとしつけとかないから」

　ぶつぶつ言いながら、ミラの尻尾（しっぽ）がロッドをぶん投げた。サブステージ目がけて跳び上がりながら、ゆめりの手はしっかりとロッドの柄をキャッチする。

『貫け！』」

暗闇に慣れた目を、光魔法がまぶしく射る。

放たれた光の矢は、かのんを締め上げた触手に突き刺さった。痛みを感じているかのように触手は身じろいだが、それでも拘束を緩めようとしない。

「かのんちゃんを放して！」

さらに攻撃を加えようとすると、黒禍は醜悪な口をあんぐりと開けた。

その意図に気付き、ゆめりは叫ぶ。

「待って、それはだめ！」

けれど黒禍がそれで止まるはずもない。かのんを口の中に放ると、ごくりと喉を鳴らして飲み込んでしまった。ふたたび開かれた口の中には、もう誰の姿もない。

子供のような泣き声に顔を上げると、二階席の手すりにルミナスがしがみついていた。

「ルミナス、何やってるミラ！」

ミラの声に気が付くと、ルミナスはミラ目がけて飛び降りてきた。

「ごめんなさいごめんなさいミラ様、ルミナスしくじりました！　かのんちゃんのこと、助けてくださいぃ」

「だから魔法少女はちゃんと制御しとけって言ったミラ！　ゆめり！」

「わかってる！　行こう！」

妖精二人を両脇に抱え上げ、黒禍に向かって走り出す。

「いつかはこうなるって思ってたんですぅ。でもルミナスじゃ止められなくてぇ……」

「心配しないで。必ず助けるから！」

ルミナスが鼻水をすすりあげるのを聞きながら、ゆめりは閉じかけた黒禍の口へ滑り込んだ。


目を開けると、おなじみの果てしない世界がそこにあった。

がらんどうの空間にいくつも長机が並べられ、一つの机につき一人ずつ女の子が立っている。その前には長い列が伸びていた。列に並んだ人たちは、机の向こう側に立った女の子と何事か短く話し、握手をしては列を離れ、また最後尾についた。

「いったいなんの儀式ミラ、これは」

「儀式じゃなくて、たぶん握手会だと思うんだけど……」

言いながら、長机の一つにかのんが立っているのを見つける。

「かのんちゃん！」

ルミナスが駆け寄ろうとするのを、ミラが羽交い締めにして引き留めた。

「バカ、よく見るミラ、あれは撒き餌！　かのん本人じゃない、黒禍の擬態ミラ！」

幼いゆめりや黒い魔法少女に化けた黒禍を見ていたから、ゆめりにもわかった。人のように見えるものはただの人形、かのんの姿をしているのは黒禍の本体だ。人間とは気配が異なるし、髪型だってさっきまでのかのんと違う。ツインテールでもボブでもなく、長い黒髪をポニーテールにしてふんわりとしたスカートをはいた姿は、影の薄かったフェノミナ時代のかのんそのものだ。

本物のかのんはどこにいる？　見回しても近くにその姿はない。黒禍に呑み込まれたのだから、絶対どこかにはいるはずなのに。

そこに新たな一人の影が、光に吸い寄せられる蛾のようにふらふらとやって来た。

水色のTシャツには覚えがある。客席で隣にいた古参ファンの彼だ。気配からして、あれは人形でも黒禍の分身でもない。本人だ。お手洗いに出た時、ロビーで黒禍に遭遇して取り込まれてしまったんだろうか。

彼は当たり前のように列に並び、偽かのんの前に立つと、さっと右手を差し出した。偽かのんはにこやかに応え、両手で彼の手を包み込む。

『いつもありがとう』

アイドルらしい百点の笑顔は、本物のかのんからかけ離れている。やっぱりこれは偽物だ。かのんの顔面だけを借り、黒禍が操縦しているお人形だ。

それなのに、古参の彼はこれ以上ないくらい嬉しそうに笑い返した。

一秒、二秒と時が経っても、偽かのんは彼の手を放そうとしない。見れば、繋がれた手から黒い影が染み出している。とっさに走り寄ろうとしたが、足が持ち上がらない。

どうしてと下を見て、「ひっ」と思わず声が漏れた。

地面から生えた無数の手が、ゆめりの足をつかんでいる。手の群れ一本一本にはペンライトが握られ、そのすべてが水色に光っていた。

「逃げて！　それはかのんちゃんじゃない！」

せめて声だけでも届いてと叫んだが、彼は振り返らなかった。

もうこうなったら仕方ない。ゆめりは右腕を通じてロッドに魔力を送り込んだ。

「『爆ぜろ(ビュロ・ボルス)！』」

しかし魔法が放たれる直前に、床から伸びた手にロッドをつかまれ、切っ先を下げられた。光球は軌道を逸(そ)れ、空間の彼方(かなた)へ飛んでいってしまう。

魔法に驚いたように、長机の前に群れていた人も、かのん以外のアイドルたちの幻影も、ふっと宙に揺らいで消えた。

あとには、偽かのんと古参の彼だけが残る。けれど二人はまるで何も起きてはいないかのように、この世界には二人しか存在していないかのように、親しげに何か話し続けている。そうしている間にも、影の浸食は広がっていく。初めての戦闘時、颯太の全身を覆(おお)っていた黒禍の残滓(ざんし)と同じように、黒い影が彼の体にこびりつく。

地面から生えた手を魔法で薙(な)ぎ払ったが、次から次へと再生してきりがない。跳び上がって逃れても、着地すればまた無数の手に足をつかまれ、地面に引きずり込まれそうになる。背中の羽では多少浮くことしかできず、すぐそこにいるのに偽かのんに近付けない。

「ルミナス、なんか飛行用の魔道具持ってきてないミラ!?」

「えーん、ごめんなさい！　そういうのは楽屋に置いてきちゃって……」

「バカ！　なんのためにその尻尾あると思ってるミラ！」

どうしようと天を仰いだその時、天井に黒点が現れた。

点はだんだんと大きくなる。というか、ふわふわと落ちてきている。

それは点ではなく、人だった。黒い傘をパラシュートのように広げ、ゴシックロリータ調のコスチュームに身を包んだ——アイギスだ。

本当にまた会えた。そんな場合じゃないのに、笑みがこぼれる。

ゆめりは両腕を広げ、落ちてくる少女を抱きとめた。

「すみません、遅くなりました」

アイギスは傘を引っくり返すと、小舟のように手の群れの上に浮かせた。盾としての効力が発動しているらしく、無数の手が傘に伸びるも、触れられずにいる。ゆめりたちが乗り込むと、傘の舟はちょうどいい大きさにまで膨らんだ。

「ありがとう。助けられるの、二度目だね。えっと……」

なんと呼べばいいのかわからなくて、言葉に詰まる。アイギスでいいのだろうか。

「アイギスって呼んであげてほしいっす」

襟元から顔を出したノアが、すみれ色の目を瞬いて言った。けれどアイギスは「それ、ただのネット上のあだ名でしょ」とやや不服そうに口を尖らせた。

「ミーティアだってあだ名じゃん。なに、それとも本名名乗る？」

少女は唇を一文字に結ぶと、ゆめりにすっと手を差し出した。

「……アイギスです。よろしくお願いします、先輩」

「うん、よろしく。ありがとう、いつも助けにきてくれて」

「いえ。私が遅刻してばかりなだけです」

「遠慮（えんりょ）したらだめだって。売れる恩はいくらでも売っとかないと」

「ノア、黙りなさい。今はそれどころじゃないミラ」

ミラに睨（にら）まれると、ノアはアイギスの背中にさっと隠れた。

「じゃ、行こうか。アイギス、援護をよろしく」

「了解です」

ロッドを構えると、傘の舟がざあっと無数の手の上をすべった。何も指示しなくても、古参ファンの彼が射線から外される。ゆめりは光球を立て続けに三発放った。偽かのんは避けるそぶりも見せず、すべて側頭部に命中する。しかし光球は偽かのんを貫くことなく、肌にめり込んだかと思うと、勢いを増して跳ね返ってきた。

「『貫け（ペネトラーレ・サリーサ）！』」

アイギスが盾を張ろうと身構えたが、展開する前にゆめりが光の一閃（いっせん）で薙ぎ払う。

「……すごいです、先輩」

「話には聞いてたけど、ほんとバカみたいな魔力量すね。詠唱（えいしょう）省略でこれかあ」

「詠唱省略？」

なんのことやらと首をひねると、ノアは「うわ、まさか」という目でミラを見た。

「騎士長、呪文教えてないんすか」

「だって必要ないミラ。元から火力はあるんだから、なっがい応用呪文覚えさせるより、魔力コントロールの修業に時間割いた方が効率的ミラ」

「はあ、力でゴリ押し脳筋戦法。妖精界での騎士長と同じっすね」

ミラの蹴りから逃れ、ノアはアイギスの頭によじ登った。

「普通は強力な魔法打つ時って、呪文か専用魔道具で補強するのがほとんどなんすよ。どっちの助けもなくてこれって、ミーティアが相当の外れ値なのはわかりましたけど」

でも、とノアは両手で作った小さな円の向こうに、偽かのんを覗き込む。

「そのミーティアで傷一つ付けられないって、けっこうヤバくないですか?」

ノアの言う通り、偽かのんは無傷だった。瞳が三日月型に細められ、にやにやとこっちを眺めている。攻撃に転じる様子もなく、ゆめりたちがどう出るか観察しているらしい。

「かのんちゃんに何するんだ!」

黒禍が何もしない代わりに、古参ファンが叫びながらこちらに向かってきた。向こうから近付いてきてくれるのを幸いに、彼の腕をつかむ。「はなせ」と暴れられたけど、成人男性一人の抵抗なんて、魔法少女にとっては羽虫のはばたきくらいのものでしかない。

「ごめんね」と担ぎ上げて傘の中に放り込むと、ノアが尻尾を伸ばして縛り上げた。

彼と入れ替わるように偽かのんに向かって跳び、至近距離からロッドを振り下ろす。

魔力を込めたロッドはゆめりの背丈くらいまで伸び、その先端を槍のように尖らせた。

それでも偽かのんは迎撃の構えを取らない。

「『爆ぜろ(ピュロ・ボルス)！』」

ロッドは光弾を炸裂(さくれつ)させながら、切っ先で偽かのんの肉体を突いた。しかし魔法と槍、どちらも表皮で阻(はば)まれる。薄くひびの入った偽かのんの顔がにやっと笑ったかと思うと、砕(くだ)かれた光弾が粒となって跳ね返り、ゆめりに襲いかかった。

「『天上に住まう者(デウス・ディーワ・マーテル)、あるいは奈落の盟主の名において命ず(アウト・ディアボルス、ウエストルム・ノーメン・デマンダーレ)。光を害する邪悪(ルーメン・オブナーティオ・ダイモン)を除き、それらすべてを拒め(ネガーレ・オムニス)』」

「ほら、こういうのが普通の人間のやり方なんすよ」

後頭部に、アイギスとノアの声を聞く。

気が付けば、全身が黄金色の薄い膜(まく)に包まれていた。アイギスの魔法だ。やわらかくて心地いい。牙を剝(む)いた光の粒は、肌に食い込む前に膜の上で霧散(むさん)した。

ゆめりはふたたび傘の舟に着地する。

偽かのんはいやらしく笑ったままだ。ポニーテールに乱れもない。

「うーん、あんま効いてないっすねえ。どうします？」

「どうしますじゃないミラ。お前の魔法少女は攻撃魔法の一つも使えないミラ？」

「教えるには教えましたけど、素質的に援護特化っぽいっていうか。ミーティアの攻撃力でだめなら、アイギスじゃ厳しいっていうか」

すみません、とアイギスが頭を下げる。

「も、もしかして、これって」

ルミナスが長く鼻水をすすり上げた。

「万事休すですかぁ？」

ゆめりはルミナスをなだめるように頭を撫でた。

「まだ諦めるには早いよ。私、魔力だけはいっぱいあるんだから。ひびが入ったってことは、多少は効いてるでしょ？　それなら黒禍が音を上げるまで撃ち続ければいい」

ぎゅっとロッドを握り直すと、さっきまではなかったはずの人影が、偽かのんの前に立つのが見えた。

「かのんちゃん！」

ルミナスが悲痛な声で叫んだ。気配から、あれは本物だとわかる。とっさにロッドを大鋏に変形させせたが、黒い糸は見えなかった。見えなければ、切ることもできない。

「ミラ、なんで？　かのんちゃんは呑み込まれたのに、糸が見えない」

「黒禍が隠してるミラ。あいつらは人の強い感情が好物だって言われてるミラ。プラスの感情でもマイナスの感情でも、同じだけの力を黒禍に与えてしまう。今日のライブ会場みたいなところは格好の餌場ミラ。食えるだけ食ってぶくぶくに膨れた分だけ、あいつは強いと思っていいミラ」

「じゃあ、どうしたら糸が見えるようになるの？」

「黒禍を弱らせるしかないミラ。そうすれば、糸を隠してる余裕もなくなるはず」

それなら、結局やることは変わらない。

ルミナスが何度も呼びかけ続けているが、かのんは偽物と対峙したまま振り返ろうとしない。焦れたルミナスが傘の外に飛び出そうとするのを、ノアが尻尾をつかんで止めた。

「あ、やべ」

その拍子に縛めが緩んだのか、古参ファンの彼が駆け出した。不思議なことに、彼が走っても床には手が生えてこない。まるで、偽かのんが彼を呼び寄せているかのようだ。

「何してんのよ、ノア！」

「すいませんって、おーいルミナス、一旦落ち着け」

ルミナスをなだめる間に、古参ファンは二人のかのんの元に息を切らして走り寄った。

そして迷うことなく、偽物の方の手を取った。

「ごめんね、邪魔が入っちゃって……」

『ううん。いつもありがとう』

偽かのんが、ひび割れた顔でほほ笑む。

本物のかのんの顔が歪み、偽物の手を握ったままのファンの腕をつかんだ。

「ねえ、なにしてんの。かのんはあたし。そいつはもう、あたしじゃない」

古参ファンの彼は、ゆっくりとかのんを振り返った。大好きなかのんが目の前にいるはずなのに、その顔は冷え切っている。

「何言ってるんだ。お前はかのんちゃんじゃない」

外から聞いているゆめりでさえ、心臓が冷えるような声だった。

言葉を浴びせられた当のかのんは凍り付き、手を放すこともできないでいる。

「お前は俺を裏切った。人気ない時代から推してやったのに、勝手に卒業して、キャラ変して。俺が好きになったのはお前じゃない！　この子なんだ！」

男の人が、かのんの手を振り払う。

「今のお前は見るに堪えない。俺の大好きな子の名前を騙って、下品なことばっかり言う。にわかどもにちやほやされて調子に乗って、とんだ恩知らずだ！」

それを聞いた偽かのんの口元がにやあと割れたかと思うと、頭部全体がぶよぶよと膨張していった。かのんに向き合う男の人はそれに気付かず、偽物の手を握ったままでいる。

本物のかのんは、かつての自分の顔が膨らんでいくのを呆然と見上げていた。

ゆめりはロッドから光の矢を放った。しかしやはり、あっさりと弾かれる。

膨張し続ける偽かのんの——いや、今や黒禍の本性をむき出しにした怪物の肉体に、古参ファンとかのんが長机ごと沈んでいく。

「かのんちゃん、逃げて！」

しかしかのんは動かず、ずぶずぶと黒禍に取り込まれていった。

やがてぺっと吐き出すように長机だけが床に転がって、二人の姿は消えてしまった。

「か、かのんちゃ……」

えっえっとルミナスがしゃくり上げる。

ゆめりと黒禍の目が合った。肉色の化物の小さな目が、楽しげに細められる。

黒禍の腹の中で、もう一度黒禍に取り込まれた？

これって、どうなるんだろう。

とにかくこのままじゃ、うかつに攻撃できない。もし攻撃が通れば、黒禍と一体化してしまった二人も傷付けてしまうかもしれない。

けれどミラは「ひるんだらだめ。行って」とゆめりを促した。

「だって、攻撃したらあの二人はどうなるの」

「わからない。でも、何もしなければ全員ここから出られないのはわかりきってるミラ。もちろんかのんも助からない。今は懸けるしかないミラ」

そんなことを言われても、二人を犠牲にする決断なんかできるわけがない。

魔法少女なら、全員助けてハッピーエンドにしなくちゃいけない。誰かを見殺しにするなんて、そんなの魔法少女じゃない。

でも、じゃあ、どうする？

誰も言葉を発しなくなると、ルミナスの泣き声だけがその場に残った。

「あーもう、うるさいミラ！　耳元でぴーぴー泣かれたら、考えもまとまりゃしない。だいたい、諦めるのが早すぎミラ。ルミナス、かのんが死んでもいいミラ？」

ひ、ひ、としゃくり上げながらもルミナスはぶんぶん首を横に振った。

「じゃあ泣いてないで考えるミラ、あいつを倒して、かのんも助ける方法を」

ち、とミラが舌打ちする。

「こっちでも魔法がまともに使えたら、あんな奴すぐに腹かっさばいてやるのに」

おーこわ、とノアがこの状況でもおどけたように肩をすくめると、それまでずっと黙っていたアイギスがぽつりと言った。

「外から攻撃できないなら、やっぱり中からじゃないでしょうか」

一同の視線がアイギスに集まる。

「中からって？」

「はい。セオリーだと、外皮が硬いのは弱点の脆さを補うためですよね。ゲームの敵とかの話ですけど……。だったら、内側からダメージをくわえればいいんじゃないかと」

「……つまり？」

ゆめりの疑問符に、アイギスは一つ頷いた。

「かのんちゃんに呼びかけて、中から攻撃してもらうんです」

けれどミラは首を横に振った。

「それは無理ミラ。おとなしく取り込まれたとこからして、今のかのんは悪夢にどっぷりミラ。外部からの介入なしに、黒禍の夢から目覚めることは難しい。魔法少女でもそれは変わらないミラ」

「なら、介入があればいいんですよね？」

「ただ騒いだら起きるってわけじゃないミラ。黒禍は人の心を覗いて、触れられたくない部分を悪夢に練り上げる。その夢を否定するようなものを見せられなきゃ、かのんは目覚めない。それが何かなんて、他人にはわかりようがないミラ」

「えっと……わかんないけど、わかるかもしれない」

え、と今度はみんなゆめりに注目した。

「かのんちゃんが黒禍に取り込まれる前、ファンの人と話してたよね。『お前はかのんちゃんじゃない』って言われて、ショック受けてたみたいだった」

「かのんってそんなことで傷付くミラか？　むしろ鼻で笑いそうミラ」

「でも、アイドリーフェノミナにいた頃と今のかのんちゃんはキャラが全然違うよね？　だったら昔のファンにどう思われてるか、実は気にしてたりしないかなって……」

そういう考えは、ゆめりにも覚えがある。ゆめりとミーティアは両方自分のはずなのに、他人にとっては別人だ。二人とも好きになってもらえたら一番いいけど、そう都合よくはいかない。ましてかのんは、自らの意志で以前の自分を捨てたのだ。

「案外、先輩の言うとおりかもしれません。かのんちゃんは人気アイドルですけど、フェノミナ時代のファンはついていけずにアンチに転じたというような話も聞きます。整形の公表も、それに拍車をかけたというか」

「整形？」

「有名な話です。当時はだいぶ燃えました」

そういえば、動画のコメント欄でそんな話題を見たような気もする。芸能人の整形なんてありふれた話だし、それを公表するのもかのんらしい。今のかのんのファン層なら、特に抵抗なく受け入れられそうでもある。

だけど、フェノミナのファンにはどうだろう。フェノミナは王道アイドルグループで、メンバーのスキャンダルに厳しいイメージがある。キャラ変だけでも反感を買っていたところに整形の話が出れば、怒るファンがいても不思議じゃない気がする。

「……迷ってるのかな、かのんちゃん。これでよかったのかどうかって」

全部ただの憶測だ。だってゆめりは、画面の中の、アイドルとしてのかのんが見せるほんの一部しか知らない。本当はどんな人なのか、全然知らない。勝手に自分を重ねて、勝手に想像しているだけ。でも今は、その勝手な想像にすがるしかない。

「で、かのんの悪夢がそれだとして、どうするミラ？」

言葉に詰まったゆめりの後を引き継いで、アイギスが言った。

「歌います」

アイギスがすっくと立ちあがると、傘の舟が揺れた。

「歌うって……は？」

「かのんちゃんは自分で言っているように、魔法少女である前にアイドルです。今がライブ中で、ファンが待ってるって思い出したら、何がなんでも会場に戻ろうとするんじゃないかなと」

アイギスが広がったスカートをごそごそまさぐったかと思うと、ペンライトが現れた。

まるで妖精の尻尾みたいに、何本も何本もこぼれ出てくる。それをゆめりと妖精たちに配り終えると、自身は指の間に挟み込んで、計八本をかぎ爪のように装着した。

「アイギス、俺思うんだけど。かのんは腹ん中だし、ペンライト光らせても見えないんじゃや」

「こういうのは気分だから。それよりノアくん、音楽」

こんなのうまくいくかねえとぶつぶつ言いながらも、ノアは尻尾から蓄音機に似た魔道具を取り出した。魔道具に嵌め込まれた小粒のラピスがぼうっと光ると、静まり返っていた空間に爆音が鳴り響く。いわずと知れたかのんの代表曲、『メタメタメタメタメタモルフォーゼ』だ。ミラは長い耳をぎゅっと引っ張り、顎の下で結んだ。

「あー、もう。うるさすぎて鼓膜破けるミラ」

「黒禍の中にいるかのんに聞かせるなら、これくらい音量なきゃだめっすよ」

録音されたかのんの声が歌い出すと、アイギスがぶんと腕を振り回した。クールな表情のままスカートの裾を激しく揺らし、体全体で踊るというかなんというか、とにかく独特な動きをしている。

これはいわゆる、オタ芸というやつじゃないだろうか。

いきなり現れたシュールな光景に、思わず口が開いた。

「だからさ、変なおどり踊ってもかのんからは見えないって。傘揺れるからやめてよ」

「言ったでしょ、こういうのは気分が大事って。見えなくても絶対伝わるよ」

以降、アイギスはノアやミラが何を言っても完全に無視し、踊り狂った。コールも完璧だった。観客がアイギス一人になっただけで、さっきライブで聞いたのとまったく同じ。

Ａメロが終わりかけた時、ゆめりは目を見張った。黒禍の腹に、ぼこりと突起が現れたのだ。まるで、内側から誰かが蹴りを入れたかのような。

「あれ見て！　かのんちゃん、起きたのかも！」

アイギスは踊り続けながら、こくりと頷いた。

曲が最初のサビに入る。ゆめりもペンライトを点灯し、ロッドにも魔力を送り込んで光らせた。アイギスに合わせてロッドを振ると、ミラとノアも顔を見合わせ、仕方なさそうにペンライトを揺らし始めた。

曲の盛り上がりは最高潮となり、大サビを迎える。メタメタメタメタメタメタモルフォーゼ、と歌うかのん（録音）に応えるように、アイギスとゆめり、妖精たちは声を張った。ここだけはライブで何度も繰り返されたから、ゆめりも覚えている。

「メタメタメタメタメタモルフォーゼ！　宵町かのんがこの世で一番！」

叫び終えた瞬間、焦げ臭いにおいが鼻をついたと思うと、黒禍がぼうっと燃え上がった。

炎はあっという間に黒禍の体を覆い尽くし、その輪郭を溶かしてしまう。

三度銃声が聞こえて、黒禍の腹に穴が空く。

「かのんちゃん！」

ルミナスが傘を飛び出すと、燃える黒禍の中から人影が這い出てきた。ほかの誰でもない、宵町かのんだ。トレードマークであるツインテールの先っぽが焦げてはいるが、目はぎらぎらと光り、例の古参ファンの足首をつかんで引きずっている。

「ちょっと、コールの声小さすぎなんだけど！　お前らやる気あんの？」

かのんに怒鳴られると、アイギスは「ある」の意思表示代わりにペンライトを振った。

「はあ……。まさか、こんなんでうまくいくとは思わなかったっすわ」

「なんでもやってみるもんでしょ。人間って、変だから」

アイギスは指の間からペンライトを抜きながら、ノアの頭を撫でた。

黒禍は巨体のほとんどが燃え落ちてしまっていたが、燃え残った肉片がうごめき、ふたたび寄り集まろうとしている。

「まったく、びびらせてくれるわ。外側ばっかり硬くて、中はあんなに脆弱なんて」

ミラがため息を吐く内に、黒禍はまたもフェノミナ時代のかのんを象った。しかしその顔も体もつぎはぎだらけで、引きちぎられた人形を縫い合わせたように無残な姿だった。

かのんが露骨に顔をしかめる。

「下手くそ。化けるんならもっとうまく縫えや」

ゆめりはおそるおそる傘の外に出た。地面に足をつけても、もう無数の手は伸びてこない。それだけ黒禍が弱っているのだろう。

その黒禍本体が、糸の絡まった操り人形のようにぎこちない足取りで向かってくる。

「死にぞこないが。見苦しいんだよ」

かのんが黒禍に向かってリボルバーを構える。しかし引き金が弾かれる前に、古参ファンの彼が起き上がって飛び出した。首に巻いていた焦げたマフラータオルが、はらりと落ちる。彼は黒禍を庇うように両腕を広げ、仁王立ちになった。

かのんは無言で彼を睨みつけた。男の人は、震えるように首を横に振る。

「……殺さないで。俺の大好きな女の子のこと、殺さないで……」

かのんはじっと相手のことを見つめていたかと思うと、やがて大きく息を吐いた。

「やんなっちゃうな。撃てるわけないじゃん、いっちばん昔からのファンのこと」

かのんはそのまま銃口を下げる――かに見えた。

「とでも言うと思った？」

かのんは宙に指先でハートを描き、それを飛ばすようにふっと息を吹きかけた。アイドリーフェノミナのメンバーが、挨拶の最後にそろってする動作だ。宙に浮いた見えないハートを打ち抜くように、かのんのリボルバーが火を噴く。

その銃弾は古参ファンの頬を掠め、背後の黒禍を撃ち抜いた。

よろめいてその場にくずおれた彼の胸倉を、かのんがつかむ。

「お前、何年あたしのファンやってんの？　なんであたしがここで撃てないと思うわけ？　お前が好きになったアイドルって、そんな腰抜けだった？」

聞いてんの、と揺すぶられると、彼の目からぼろりと涙の粒が落ちた。

「だって、かのんちゃん、どんどん変わってっちゃって……フェノミナの頃より、今のが全然楽しそうで。じゃあ、俺が応援してたあの頃のかのんちゃんて、なんだったんだって……ずっとずっと、無理させてただけなのかって……」

かのんが手を放すと、彼は地面に転がった。

「俺、俺……全力で推したのに。お金も時間も全部つぎ込んで、いつだって会いに行ったのに。かのんちゃんは俺の全部で、神様だったのに。それなのにかのんちゃんは、俺の好きだったあの子を簡単に捨てちゃって……宵町かのんはここにいるのに、あの子はもうどこにもいない。なあ、あの子、かのんちゃん……どこ行っちゃったんだよ……」

かのんはファンの顔を見下ろした。

「あのね。あたしはいつでもあたし。顔を変えても、キャラを変えても、宵町かのんはあたし。あたしはこの足で、行きたい場所に行くの。フェノミナで、その他大勢の一人で終わるのなんか絶対嫌だった。置いてくことになっちゃったことは、ごめん。ごめんだけど、あたし（あのこ）のことは諦めて。宵町かのんはアイドルだから。もっと上に行けるなら、必ずそこを目指す。そのためならなんだって捨てるし、なんだって手に入れる。……でも」

かのんは焼け焦げた水色のマフラータオルを拾い上げると、ファンの首にぐるぐると巻き付けた。あれじゃ苦しいんじゃないかと思うくらい、強く締め上げる。

「誰も見つけてくれなかったあたしを、好きになってくれたことは忘れない。握手会でぼさっと水飲んでるしかなかったあたしの前に、何回も来てくれたこと、絶対、どうしたって、忘れらんない」

嗚咽が漏れた。焼き切れたタオルで、彼は顔を覆った。

「あんたにとってフェノミナのかのんが神様だったのとおんなじで、あの頃のあたしには、ダイキが神様みたいに思えてた」

「な、名前……なんで……」

「覚えてるに決まってんでしょ。あの頃あたしのために現場来てくれるファンなんて、忘れるほど人数いなかったじゃん。自分ばっかり愛してたなんて思うなよ。アイドルだってファンを愛せんの」

その時、黒く光るものが視界に入った。かのんの手首と彼の手首を結びつけるように、黒い糸が幾重にも巻きついている。

「糸、見えた！」

握り締めたロッドの感触が変わる。確認しなくても、ロッドが黄金の大鋏に変わったのがわかった。

ゆめりは地面を蹴り、かのんと彼に向かって鋏を振りかざす。説明もしてないのに、躍りかかってきたゆめりが何をしようとしているかわかるのか、かのんは薄く笑った。

シャンと小気味よい音がして、かのんと男の人を繋いでいた糸が切れる。バラバラになった糸は、黄金色に変わってさらさらと崩れていった。

「よっしゃ。じゃああとは、こいつを倒すだけね」

かのんの銃口が、かつての自分自身を模した黒禍に向けられる。

どん、どん、と五発の銃声が響いた。穴ぼこだらけになった黒禍はしかし倒れることなく、ゾンビみたいにふらふらとかのんに向かっていく。

ゆめりは加勢しようとしたが、かのんに視線で止められた。

「平気。たぶん、そういう気がする」

かのんが銃口を天に向け、叫ぶ。

「お前ら！　あたしは最高!?」

「最高で最強！」

傘の上に残ったアイギスと、それからルミナスが応える。

「世界で一番!?」

「宇宙一！」

声に反応するように、古参ファンの彼がむくりと起き上がる。ぐしゃぐしゃの顔のまま、声の限りに叫んだ。

「最強アイドル、宵町かのん！」

ゆめりの目に、声が見えた。比喩（ひゆ）じゃなくて、アイギスとルミナス、ファンの口から飛び出た声が、水色から赤へのグラデーションを描いた魔力に変わって、かのんの銃に吸い込まれていく。

「これって……」

「固有魔法の発現ミラ」

いつの間に収まっていたのか、ゆめりのポケットからミラが顔を出した。

「言うなれば『吸引（ドレイン）』ミラ。自分に向けられた感情を魔力に変換する。人の感情を相手にする生業（なりわい）のかのんには最適ミラ」

肩までよじ上ってきたミラと二人で、かのんの魔法に見入った。

「綺麗（きれい）だね」

返事はなかったけど、否定しないならミラも同じ気持ちなんだろう。

「ゆめりに続いて、かのんまで。人間も意外とやるもんミラ」

ふと気になって、ゆめりは「そういえば」と訊ねた。

「妖精にも固有魔法はあるんだよね？　ミラのはどういう魔法なの？」

まだ内緒、とミラがウインクしたその時、魔力をたっぷりと吸い取ったかのんのリボルバーが火を噴いた。

魔弾が、黒禍の首ごと吹っ飛ばす。

ノアとルミナスが歓声を上げる中、かのんはゆめりを振り返った。

眉間（みけん）にしわを寄せ、ゆめりの顔をじっと見つめる。

「な、なにか……」

「やっぱミーティア、ビジュ強」

え？　と聞き返す間もなく、かのんは溶け始めた壁の向こうへ走り出した。

「え、かのんちゃん、待って！　どこ行くの！」

「決まってんでしょ、戻ってライブ再開すんの！　あたしはアイドル！　魔法少女はそのついで！」

　お礼のサービスとばかりに、かのんは振り返ってゆめりと、それからアイギスにも投げキスを飛ばした。

「助けてくれてありがとー！　王道魔法少女（せいぎのみかた）もけっこういいじゃん！」

　走っていくその肩で揺れるツインテールがボブの赤髪に変わるのを、ゆめりは立ち尽くして見送った。


「お、お疲れ様です」

　ゆめりと黒須はぎこちなくジョッキを合わせた。

　会場ではぐれてしまった黒須と、赤羽（あかばね）駅のラーメンチェーン店で偶然再会したのだ。空腹が限界を迎え、家まで我慢できずにのれんをくぐると、そこに黒須がいた。目が合ってしまったからにはと同じテーブルにつき、せっかくだし打ち上げという流れになった。

　あれもこれもと欲望のままに注文したかったけれど、黒須の目が気になって五目（ごもく）ラーメンだけに留めた。どうして同じ店を選んでしまったのかと、ちょっとだけ恨めしくなる。

　けれど黒須は「なんかおなか空いちゃって、餃子（ギョーザ）とチャーハンと唐揚げも頼んでいいですか？」と自分の大盛りチャーシュー麵に加えてそれらも注文し「よかったらどうぞ」とゆめりにもすすめた。もしかしてこの間コンビニで爆買いしたせいで大食いと誤解（誤解ではない）され、気を遣われてるのかもと思ったが、実際黒須はよく食べて、ゆめりが箸をつけなくても一人で完食できそうな勢いだった。

「黒須さん、かなり食べる方なんですね」

「あ、はい。前はそうでもなかったんですけど、この頃食欲がすごくて。本当はもっと頼みたいくらいなんです」

黒須はそう言いながらも大口を開け、三個目の餃子を頬張った。

「だからこの間は、花咲さんもたくさん食べる人なのかなって、ちょっと嬉しかったんですけど……」

違いましたかね、と黒須は照れ笑いをした。相変わらず口元しか見えないけれど、前よりも黒須の表情が読み取れるようになった気がする。ゆめりが黒須の目隠れ状態に慣れたせいか、黒須がゆめりに慣れて表情豊かになったのか、どっちだろう。

「違わない……です。恥ずかしいから、人前では我慢してただけで。この間も、まさかあのコンビニで黒須さんが働いてるとは思わなくて」

ゆめりは唐揚げに箸を伸ばした。かぶりつくとみしりと衣が砕け、鶏肉の弾力が歯を受け止める。流れ出した甘い脂が、口いっぱいに広がった。ああ、幸せだ。魔法を使った後の食事はおいしいだけじゃなくて、体に直接エネルギーを注ぎ込まれてる感覚がある。

「注文、追加しましょうか。本当は私も、こんなんじゃ全然足りないです」

メニューを手に取ろうとすると、黒須は「あ、でも」と口ごもった。

「どうしました？」

「いえその、ライブで散財しすぎて金欠で……。すいません、いい大人が」

「それはしょうがないですよ！　せっかく当選したんですから、楽しまないと。なんならおごりましょうか？　チケット譲ってもらいましたし！」

「いやいや、それはちょっとさすがに……」

もしかして気分を害しただろうかと、不安になって黒須の顔を見る。そういえばこの間アプリで会った人は「女性はお財布出さなくていいよ」というタイプだった。それが嬉しい人もいるだろうけど、ゆめりはなんだか居心地が悪かった。だけど初対面の、そしてたぶん二度と会わない相手に「なんだか」の中身は説明できずに終わったのだ。

「……さすがに悪いので、割り勘で。今日くらい、最後まで楽しむことにします！」

黒須の答えに、ゆめりはすぐメニューを開いた。二人で選択肢を絞りに絞り、油淋鶏と酢豚を追加注文することにした。その二皿が届くと狭いテーブルは皿でいっぱいになって、まるで山賊の宴状態だった。一品一品は安価だけれど、かなり豪遊感がある。

うきうきと酢豚の人参をつまみ上げて小皿に移した時、黒須が口を開いた。

「あの、こんなこと言ったら不謹慎かもですけど、でも、今日……」

「はい、今日、楽しかったですね！」

言葉尻を受け取って続けた。

黒禍を倒した後、ゆめりは会場を出てしまったが、かのんは言葉通りステージに戻ったらしい。さっそく書かれたネット記事によれば、制止するスタッフを振り切ってライブを再開し、アンコールに差し掛かってようやく駆けつけた警察にステージ上で叱られていたとのことだ。会場は大盛り上がりだったみたいだけど、その行動が物議をかもし、かのんはまたしても炎上しつつある。それでも一人の負傷者もなく、会場の一部が損壊しただけで済んだのだから、一件落着と言っていいだろう。怪我人なしということは、古参ファンの彼も無事だったはずだ。

「ライブもよかったですけど、まさかミーティアとアイギスまで出てくるなんて！　元から会場のどこかにいたんですかね？　花咲さんもちゃんと見れました？」

「見れたには見れたんですけど……」

あはは、と苦笑してごまかす。見られたどころかミーティア本人だとは、口が裂けても言えない。何か別の話題はと頭の中を探して、とりあえず一番に思い付いたことを口にした。

「あの、そういえばなんですけど、黒須さんって下の名前はなんていうんですか？」

黒須はなぜか真顔になった。やっぱり話の変え方が不自然すぎただろうか。

「あ、ごめんなさい。言いたくなければ大丈夫なので……」

「いえ、すみません。単純に似合ってないので、名乗るのが若干恥ずかしいだけなんです。ええと、夜空っていいます。黒須夜空。夜に空で、まんま夜空です」

ゆめりが驚いた顔をしたからだろうか、夜空は「いえ、本名ですよ!?　偽名じゃないです」と慌てて取り繕（つくろ）った。

「そうじゃなくて。私も名前負けしてて恥ずかしいなって思ってるタイプなので」

「え、そうなんですか？　花咲さんの下の名前って……」

「……ゆめり、です」

　夜空とゆめりは大量の脂っこい料理の上で目を合わせ、ふふ、とどちらからともなく笑った。

　よく食べて、キラキラの名前、魔法少女オタク、部屋は隣同士。ゆめりと夜空は似ているのかもしれない。ゆめりがよく食べるのは、魔法少女業のせいだけれど。

「夜空もゆめりも、魔法少女ネームっぽいですね。魔法少女オタになるのは、運命だったのかも」

　ゆめり、と夜空の舌が発音するのを不思議な気持ちで聞いた。この間まで会釈（えしゃく）をするだけの間柄だったのに。

「でも、本名はもっと地味なやつがよかったです。子供の頃からかわれませんでした？」

「ありましたね。夜空なんて女みたい、とか。自分で付けたわけでもないのに、そんなこと言われてもって思ってました」

「そうですよね。こういう系の名前って特に上の年代の人には抵抗あるのか、この間も仕事で名乗ったらふざけてんのかって怒られちゃいました」

「ええ？　それはその人がひどいんですよ。いくら変わった響きでも、人の名前をそんな風に言うのはあり得ないです」

たしかに夜空の言うとおりだ。自分がミスをしたからと小さくなってしまったけど、考えてみれば名前まで否定されるいわれはない。

「昔は嫌でしたけど、僕、今はこの名前嫌いではないです。黒須夜空って、苗字と合わせるとものすごい中二病ネームじゃないですか。だから恥ずかしいは恥ずかしいですけど、いいことがなかったわけじゃないですし」

「たとえばどんな？」

「ええと……ペンネーム考える手間が省けたりとかですかね？　しょぼいメリットですけど」

「黒須さん、ペンネームがあるんですか」

ああ、と黒須は頬をかいた。

「恥ずかしながら、自分は漫画家志望なんです。アシスタントしながら投稿用の漫画描いてます。それだけじゃ食ってけないので、コンビニとか彩色のバイトもしたりもして」

「彩色？　それって何をするんですか？」

「あ、人が描いた絵に色塗るんです。この間ぶつかった時に持ってたカードの中にも、担当したのが何枚か……。けっこう評判いいみたいだったのが嬉しくて、無意味に持ち歩いたりして、だからあんなことに……」

すみません、と黒須はもぞもぞ謝ったが、ゆめりはそれどころではなかった。

「つまり黒須さんは、絵とか漫画を自分で描くんですね？」

「え？　はい、もちろん」

すごい、と喉から自然に声が出た。ゆめりのイメージする漫画家というのは特別な才能を持った別世界の住人で、自分の隣人がそうだなんて思ってもみなかった。

「あの、全然、すごくないです。投稿始めてから、何年もデビューできてないですし」

夜空は空になった皿に目を落としながらそう言ったが、ゆめりは首を横に振った。

「すごいですよ。夢があって、何かになろうとしてるってだけで、本当にすごいです。私はそういうの……全然で。魔法少女に関わる仕事を志望したんですけど、現状はなかなか。結局本気でなりたかったものって、魔法少女そのものだけなのかもしれないです」

そういえば、ゆめりの夢は叶っている。だけど夢が叶ったのに、「何者か」にはなれた気がしない。ミーティアの幻影だけがひとり歩きして、ゆめりは昔のゆめりのままだ。

これって、夢が叶ったって言えるんだろうか。

魔法少女になっても夢が叶ってないんだとしたら、ゆめりの夢はいったいどこにあって、どうしたら叶うんだろう。

「僕も同じようなものですよ。漫画家になりたかったっていうか、子供の頃のお絵描きを母や姉に上手だねってほめられて、調子に乗って今に至るみたいな感じですし」

一瞬ぼうっとしかけたが、夜空の声に我に返り、ラーメン店の喧騒が耳に戻ってくる。

「あの、一つ訊いてもいいですか」

ふぁい、と夜空はチャーハンを山盛りにしたレンゲを口につっこみながら返事をした。

「黒須さんはミーティア推しって言ってましたけど、最初はかのんちゃんのファンだったんですよね。それでどうして、ミーティアの方が好きになったんですか？」

なんだか推し変を責めるような口調になってしまったけど、夜空は気にしていないようで、チャーハンを咀嚼しながら「うーん」とうなった。

「ええと、なんか妄想みたいで恥ずかしいので、笑ってくれて大丈夫なんですけど」

笑わないですよと答えると、夜空はチャーハンをごくりと飲み下した。

「似てる気がしたんです。服とか……雰囲気が」

「似てる？　誰に？」

「大昔に、僕が描いたキャラクターに」

え、とゆめりは箸を止める。

つかんでいた油淋鶏の一切れが、口に入る直前で、油でぬめって皿に落ちた。

漫画、魔法少女、似ているキャラクター。それらの言葉が導く答えは一つに思えた。

「あ、あの。それって、どういう漫画でした？　十年前くらいにネットに載せて、すぐ削除とかされました？」

「え？　なんでそんなこと、花咲さんが知って……」

その返答で、疑惑が確信に変わる。

「読んだんです、十年前に。私、黒須さんの漫画読みました！」

無意識に前のめりになっていたのか、テーブルががたりと音を立て、ラーメンのスープが服に飛ぶ。汁を拭こうと慌てて下を向くと、「え、ええー……」と嬉しさと恥ずかしさと驚きとをちょうど同じ分量だけ混ぜ込んだような声をつむじで聞いた。顔を上げると、夜空は空になった酢豚の皿の、残ったタレを箸でぐるぐるかき回していた。

「違う人の漫画じゃないですかね？　だって、ほんとにすぐ消しちゃいましたし……」

「じゃあ、ミーティアじゃなくてアイギスの方はどうですか？　それこそキャラそっくりじゃないですか？　だから私、ミーティアとアイギスは二人とも黒須さんの漫画を知ってるんじゃないかと思ってるんですが」

夜空は箸を置き、しばらくうつむいていた。

「はい……そうですね。二人とも似てると思います。うわあ、ほんとに読んでくれてたんですね。恥ずかしい、下手だったでしょう」

「そんなことないですよ！　私あの漫画大好きでした！　消えちゃったことに気付いて、保存しとけばよかったって後悔したくらいです。あの作者さんの新しい作品を読みたいって思ってたから、黒須さんが今も漫画描いててくれてほんとに嬉しいです」

あの漫画に当時どれくらい救われたのかを伝えたいけれど、就活や元彼について話すのは気が引けて、「今はどこにも公開してないんですか？　また読みたいです。それにほかの作品も」と伝えるに留めた。

いえ、と夜空は無意味に眼鏡のフレームを触った。目は見えないのに、視線を逸らされたことがわかる。

「デビューできるまでは……人に読んでもらうのやめようかなって、思ってまして。ほめてもらえると嬉しくなっちゃうので」

「え？　嬉しくなったらだめなんですか？」

「嬉しいと、満足しちゃうんです。そしたら、これ以上うまくなれない気がして」

「じゃあ、あの魔法少女の漫画を消しちゃったのも……」

いえ、と黒須は唐揚げの最後の一つを口に押し込んだ。

「あれはちょっと違います。あの漫画、僕が初めて持ち込みした作品なんです。当時高校生とかで、イベント行くのに東京出てきて、じゃあせっかくだし編集部にも行くかって。そんなついでみたいな気分だったくせに、若さゆえの変な自信があって、その場で掲載決まったらどうしようとか、そんなことあるわけないのに妄想してて。ああ……」

あの頃の自分を殺してやりたい、と夜空は残り少なくなったチャーハンもかき込んだ。

「もう結末見えてると思いますけど、持ち込み行った先でボコボコにされて。この漫画で何を描きたかったの？　とか訊かれても、何も答えられなくて……」

ただ僕が好きなもの、見たいものを描いただけだったから、と夜空は空になった皿をテーブルの隅に重ねて押しやった。

「見直してみたら、確かにその人の言うとおりでした。僕の描いた漫画は、自分のためだけのものだった。魔法少女オタクだったら当然わかる説明も背景も全部はぶいてあるから一般人には意味不明だし、後味悪いエンドだし……。そもそもがダメだったのに、どこを直したらいいか一つずつ指摘してくれた編集者は、かなり親切だったと思います」

ショックすぎて何言われたかあんまり覚えてないんですけど、と夜空は唇を曲げた。

「あの漫画をネットに上げたのは、単純に慰めてほしかったんです。あんなひどいこと言われたけど、これって面白いよね？　あの人は単に自分の好みじゃないからこきおろしたんだよね？　って。で、期待どおり魔法少女オタクの人からはちらほらほめてもらえて……嬉しかったんですけど、でも、本当は自分でもわかってたんです。内輪でいくらほめてもらっても、所詮はそこまで。プロにはなれない」

あは、と夜空は何かをごまかすように笑った。口元についたチャーハンの米粒を、長い指がぬぐい取る。

「これがフィクションの世界だったら、そこから一心不乱に漫画描き出して、おんなじ編集者のとこ持ってってって見返してデビューーして……ってなるんでしょうけど。現実は、十年経っても志望者のまんまです。だから僕は、全然すごくないんです」

一息にしゃべって疲れたのか、夜空はビールじゃなくてお冷を飲み干した。

たぶんこれは、夜空にとっての黒歴史なんだろう。ゆめりも元彼との終わりについて友達に話した時は、やたらに早口になって、話さなくていいことまでべらべらまくしたてた。あんなことなんでもなかった、お願いだからこれ以上何も言ってくれるなと防壁を張った。

だから気持ちはわかるけど、なんだか腹が立ってきた。

だって夜空の漫画は、本当に面白かったのだ。当時のゆめりを救ってくれて、ミーティアの姿にまで影響を与えた漫画を、勝手に駄作認定しないでほしい。いくら作者だって、読んだ側の感想まで否定することなんかできないはずだ。

「でも、私はあの漫画が好きです。私も昔から魔法少女が好きなので、内輪といえば内輪なのかもしれないですけど、十年経っても覚えてるんですよ。ミーティアやアイギスも同じなんじゃないですか？　どこかで黒須さんの漫画を読んで、その印象が強烈だったから、あんなに似てる姿なんじゃないですか？」

　夜空は黙って、具も麺もとっくになくなったチャーシュー麺のスープをすすった。湯気で眼鏡が真っ白く曇っていく。

「ほめられて嬉しくなったっていいじゃないですか。プロの目から見たら大したことないんだとしても……こんなに人の記憶に残る漫画が描ける人がすごくないなんて、やっぱり私には思えないです」

　夜空はしばらく黙り込んだかと思うと、曇った眼鏡を外し、指先で目元をぬぐった。それでやっと、前髪で隠れていた夜空の目に、涙が浮かんでいるのだと気が付いた。

「えっ。ご、ごめんなさい！　私、素人(しろうと)なのに失礼でしたね……」

「いえ、違う、違うんです。急にすみません。困りますよね」

　涙をぬぐうのに邪魔だったらしく、夜空は長い前髪をかき分けた。

　ゆめりは初めて、夜空の両目を真正面から見た。

その目を見て、この人の名付け親がどうして「夜空」なんてロマンチックな名前を授けたのか、すぐにわかった。似合わないなんてとんでもない。黒い瞳は、夜の色そのものだった。ラーメンチェーン店の照明の下でも、夜空の瞳は星みたいに輝いて見えた。

身も蓋(ふた)もない一言で表すなら、綺麗(きれい)だった。

ゆめりは思わず深く座り直した。ただでさえビールで火照(ほて)っていた体が、どくどくと脈打つ。夜空の瞳が前髪に覆(おお)い隠されてしまっても、鼓動はなかなかおさまらなかった。

か細い声で、「すみません」と夜空は繰り返した。

「最近、行き詰まってて。もう諦めて田舎(いなか)帰って、畑手伝った方がいいのかなって思ったりしてたんです。でも僕の知らないところで、十年も前に描いた漫画を覚えてくれてる人がいた。それはすごいことだって、素直に思います」

ゆめりは今すぐ、「あなたの好きなミーティアは、あなたの漫画に救われたんだよ」と伝えたい衝動に駆られた。でもそれはできない。代わりになる言葉を探して、空(から)になったラーメンどんぶりの中から野菜のかすを拾い集めた。でも気の利(き)いたセリフなんかラーメンスープに浮いてるわけがなくて、結局つまらないことを言った。

「見せてもいいかなって思う時がきたら、あの漫画、また読ませてください」

「……はい。その時が来るより早く、デビューできたらいいんですけど」

夜空の口元が、弱々しく笑みの形を作った。

部屋に帰ってゆめりがまずしたことといえば、じゃりじゃりと米を研ぐことだった。あれだけ食べたのに、まだおなかは満たされていない。魔力が完全に尽きるまで戦ったりしたら、いったいどれだけ食べることになるのだろう。ぼんやりと考えながら、一人暮らし用炊飯器が炊ける最大量の三合をセットして、早炊きボタンを押した。

「ゆめり、早く作るミラ。おなかすいたミラ」

ミラが催促するように跳ねると、テーブルに置かれた生えかけの豆苗が揺れる。

最近はいつ空腹状態に陥るかわからないので、食材は多めに買い込んであるのだ。

「何がいい？　一通りのものは作れると思うけど」

「じゃあ中華。八宝菜と麻婆豆腐がいいミラ」

「また中華？　さっきも食べたのに」

「またじゃないミラ！　ミラは匂いばっかりかがされて、まるで拷問だったミラ」

ミラは長い両耳を顔の下で抱え、エーンと泣き真似をした。

「わかったわかった、ごめんってば。すぐ作るから待ってて」

作るから、といいつつ八宝菜も麻婆豆腐もレトルトのもとを使う。一から手作りしている時間を待てるほど、近頃のゆめりの胃はおとなしくない。

大皿いっぱいに盛った料理を並べると、ミラは子供用スプーンでがつがつと食べ始めた。ゆめりも急いで箸を取る。茶碗にちまちまよそうのが面倒で、白米はどんぶり飯だ。箸が進むに任せていると、結局ミラと二人でお釜を空けてしまった。余ったら冷凍しようと思っていたのに。そろそろ炊飯器を五合炊きに買い替えた方がいいかもしれないけれど、大きくすればした分だけ食べてしまいそうで、それも怖い。エンゲル係数は高まりゆくばかりだ。なにせ都から振り込まれる魔法少女の報酬は、ほぼすべて食べ物に姿を変えてしまっている。

窓の外に目をやると、出しっぱなしの洗濯物がベランダでたなびいていた。食べることで頭がいっぱいで、出がけに干したのをすっかり忘れていた。

ベランダに出ると、冷えた空気が頬を撫でる。魔法少女になった頃は外に出るだけで汗が噴き出す暑さだったのに、もう秋も終盤だ。

洗濯物を取り込んでいると、柔軟剤の匂いに混じって、出汁の香りがふわりと鼻をくすぐった。うどんだろうか、鍋だろうか。しこたま食べた後なのに、匂いを嗅ぐと和風系もいいなと思うのだからどうかしている。

方向からして、匂いは隣の部屋から漂ってきているように思えた。

もしかして夜空も、あれくらいじゃ足りなかったのだろうか。

ゆめりはちょっと笑って、夜風で冷え切った洗濯物を抱えて部屋に戻った。

日々は慌ただしく駆け抜けていき、気付けばクリスマス目前だった。どのショーウインドウを覗いても、キラキラの電飾とプレゼントの山でデコレーションされている。

大人になって、クリスマスに昔ほど心ときめかなくなった。街の雰囲気に、一人でいることを責められている気がするからだ。だけどそんなのは気のせいだ。社会人にとっては二十四日も二十五日も年末の一日でしかなく、忙しくしていればいつの間にか過ぎ去る。

志保からは結婚式の招待状を受け取った。日取りは三月。ゆめりの誕生日の数日後だ。この分ならすぐにまた一つ歳を取って、三十一歳のゆめりが結婚式に出席する。

志保は夜空の話をそれとなく聞きたがるけど、ライブの日以来、話題にするようなことは何もない。廊下ですれ違う時、口元がちょっと笑ってくれるようになっただけだ。夜空の目がとても綺麗だったことも、志保には話していない。話したらきっと、「恋してるから綺麗に見えるんだ」ということにされてしまうのが目に見えている。それはなんとなく嫌だった。綺麗なものを見たから綺麗だと思った、ただそれだけにしておきたかった。

アイギスはやっぱり、夜空の漫画を読んだことがあったらしい。「印象に残っていたから、魔法少女姿に反映されたのかもしれません」としか語ってくれなかったが、きっとゆめりと同じで夜空の作品に救われたんじゃないかと思う。そうじゃなきゃ、「理想」の姿にはならないだろう。夜空に教えてあげられないのが残念すぎる。

　アイギスとは、ライブの一件から共闘するようになった。アイギスの能力がアタッカーと組んだ方が活かせるものだからというのもあるけれど、黒禍が以前より強力になっているのが一番の理由だ。パートナーを得られたからといって、この状況ではのん気に喜んではいられない。おまけに個体数も増加傾向にある。以前は数週間に一度見かける程度だった黒禍出現のニュースは、今では数日おかずに報じられるようになっている。かのんも現場で行き合った時に一緒に戦わないかと誘ったのだけど「それより配信出ない？　百合営業って需要あんだよね」と腕を絡められ、煙に巻かれてしまった。

　妖精たちにも黒禍の変容理由はわからないらしい。ミラは原因究明を急ぐよう妖精界に要請しているけれど、うまくいってないみたいだ。「交信じゃらちが明かない」と怒り出し、サナスキアに戻ったこともあった。これさえあればミラがいなくても戦えるからとコンパクトとロッドを置いていってくれたけど、やっぱり一人じゃ心もとない。不安な数日を過ごした後、ミラはラピスに魔力を限界まで溜め込み、深い青に光らせて帰ってきた。けれど大した成果は得られなかったらしく、サナスキアの重鎮たちがどれだけ無能で事なかれ主義かという愚痴ばかりを山ほど聞く羽目になった。

　少しは機嫌が直るような話題をと「久しぶりに女王様には会えた？」と訊ねると、「お変わりないミラ。まったく、それだけが救いミラ」とミラはベッドで丸くなった。

今日もミラは朝から丸鏡にタイプライターがくっついたような魔道具で妖精界と交信していたが、短い手足で伸びをしたかと思うと、ばったりと後ろに倒れ込んだ。

「あー、もう。やんなるミラ〜。ゆめり、なんか甘いもん飲んで一息入れるミラ」

こたつにもぐり込み、かたつむりみたいに顔だけ出したミラが甘えた声で言う。

「うーん、ちょっと待って。こっちが一区切りついたらココア入れてあげるから」

「クリームものせてほしいミラ」

「はいはい」

ゆめりとミラは、日曜の午後を自宅で過ごしていた。昼間は仕事、夜は黒禍退治でくたくたになってしまうので、最近の休日は引きこもってばかりいる。たいていは魔法少女アニメを流しながら、ミラに着せる服を縫った。といっても、これも魔力コントロール修業の一環なので変身しながらであり、実際は服作りの方がついでである。ゆめりはマット上での訓練は卒業して、針先の一点に魔力を集中させる修業に移っていた。凝縮した魔力を四散させないまま針を運び、布と布を縫い合わせていくには、手に魔力を集めるよりはるかに精緻なコントロール力が必要になる。これが難なくできるようになれば、暴発防止になるのはもちろん、魔法にこめられる魔力量が増えて威力が飛躍的に上昇する……らしい。

けれどこれがマットの修業を上回る勢いで疲れるし、力加減を間違えると布が破けてしまうしで、服の形がちっとも見えてこない。上達すれば縫い針がつかえることなく進むはずなので、作業の進行具合は修業完了度のバロメーターにもなっている。しかし現状、布地を無駄にする量が増えるばかりである。

今日何度目になるのか、またしても魔力を零して大破させた布をゴミ箱に突っ込んだ。

「この調子じゃ、完成はいつになることやらミラ」

「うーん、頑張ってはいるんだけど……」

ゆめりはこたつテーブルに広げた型紙の上につっぷした。

手芸は得意とはいかないまでも、ほかのことに比べたらまともにできる方だ。魔法少女グッズを自由に買えない子供の頃は、ビーズを繋ぎ合わせてそれっぽいネックレスを作ったし、ぬいぐるみ用に簡単な魔法少女風の服を縫ったこともあった。例の発表会の悪夢を見続けたわりには、ちっとも懲りてないといえる。

就職してからは忙しさにかまけて針を触ることもなくなっていたが、この機にクローゼットに眠っていた裁縫道具を引っ張り出してきた。せっかくなら自分では着られないフリルとリボンたっぷりの服を修業にかこつけて作り、ミラに着てもらいたい。

「完成したら、ゆめりの魔力がたっぷりこもった服になるミラ。魔道具もこうやって職人が魔力を練り込んで作るから、なんかすごい効力ある服になるかもしれないミラ」

ミラはゆめりの目論見も知らず、効能だけに着目して、そこそこ楽しみにしてくれているらしい。しかし完成は当分先のことになりそうだ。

ゆめりは起き上がってもう一度型紙を転写し直し、布を裁ち落として針に糸を通した。

早くどうにか服の形を作り上げて、このふわふわをリボンまみれにしてやりたい。

「ゆめり、ココアは？」

「あとちょっと、ここだけ縫ったら……痛っ」

急いだのが災いしてか、うっかり縫い針を指に刺してしまった。ただの針ならまだしも、魔力を込めた針先だ。指先からはどくどくと血が流れた。切ったばかりの白い布が、みるみる内に赤く染まっていく。痛みよりも、見た目にひるんで固まってしまった。

「あーもうゆめり、なにやってるミラ。常人だったら手に大穴空いてるとこミラよ」

ミラは尻尾からコルク栓のされた小瓶を取り出した。中身はとろりとした緑色の液体で、ラベルにはサナスキア語とおぼしき奇妙な文字が印字されている。

「特別に妖精界の薬塗ってあげる。傷口見せるミラ」

「うう、ごめん、ありがとう」

ミラは小瓶の栓を歯で抜くと、ゆめりの手を取って患部に薬を塗った。すうっと冷たい感触が手の中を通り抜けたかと思うと血が止まり、傷口がふさがっていく。

その時、インターホンが鳴った。

いつものゆめりならすぐに立ち上がるところだが、足が動かなかった。

嫌な予感がしたのだ。クレーム電話が鳴る時と似た嵐のような気配が、ドアの向こうにある気がした。本能に近い部分で、開けたくないと感じた。

でも、居留守なんて使って宅配便だったら申し訳ない。何か通販で頼んでたっけ？　覚えてないけれど、半年前にネットショップで予約して、すっかり忘れてしまった頃にグッズが届いたりすることだってよくある。

　迷ったが、コンパクトを閉じて変身を解き、そうっと玄関ドアを開けた。

「えっ」

　ゆめりの喉から、無防備な声が転がり落ちる。

　反射的に扉を閉じそうになったが、来訪者のごつい厚底ブーツがドアの隙間に挟みこまれる方が速かった。

「挨拶もまだなのに閉めないでよ。えーと、はじめましてって言った方がいい？　花咲ゆめり、さん」

　もこもこの黒いファーブルゾンにすっぽりと身を包んだ訪問者は、小さな顔には大きすぎるサングラスをずらして言った。サングラスだけじゃなくてブルゾンも大きすぎて、指先がほんのちょっとしか袖口から出ていない。それなのに膝はむき出しで寒風にさらされている。首元には、ブーツとおそろいのデザインらしいチョーカーが覗いていた。そしてしめくくりに――赤い髪。サングラスをしたって意味がないんじゃないかと思える、彼女のトレードマーク。

「え、いや、あの、えっと、その……なんでここに？」

　ゆめりが池の鯉みたいに口を開閉させてやっとそれだけ言うと、少女は身震いした。

「とりあえず中入れてくんない？　外、寒くてしょうがないんだわ」

「あ、わ、ごめんなさい」

　赤髪の彼女は当たり前のようにゆめりを押しのけ、部屋に入った。その人がゆめりの1Kに立つと妙に現実感がなくて、下手くそな合成写真みたいに見える。

「いつまで玄関突っ立ってんの、早く来なよ。ミーティアって意外とどんくさいんだ」

「わ、私がミーティアなんて、そんなわけ」

　来訪者はブーツを脱ぎ捨てながら、鼻を鳴らして笑った。

「今さら遅いって。あたしがここに来る理由なんて一つしかないじゃん」

　彼女がブルゾンを脱ぐと、ぬいぐるみのクマが縛り上げられたイラストがプリントされた、ハーネス付きワンピースが現れた。

「なに？」

　ゆめりの視線に気付いたのか、彼女は眉を上げた。

「あ、いえ、突然で、びっくりして……」

「ま、あたしってば世界一かわいいから、ガン見すんのもしょうがないわな」

　ゆめりの答えを無視して言うと、来訪者――宵町かのんは、さっきまでゆめりが座っていたビーズクッションに体を沈め、こたつに足を突っ込んだ。玄関先に脱ぎ捨てられたブルゾンのポケットから、しおしおと毛玉が這い出してくる。その毛玉は、シューズボックスの上でぬいぐるみのふりをして固まったままのミラを見つけて飛びついた。

「ミラ様すすすすみません、ルミナスちゃんとミーティアの正体隠してたんですけど、でもでもかのんちゃんが教えないと契約更新しないかもって言ってぇ……」

「鼻水がつくから離れるミラ、ルミナス」

ミラはルミナスの額を押し返した。かのんがけらけらと笑い声を上げる。

「まったく、いつまでも半人前で困るミラ。あんまり好き勝手やらせて、かのんの担当外されても知らないミラよ」

そんなあ、とルミナスが悲鳴じみた声を上げる。

頭の中が真っ白なままミラに手を引かれて部屋に戻り、かのんの向かいに腰を下ろした。かのんがずいと顔を寄せてきて、ゆめりの顔をしげしげと眺める。そういえば、今日はどこにも出かける予定がなかったからすっぴんだ。ゼロ距離で見られたら困ると、思わず後ずさった。着てるものだって、どうせ修業のために変身するしと朝から着替えてなかったから、三年前に上下三千円のセール価格で買った首元よれよれの部屋着である。

着替えてきますと席を立とうとしたけれど、かのんに手首をつかまれた。

「質問。ミーティアって何歳？」

「いや、その……」

「二十五くらい？」

かのんの大きな猫目は、答えを濁すことを許してくれなかった。

観念して口を開くと、思いもよらない数字が転がり出た。

「に、二十七、です……」

顔が熱くなる。なんで正直に言わなかったんだろう。二十七と三十の自分がそれほど違うとは思えないのに、頭につく数字が二か三かに、本心ではこだわっていたんだろうか。

「そーなんだ。てことは、こないだの三人の中でガチ少女なのってあたし一人じゃんね」

つまり、アイギスは？　と聞き返す間もなく、かのんは続けた。

「ま、ミーティア強いもんね。あれくらい魔力あれば、その歳でもいけるか」

十七の子に「その歳」と言われると、かなりみぞおちに重たくくる。二十七で「その歳」なら、三十なんて正直に言った日には気絶されたかもしれない。自分が十七の時には三十歳の人ってどんな風に見えてたっけと記憶をたぐるが、十七歳が遠くなりすぎていてもはや思い出せもしない。冬だというのに冷や汗をかきまくっていると、「それよりお茶は？　お客様にはお茶でしょ」とかのんはスマホをいじりながら言った。

「あっはい、そうですね！　えと……ご希望は」

「なんでもいいけど、カフェインレスのがあればそれで」

ゆめりは弾かれたように立ち上がり、こたつテーブルの上に広がった布切れだの型紙だのを片付けてキッチンに向かった。

「ちょっとルミナス。あのガキ、ゆめりを召使かなんかと勘違いしてるミラ？」

「うぅ、すみません……。かのんちゃんてだいたい誰にでもあんな感じで……」

一人暮らしの家に、来客用のちゃんとした茶器なんか置いてない。仕方なくゆめりが普段使いしているピンク色のマグカップをかのんに、ミラ用のミニチュアカップをルミナスに差し出した。中身は人にもらって飲まないまま放置していたルイボスティーだ。

「ゆめり、ミラのココアは？」

「今そっちも用意するから、ちょっと待って」

ここにアイギスがいたら、「いや騎士長こそ召使だと思ってんじゃないすか」とノアがつっこんでくれそうだけど、アイギスにまでこの姿を見られるわけにはいかない。

ミラと自分用のココアもいれて、ゆめりはかのんの前に正座した。

「それで、あの、本日はどんなご用件で……」

「やっぱさ、一緒に戦おうかなって思って」

かのんはお茶請けのナッツ入りクッキーをかじると、事もなげにそう言った。

「え、だって、前に誘った時は」

「あの時はまだ、ぎりソロでいけるかなーって思ってたんだけど。でも考えてみたら、ライブん時だってかなりやばめだったじゃん？　視聴者も最後は必ずあたしが勝つってわかってるピンチは楽しめるけど、ガチで死ぬかもしれんみたいなやつは求めてないわけ。そういうのが好きな人もいるけど、客層違うっていうか。あとはまあ、ユニット組めばソロだと付かないファンも発掘できるしね。グループ向いてないのはフェノミナ時代で身に染みてたんだけど、そうも言ってらんない状況みたいだし」

ゆめりはほっと胸を撫で下ろした。

「なんだ、それなら魔法少女姿の時に言ってくれたらよかったじゃないですか。わざわざ家まで来なくたって……。正体バラされたくなかったらって、脅(おど)されでもするのかと身構えちゃいました」

「なんで敬語？　そっちのが年上でしょ」

「あ……はい、そうですね」

「なおってないし」

ていうか、とかのんは両肘をつき、その上に小さな顔を乗せた。カラコン入りの赤い瞳が、ゆめりの姿を真正面から捉える。

「普通に脅しに来たんだけど」

ゆめりが体を退こうとすると、またしても手をつかまれた。

「冗談だって。ていうか逃げても無駄でしょ、もう家知ってるし。そんなおびえなくても大丈夫だから。ミーティアにも配信出てほしいだけだし」

「いや、無理です!!」

「即答すぎ。ライブん時さ、ミーティアとアイギスが会場に一瞬出ただけでもかなり話題になったわけ。だったら共闘してるとこ配信したら百万、いや二百万再生も夢じゃないなーって」

「いやいやいやいや、私はかのんちゃんみたいにアイドルじゃないし、一般人でしかもこの中身ですし」

「中身のまんま出ろって言ってんじゃないって。魔法少女ん時だって」

「でも何かの弾みでバレたら困りますし、私なんかが出てもしょうがないっていうか。ほ、ほかの魔法少女の方々のがいいんじゃないかと」

「あたしはミーティアがいいと思ったんだもん。一番数字取れそうだし」

かのんは特徴的な猫目で、あらためてゆめりをまじまじと見た。

「てかゆめりって、オンとオフでキャラ使い分けるタイプ？　ミーティアの時はけっこう自信ありげじゃん。別人になりきるのって疲れん？」

そりゃあ、かのんちゃんは十代で美少女だから素のままで魔法少女になれるだろうけど――と喉まで出かかった言葉を、甘いココアで胃の奥の奥まで流し込んだ。

「と、とにかく、配信はだめです。お断りします。それに私、最近はずっとアイギスと一緒に戦ってるので、そういう話なら彼女にも断りなしじゃ……」

「ああ、そりゃそうか」

かのんはスマホをいじり出し、画面から目を離さないで「ゆめり、今日この後予定は？」と訊いた。

「……ないです、なんにも」

「そ」

かのんは短く答えると、「よし」と立ち上がってブルゾンを着込んだ。

「じゃ、行くっか」

「行くって、どこにですか」

「あたしの家。アイギスも来るから。顔合わせよ、顔合わせ」

目を白黒させていると、「ほら立って」と手を引かれる。

「え、でも私、アイギスには正体秘密にしておきたくて。というか誰にも明かすつもりないのですが……」

「だからあたしの家集合にしたの。ここに来られちゃ困るでしょ？　家入る前に変身したらいいじゃん。あたしが二人の間で伝書鳩やんのもだるいしさ」

ゆめりはその後も「でも」「あの」と渋り続けたが、かのんに「来てくんないなら、アイギスに今の姿の写真送るけど」とスマホを構えられ、結局は折れた。


引きずられるようにして連れていかれたかのんの住まいは、六本木にそびえ立つタワーマンションだった。ゆめりの住む赤羽と六本木では、同じ都内といえ別世界である。おまけにゆめりのマンションは六階建てだけど、エレベーターの階数表示を横目で見たところによれば、どうやらここは四十八階まである。かのんの部屋は四十階らしかった。まだしも四十階でよかった。最上階のランプが点灯したりしていたら、やっぱりすみません無理ですと引き返してしまうところだった。

アイギスはリビングで待っているというので、玄関（ここだけでゆめりの部屋と同じくらいの広さがある）でコンパクトを開いた。

「うわあ、まじでミーティアだ」

変身すると、かのんが鼻と鼻が触れそうなくらいに顔を近付けてきた。重みを感じるくらい密生したまつげが、至近距離で瞬いている。人気アイドルに無料で接近していい距離じゃない、と思わずのけぞった。

「あたしミーティアのビジュ好きなんだよね。意外かもしれんけど、王道が好きなんだわ。だからフェノミナのオーデ受けたし。好きなだけで向いてなかったから、今は邪道極めてるけど。ミーティアの顔面ってゆめりの理想でしょ？　いい趣味してるわ」

まああたしの顔が一番ではあるけど、とかのんはゆめりの頰を揉んだ。

「ちょっと、いつまで客を玄関に立たせとくつもりミラ」

「あーはいはい。ミーティアの妖精、ルミちと違ってうるっさいんだ。じゃあ上がって」

ミラが怒り出さないかハラハラしたけれど、「ごめんなさいごめんない」とかのんの代わりに謝るルミナスを小突いて我慢することにしたらしかった。

「ルミナスがこんなとこ住んでると思うと腹立つミラ。この部屋家賃いくらミラ？」

「さあ、わかんない。ここ事務所が借りてるから。正直広すぎて持て余してるし、こんなとこに金かけるくらいならギャラに上乗せしてほしいんだけど」

嫌みミラ、とミラが小声でつぶやくと、かのんはけらけら笑った。

「つれてきたよー、アイギス」

開放感あふれるリビングでは、全面ガラス張りの窓を背にし、見覚えのある魔法少女が落ち着かなそうに座っていた。ゆうに五人は腰かけられそうなソファではなく床に座り、こたつに入っている。ガラスのローテーブルでも置かれていそうな位置に、なぜかこたつが鎮座しているのだ。タワマン×魔法少女だけでも妙な掛け合わせなのに、その上こたつまでプラスされると、世界観がめちゃくちゃだ。懐石のコースにマカロンや焼きそばが紛れ込んだみたいに見える。

ゆめりの姿を見つけると、アイギスはほっとした顔をした。その表情にゆめりも口元を緩ませて、隣に座った。

「あたしだけノーマル人間なのも逆に変だな。魔法少女になっとくか」

かのんも変身したので、部屋の中の非日常濃度がますます高まった。魔法少女がいなくたって、人気アイドルの住んでる部屋なんて十分非日常ではあるけれど。

「おなか空いたし、ピザかなんか頼む？　おごるけど」

「かのんちゃん、だめだって。さっきマネージャーさんが置いてった食材あるから、使っちゃわないと。明日からスケジュール詰まってて、あんまり家にいないでしょ」

ルミナスがそう言って、リビングと一続きになったキッチンからビニール袋を引きずってきた。

「めんどくせ、材料だけ置いてくなっつの。どうせなら料理までしてけって」

「それは、今度お料理企画あるから練習しときなってマネさんが……」

「別に平気だって。実家にいた頃は普通に料理したたし。完全にイメージであたしのことなめてんだろ、あいつ」

ぶつぶつ文句を言いながら、かのんはビニール袋の中身を確認した。

「肉と牡蠣と豆腐とニラと白菜ともやし。これはもう、アレだわ」

かのんがキッチンから振り返り、ゆめりとアイギスを見渡す。

「鍋パだわ、これは」


数十分後、ゆめりたちはこたつテーブルで湯気を上げる鍋を囲んでいた。味噌の匂いがかぐわしく立ち上ってくる。

本人が言ったとおり、かのんの手際はよかった。ゆめりもアイギスもほとんど手伝うことがなくて、広いキッチンを無駄にうろうろし、高そうなお皿を割らないようにそーっと運んだりしただけだった。立派なダイニングセットがあるのでそこに鍋を運ぼうとしたのだけれど、「鍋はこたつで食べるもんでしょ」との、かのんの主張によりこたつを囲むことになった。ソファもダイニングテーブルもあるのに全員床に座っていて、妙な絵面感が強化されている。

だけどフローリングに床暖房が通っているらしく、お尻があったかくて気持ちいい。ミラは猫みたいににゅるんと体を伸ばし、床のぬくさを全身で吸っている。

「あたしん家ってママが夜仕事だったから、鍋とか家でやんなくて。よくあるじゃん、アニメとかCMでこたつに鍋。一回やってみたかったんだよね」

なんかイメージとは面子と背景が違うけど、とかのんはウーロン茶の二リットルペットボトルをテーブルにどんと置いた。

「それじゃ、えーとなんだろ、現場以外での初集合を祝して？」

かんぱーい、とかのんの陽気な声が部屋に響き、ゆめりとアイギスはぎこちなくグラスを合わせた。

「それじゃ、いただきます」

おそるおそる箸を取り、肉をつまみ上げる。豚肉とはいえ、食レポ番組でしかお目にかかったことがないようなサシの入った芸術的肉だ。百グラムいくらなのか想像もつかないが、今後口にする機会はたぶんないランクの肉であることは明らかである。

「……っ、……～～～！」

嚙んだ途端に、肉の脂が舌の上でとろけた。そこに濃厚な味噌が絡み、得もいわれぬ調和を奏でている。「おいしい」と言うのに口を開けることすら惜しく、無言でその味を舌全体に染み込ませた。ミラやアイギス、ノアまで黙り込み、取り皿の中身に集中している。かのんが「うまいっしょ？」と訊ねても、全員激しく首を縦に振ることしかできなかった。

とりあえず、共闘や配信の話は食べ終わってからすればいい。今はこの肉に全力で向き合いたい。肉だけじゃない。火を入れても十分に大きく、身の詰まった牡蠣まで葱に寄り添っているのだ。ゆっくりと歯を立てれば、「海の恵み」という言葉が似合いすぎる滋味が口中に広がる。汁が熱すぎるけど、この味で火傷するなら後悔はない。魔法を使った後ならもっとたくさん食べられたのにと悔しくなるくらいだ。

全員が満腹になり、名残惜しく箸を置くのを見計らってかのんが言った。

「そんでさ、結局あたしと共闘OKってことでいいの？　話す前に鍋にしちゃったけど」

満腹でややまぶたの下がったゆめりとアイギスは顔を見合わせた。

「配信に出なくていいなら、異存はないです。私じゃ火力要員にならないので、三人の方が安全だと思いますし」

「私も同じ。大先輩のかのんちゃんが一緒に戦ってくれるのは心強いけど、やっぱり人前に出て、しかもそれが記録にまで残るっていうのはちょっと……」

かのんは「えー、なんでよ」と顔をしかめたものの、ルミナスに「かのんちゃん、無茶言わないで」ととりなされると肩をすくめた。

「ま、そりゃそうなるか。二人、魔法少女とはいえ一般人だし、表に出んのっていいことばっかじゃないし。あたしはそれが仕事だからいいとして」

あーあ、三人でやったら絶対映えたのに、ビジュの持ちぐされもったいなさすぎ、とぶつぶつ言ってはいるものの、あっさり引き下がられたので、なんだか拍子抜けしてしまう。

年齢を暴露されたくなかったら配信に出ろ、と脅されることくらいは覚悟していたのに。

釈然としない顔に気付いたのか、ルミナスが近寄ってきて「かのんちゃん、たぶん今さら一緒に戦ってほしいって言うのが照れくさくて、配信出演を口実に話しに行っただけなんです」と耳打ちした。

「ルミち！　なんか余計なこと言ってない⁉」

なんにも！　とルミナスはすぐにゆめりから飛びのいた。

「とはいえ、気が変わったらすぐ言ってよね。いつでも歓迎だから」

とりあえず今日からよろしく、とかのんはゆめりたちのグラスに自分のそれをぶつけた。

「そしたらさ、ユニット名ほしくない？　あるでしょ、魔法少女はみんな。ラズベリーなんとかとかフラッシュなんとかとか。名前あった方がエゴサしやすいし」

「かのんちゃん的にあった方がいいなら、考えようか。何か候補あるの？」

「ない！　あたしネーミングセンス死んでて、かのんも本名だし。二人が考えて」

どうしようか、とゆめりはアイギスと顔を見合わせた。

「三人とも、見た目も能力もバラバラなので難しいですね。先輩は何か案ありますか？」

「う、うーん。自分たちにつける名前だと思うとなんか照れちゃって……」

「ルガルリリウム」

耳元でささやかれた言葉に、え？　とゆめりはミラを見た。

「ルガルリリウムでどうミラ？」

「騎士長、それちょっとこの子らには……」

ノアが何か言いかけたが、アイギスが「どういう意味の言葉なんですか？」と重ねた。

「サナスキアで『救世主』とか『聖女』って意味ミラ。遠い昔に、ミラたちの国に実在した女王の名前でもあるミラ。攻め入ってくる隣国の軍勢を魔力で圧倒して追い返した逸話から、名前そのものが救世主を意味するようになったミラ」

「そんなすごい英雄の名前、私たちがもらっちゃっていいの？」

「もちろんミラ。妖精界生まれの黒禍のせいで戦ってもらってるんだから、名前くらいいくらでもあげるミラ。ルガルリリウム女王の肖像は今でもお守りとして民家に飾られたりしてるくらいだから、きっとご利益あるミラよ」

かのんはスマホに目を落として検索し、「ちょいごついけど、かぶってる名前なさそうだしあたしはそれでいいよ」と言った。

「私もいいと思います」

かのんとアイギスが、そろってゆめりを見る。

「ミラがくれた名前なら、私も賛成だけど……。ノアさんは、いいの？」

騎士であることに誇りを持っているらしいノアは、女王の、それも救国の英雄の名を人間に与えるのには抵抗があるのかもしれない。ノアはミラをちらと見たが、ミラは目を合わせなかった。結局ノアは「みんながそれでいいなら、別にいいすよ」と頷いた。

「じゃあ決まり。あたしらはルガルリリウム！」

グラスにウーロン茶を注ぎなおし、三人でもう一度乾杯した。

「今度の配信で発表しとくわ。ロゴとか作ったらグッズ展開できるかも。あ、マネに言って商標登録とかしてもらった方がいいんかな。室長にも一応伝えとくべき？」

かのんは席を立って、上機嫌でシメの雑炊を作り始めた。ルミナスが溶き卵を流し入れ、蓋をする。もう満腹なのに、鍋から漏れだす匂いを嗅いでいると生唾が湧いてくるから不思議だ。魔法少女になってから、通常時の胃も大きくなった気がする。

　雑炊まで食べきって鍋の中身が空になると、アイギスとノアは追加の飲み物を買うために部屋を出ていった。ミラとルミナスは共闘について妖精界に報告するらしく、別室に引っ込んでしまう。かのんと二人になったゆめりは、洗い物を買って出た。自炊する時間は基本的にないらしく、この部屋に食洗器は置かれていないのだ。

　鍋に水を張っていると、ふと気にかかっていたことを思い出した。

「かのんちゃん。ライブの時の、古参ファンの人ってあのあとどうなったか知ってる？　私、先に会場出ちゃったから確認できてなくて。負傷者はいなかったって話だけど……」

　かのんはスマホから顔を上げずに答えた。

「ああ、あいつ？　普通に元気。ていうか聞いてくれる？　こないだあたし、フェノミナのライブにOGゲストしに行ったんだけどさ。そしたらあいつ最前いて、なんか気まずそうな顔するわけ。そんで気になってアカウント見に行ったら、見事に推し変してんの。アイコンもヘッダーもぜーんぶ、フェノミナの後輩に変わってんのよ。見てみこれ」

　かのんがリビングからスマホをぶん投げたので、わたわたしながら濡れた手でキャッチした。画面についた水滴を拭き取ると、そこでは清楚な、でもどこか勝気な雰囲気の女の子がポニーテールを揺らして笑っていた。

「似てない？　昔のあたしに。まーじ笑えんだけど。しかもこの子スキルあるけど人気なくて、そんなとこまであたしと一緒なの。あいつ結局あたしが好きなんじゃなくて、そういうのが好きなだけじゃん。あー、心配して損した」

　かのんはこたつに足を突っ込んだまま、床に寝転がった。

「アイドルってさー、結局そんなんばっかなわけ。好き好き言ってもファンはいつかいなくなる。一瞬好きになってくれんのだって、奇跡みたいなことってわかってるよ？　ファンのお金も時間も心も本当は自分だけのものなのに、あたしはそれを奪うんだもん。だから宵町かのんってアイドルがそいつにとって必要な時だけ、愛してくれたらそれでいい。いいんだけど、わかってんだけど、まあむかつくわな。あいつ、さんざん粘着した挙句に自分だけすっきりしやがって。置いてくとか、どっちがって話」

　かのんはむくりと起き上がると、ゆめりに向かってにやっと笑った。

「ミーティアも気を付けなよ。見たでしょ？　ファンがアンチに変わっちゃうと怖いとこ。もうミーティアはゆめりだけのものじゃなくて、みんなに共有される魔法少女になってんだから。へましたら一気に手のひら返されるよ」

　ゆめりは目を伏せて、土鍋にへばりついた米粒をこそげるのに集中するふりをした。

「だったら、なおさら正体は明かせないよ」

「ウケると思ったんだけどなあ、アラサー王道魔法少女」

「ウケるって……。別に私は、かのんちゃんと違ってコンテンツとして魔法少女やってるわけじゃないし」

　口にしてから言葉の棘に気付いたが、かのんは表情を変えずに続けた。

「そういうのは別としても、なんかのきっかけで正体バレして変なこと言われたら嫌じゃん。ならいっそ、こっちから先に言っちゃうのもアリかなーとか思わん？」

「なし、なし！　全然なしだってば」

ゆめりはぶんぶんと首を振った。手元を忙しくしておきたいのに、もうお皿も鍋もすっかり綺麗（きれい）になってしまって、洗うべきものが何もなかった。

「あたしは整形してるってしゃべって、楽になったけどなあ。黙ってた方がよかったかなと思う時がないでもないけどさ、基本、嘘つき続けるのって苦しいじゃん」

「でも……私はやっぱり、秘密にしておきたい」

かのんはこたつを這（は）い出ると、流しの前に立つゆめりに、猫みたいにするりと近付いてきた。斜め下から、顔を覗（のぞ）き込まれる。

「なんでそこまで嫌なの？」

暗くなった窓に、ゆめりとかのんが映っているのが見えた。どっちも美少女だ。でも片方は偽物。魔法で作られた虚像だ。整形してたって、かのんは変身を解いてもかのんのまま。ゆめりは違う。魔法を取り去ったら、後に何も残らない人間だ。

どうしてそんな簡単なことが、かのんにはわからないんだろう。

「私の正体なんか知ったら、みんながっかりするよ。みんなが好きなのは魔法少女のミーティアで、花咲ゆめりはただの地味な……」

三十歳だし、という言葉を呑（の）み込む。

「見たでしょ、私の素顔。ミーティアの中身ってこんななんだって思わなかった？」

「別に。そうなんだ、って思っただけ」

「嘘だよ。だってかのんちゃんは、綺麗になるために整形したんでしょ？　私みたいに、冴えないくせになんとかしようって努力もしてない人、嫌じゃない？」

　はあ？　とかのんは眉を吊り上げた。反射的に体はびくついたが、猫目の目尻が上がったかのんの顔は、こんな時でもかわいい。どうしようもなく、かわいい。

「なんでそんな話になるわけ？　あたしはアイドルやってくのに、この顔面が必要だからそうしたの。ゆめりは違うじゃん、そんなもんいらないじゃん。それともなに、整形するような奴は、ビジュ気にしてない人のこと全員軽蔑してるとでも思ってんの？」

　ごめん、と反射的に口にする。

　かのんの猫目は嘘を言っていない。でも世の中は、かのんみたいな人ばかりじゃない。だからこそ、かのんの整形告白だって炎上したんじゃないか。

　だって、もし自分が魔法少女じゃなくて、ただその活躍に胸躍らせているだけだったら、ゆめりはきっとミーティアの正体にがっかりした。強くてかわいいミーティアが実は三十歳の地味な女の人だと知ったら、嫌いにはならないけど、「なあんだ」と思った。

　結局ゆめり自身が一番、三十歳で冴えないゆめりは魔法少女にふさわしくないと思っているのだ。魔法少女はゆめりにとって絶対の憧れで、聖域だ。自分自身が魔法少女になることで、その憧れは少しだけ色褪せた。憧れに近付けたはずなのに、近付いた結果憧れそのものがくすんでしまった。

それでも「魔法少女」を手放せない。絶対に手放したくない。

矛盾してる。わかってる、これが「正しく」ないことは。

「魔法少女」でいたい。

あは、とゆめりは笑った。自分を笑ったのだ。

「かのんちゃんみたいに自信持てたら、よかったんだけど。でも、やっぱり私とミーティアは全然別人だよ。見た目だけじゃなくて、仕事だってそう。魔法少女に関わりたくて選んだ仕事のはずなのに、入社してから八年間、ずっと在庫管理の部署にいるし」

「魔法少女に関わる仕事？　どこの会社？」

「トイズアニマっていう、キャラクターグッズとかの……小っちゃい会社だけど」

「じゃ、十分魔法少女関わってんじゃん。裏方いなかったら何もできないわけだし」

「でも私の部署って、若手が配属されて、数年で異動するのが慣例なんだよ。後輩はどんどん別の部署に行くのに、私だけずっと変わらない。それなのに未だに失敗して、周りに迷惑かけっぱなしだし。みんな優しいけど、本当はどう思われてるか……」

「ミスしたら周りがフォローするのなんか、仕事の内じゃん。てか助けてくれてんのに、本当はどう思われてるかとか考えてる方がうっとうしいんじゃないの」

頭の隅が、じわりと熱を持つ。かのんの正しさは怖い。しゃべればしゃべるほど、ゆめりがいかに間違っているかが暴かれていく。

なんかさあ、とかのんは毛先をつまんで枝毛がないかチェックしながら言った。

「全体的にゆめりが何言ってんのか、あたしにはよくわかんないわ。ミーティアってイコールゆめりでしょ。ミーティアはゆめりの理想の具現化。あたしは変身で顔変わんないけど、地顔がそもそも整形で直したやつじゃん。魔法少女になったのが、たまたま理想の顔を手に入れた後だっただけ。ゆめりとあたしで何が違うの？」

全然違う。ゆめりが三十歳だと知ったら、かのんもわかってくれるだろうか。

少しは「がっかり」してくれるだろうか？

その反応が見たくて、思わず口をすべらせる。

「かのんちゃん。あのね、私、本当は三十歳なんだよ」

「……は？　なにそれ」

「この間二十七って言ったよね。でもあれ、嘘なの」

ちょっとくらい言葉に詰まってくれたっていいのに、かのんは間髪(かんはつ)いれずに吠えた。

「だからなに？　二十七だろうが三十だろうが一緒じゃん。生きてりゃ誰だってその歳(とし)になるのに、なんでそんな嘘つくわけ？　わけわかんない。正体隠したいなら、別にそれでもいいよ。でもゆめりがミーティアじゃないなら、あれって誰？　妖精と契約するって決めたのはゆめりで、戦ってるのもゆめりじゃん」

ゆめりは口をつぐむ。ひと回り以上年下の子に正論を言われて黙り込むなんて、本当、バカみたいだ。

あーあ、とかのんは息を吐き出した。

「あたしさあ、ミーティアって魔力もビジュも強くてむかつくなって思ってたわけ。この意味わかる？」

ゆめりは力なく首を横に振った。

「言わせんな、バカ。好きってことだよ。ゆめりが何歳でどんな顔しててもどうでもいいけど、つまんない嘘ついて自虐ばっかする奴はイライラする。このあたしが、ミーティアは強くてかわいいって言ってんの。中身がどうとか、本当はどうとか関係ない。あたしにとってはあたしが見たことがすべてで、現実なの。わかる？　今のあんたは、あたしの好きなものを意味不明な理由で落としてるだけ」

「……ごめんね」

蛇口をひねり、スポンジを洗おうとした。だけどかのんはゆめりの手からスポンジをひったくり、泡だらけのままダストボックスに突っ込んだ。

「謝んないでよ。さっきから何に対して謝ってんの？　そういう口癖みたいな『ごめん』でごまかされんの、あたしは嫌い。大っ嫌い」

ごめんなさい、とまた舌が反射的に言おうとするのを押し留めた。けれどそれなしでは、言えることが何もない。本当に、ゆめりの三十年はただ時が行き過ぎるだけの三十年だったんだと、こういう時に思い知らされる。体だけ歳を取って、全然大人になれてない。もう少女を名乗れないのに、大人にも未だに手が届かない。

目の前に立つ十七歳の女の子が理解してることを、ゆめりは全然わかってない。

「あー、もう！　こんなこと言いたかったわけじゃないのにさあ」

かのんの猫目がゆめりを睨（にら）む。

「あたしはミーティア好きなの。嫌いにならせないでよ……って、これじゃダイキと同じか。そうじゃなくて……」

その時インターホンの音がして、かのんがいら立たしげに「はい」と応対した。

『戻りました。あの、なんかコンビニのくじでお酒もらっちゃったんですけど……どうしましょう。かのんちゃんの家で飲まない方がいいですよね』

モニターに映ったアイギスが、缶チューハイを二つ掲（かか）げてみせる。

ゆめりは苦く笑いながら答えた。

「じゃあ、一缶もらおうかな。私、とっくに成人してるから」

アルコールをもらえるということは、アイギスは少なくとも二十歳（はたち）以上ではあるのだ。

それにほっとする自分が嫌で、なのに安堵（あんど）はどうしようもなく胸の内に広がっていった。


日曜日の昼下がり、買い物から帰ったゆめりは身震いした。

年が明けて一月も半ばにさしかかり、寒さはますます深まっている。

かのんとは微妙に気まずいままだが、強力な黒禍（こくか）が出た時は三人で戦うようになった。

ルミナスが持ち込んだ水晶型の魔道具「計測器（ペンデュラム）」で黒禍の能力値を測り、一定値を下回ればかのんが一人で向かうことで、配信はソロで続いている。時々覗いてみると、ミーティアやアイギスの登場を望む声がいくつもあった。だけどかのんはあの日以来何も言ってこない。すっかり呆れられてしまったのだろうか。でも、出る気もないのに「出た方がいいかな」と訊くのもおかしな話だ。

気まずさを抱えていても、戦闘に出れば体は自由に動いた。ミーティアの肉体はゆめりの心を置き去りにするように舞い、増え続ける黒禍を塵へと還していく。

『ゆめりがミーティアじゃないなら、あれって誰？』

買ってきた野菜や牛乳を冷蔵庫に押し込んでいると、かのんの言葉が耳によみがえった。

時々、自分でも思う。本当に、あれは誰なんだろう。

かのんの声を封じ込めるように、冷蔵庫の扉を閉じる。

その時、ポケットでスマホが震えた。動画配信サイトからの通知だった。

『かのんチャンネル　ＬＩＶＥ』

ほとんど無意識にタップすると、画面がフルモニターに展開する。

そこに映し出されたものを見て、ゆめりの喉が声を上げた。

「ミラ！　ねえミラ、これって！」

なにゆめり、とミラが寝ぐせをつけたままベッドから這い出てくる。今やっと起きたところらしい。昨夜はまた妖精界に戻っていたみたいだから無理ないが、寝ぼけていられたら困る。

ゆめりはミラにスマホをずいと突き出した。

半分閉じたままだったミラの目が、大きく見開かれる。

ミラの目に映った画面が赤い。だけどそれは、衣装の色だけのせいじゃなかった。

どこかのビルの屋上にいるらしいかのんが、額をぱっくりと一文字(いちもんじ)に割れさせ、そこから血を流していた。鼻筋を通って垂れ落ちた血の滴(しずく)を、かのんの舌がなめる。

画面の端を、文字が読み取れないほどの高速でコメントが流れていった。

「もう！　ルミナスの奴、また判断ミスったミラね！」

「と、とにかく向かおう！　場所は……」

ゆめりがスマホで検索するより早く、「新宿(しんじゆく)！」とミラの声が飛んだ。

「わかった！　すぐ行こう！」

幸い、新宿ならそれほど遠くはない。近くもないけれど、西東京(にしとうきよう)や立川(たちかわ)と言われるよりははるかにマシだ。ゆめりは路地で変身し、住宅街の屋根を走り出した。

弱い黒禍はかのんがソロで、なんて了解すべきじゃなかった。状況が変わり始めているのだから、何が起きたって不思議じゃない。

新宿駅付近のビルの屋上に降り立ったところで、首からさげた計測器(ペンデュラム)を確認する。しかし水晶がわずかに振れるだけの、微弱な反応しか示していない。

「ゆめり、あそこ！」

ミラが指差した先には、都庁のツインタワーがそびえている。

目を凝らすと、てっぺんから黒い紐のようなものが伸びているのが見えた。

「あれって……触手!?」

ビルから飛び降り、無我夢中で走る。都庁下にはすでに警察が到着しており、建物をぐるりと囲うように規制線が張られていた。

何事かと足を止めた人たちがみんな、そろって首を上に向けている。

「ごめんなさい！　ちょっと通して！」

人だかりをかき分けて進むと、警察官の一人が声を張った。

「頂上で交戦中です！　黒禍の影響か、内部は停電してエレベーターが稼働していません！　階段で……」

「了解です！」

ゆめりは最後まで聞かずに規制線を飛び越え、都庁ビルの壁面を駆け上り始めた。警察官がぽかんと口を開けていたが、階段をぐるぐる上るよりは、こっちの方が早い。

「都庁って高さ何メートル!?」

「二四〇くらいらしいミラ」

「遠いなあ、もう！」

息を弾ませたところで、背後から「お疲れ様です」と声がした。

振り返ると、傘の舟に乗ったアイギスとノアだった。

「乗ってください。すぐに上まで着きます」

「ありがとう、助かる！」

ゆめりとミラが飛び乗ると舟は加速し、急上昇した。

空の中、約三十メートル四方に切り取られた二つの平面が見えてくる。ツインタワーが頂上を一つの角で隣り合わせ、ダイヤ型に並んでいるのだ。

「いたミラ！」

てっぺんに到達すると、肩で息をしながら黒禍と対峙するかのんの姿があった。

二つの塔の内、頂上がヘリポートになっている方に黒禍は鎮座している。触手をくねらすその姿は、まるで都庁の主気取りだ。

まだしもヘリポート側でよかった。都庁の頂上なんて初めて見たけれど、もう一方は床が格子状になって階下が透けており、戦うには足場が悪すぎる。

「かのんちゃん！」

ゆめりたちが傘から飛び降りてもかのんは振り返らず、眼球だけを後方へ動かした。

「ごーめん、ミスったわ。ここじゃ野次馬どもも遠すぎて固有魔法出せないし……」

「いいから。後は任せて」

庇うように前に出ると、「ミーティア、やっぱかっこいいじゃん」とかのんは小さく笑った。

黒禍は、かのんが苦戦したのが意外なほど小型だった。体長はわずかに三メートルほどしかない。触手は通常のものと同じ長さがあるように見えるが、宙でうねらせるばかりで攻撃してくる様子もなく、この距離まで接近しても、計測器(ペンデュラム)も反応しない。

「こいつ、速いの。攻撃力は雑魚(ざこ)のくせして、全然こっちの銃撃当たんなくて。機動力全振りだから、計測器(ペンデュラム)にも引っかかんないっぽい」

「素早い黒禍……？」

アイギスが怪訝(けげん)そうにつぶやく。

これまで、黒禍といえば鈍重なのが当たり前だった。やっぱり何かがおかしい。

だけどとにかく、今は目の前の黒禍に対処するのが先だ。無言でアイギスを振り返ると、「了解した」とばかりに頷(うなず)き、傘の陰にかのんと妖精たちを引き入れた。

ゆめりの手の中でロッドが伸びていく。

光り始めたそれを、コンクリートの地面に突き立てた。

「『光よ(ルーメン)。貫け(ペネトラーレ・サリーサ)！』」

放たれた光の矢が、黒禍の体に突き刺さる。

ように、見えた。

「な……」

黒禍の姿が目の前から消えている。魔法はコンクリートをえぐっただけだ。

「先輩！　上です！」

アイギスの声に、空を見上げる。

太陽を背にして、身を屈めた黒禍がゆめりに向かって落ちてきていた。

小型とはいえ、「黒禍としては」の話だ。なぜ、この巨体がこんな風に跳べる？

考える間もなく、無数の触手がゆめりを抱きしめようとするかのように伸ばされた。

その奥に、かあっと開かれた口が見える。

触手の間をすり抜け、地面を転がった。なおも追いすがる触手を逃れ、ツインタワーの
もう一方へ飛び移る。着地すると同時に、もう一度光の矢を放った。しかしまたしても
易々と避けられる。

なるほどこの黒禍は、一人では無理だ。誰かに足止めしてもらわなければ、攻撃が当た
らない。だけどかのんは負傷しているし、アイギスはほぼ防御専門だ。

ほかの魔法少女が増援に来るのを期待して、時間稼ぎに徹するべきか。

「やれるわよ！」

ゆめりの思考を読んだように、ヘリポートからかのんが叫んだ。何か言いつけられたら
しいルミナスが、こっちに向かって飛んでくる。

「これ付けてって、かのんちゃんが。そしたら向こうのこともわかるから」

差し出されたのは、スコープ付き眼鏡にヘッドセットが付属したような魔道具だった。

装着すると、ぐるんと視界が入れ替わる。目の前に、アイギスの袖のフリルが見えた。地
面にはヘリポートを示すHの文字と、そこに無数の足で立つ黒禍の姿もある。

これは、かのんの視界だ。スコープを外すとゆめりの視界に戻る。

『とどめは頼んだからね！　動き止めるのは、あたしとアイギスだけで余裕だし！』

ヘッドセットから聞こえてきたのは、確証のない言葉だった。

けれどゆめりは頷いた。かのんは、できもしないことをできるとは言わない。数度の共闘で、それはわかっていた。アイドルという人からジャッジされ続ける職業柄か、ライブ会場での失敗からか、自信過剰に見えて、能力の限界をきちんと認識している。

「わかった、お願い！　でも無理はしないで！」

りょーかい、任されたわ、とかのんが唇をなめる。

『ルミナス！　マシンガン二挺ちょうだい！』

ルミナスはかのんの腕の長さほどあるマシンガンを二挺、ぞろりと尻尾から取り出した。銃身はいつものリボルバーと同じく、ポップなデコレーションがほどこされている。かのんが受け取ると、ゆめりにまでその重さが伝わるかのようだった。

二挺の内一挺を、かのんはアイギスに手渡した。

『当てようとしなくていいから、とにかくぶっ放して』

アイギスは銃身をしばらく眺めていたが、「了解」とスリングを肩に掛けた。

『傘出して。上から行く』

アイギスが傘を開き、かのんと共に上昇していく。

「かのんちゃん、どうするつもり？」

ゆめりが訊くと、『いいからそこ動かないでよ！』と怒鳴り返された。

屋上からさらに五メートルほど上空に達すると、二人はマシンガンで掃射を始めた。弾丸が地面を穿つ音が、ヘッドセットからと耳に直に届くのとで、二重になって降り注ぐ。

「野蛮ミラねえ。ミラはやっぱり、戦闘用魔道具って好きになれないミラ」

騒音に混じって、ミラが耳元でそう言うのが聞こえた。

黒禍は容赦ない弾の雨を避け、無数の足を蠢かせて器用に逃げ回る。

『ったくちょこまかと、デカブツのくせにうっとうしい！』

かのんがいら立った声を上げる。

しかしよく見ると、二人の射線に追い立てられて、黒禍の可動範囲が狭まっている。

たぶんこれって、最初から当てるのが目的じゃない？

ただでさえ動ける範囲の限られた屋上で、黒禍は次第に隅へと追いやられていった。

黒禍もそのことに気付いたのか、二人の乗った傘を絡めとろうと触手を伸ばす。

アイギスがすかさず蜂の巣にし、かのんが分厚い靴裏で蹴り落とした。

『銃、全然使えんじゃん！』

『昔こういうゲームにはまってたので……』

黒禍は穴だらけの触手を引っ込めはしたものの、すぐに別のそれをしならせた。

けれど今や立っているのは四隅の一つ、ゆめりのいる方のタワーに隣接した角だ。

『もーいいでしょ！　ルミナス！　とっておき出して！』

『は、はいぃ』

ルミナスはマシンガンよりも大きく、視覚的にもより凶悪なものを尻尾から引きずり出した。チェーンソーだ。その胴体部分にもデコパーツが大量に貼りつけられているが、刃の凶暴さを覆（おお）い隠すには至っていない。

かのんがスターターロープを引くと、ヴンと低い音を鳴らして起動した。

振動する刃を振りかぶり、黒禍に向かって傘から飛び降りる。

「『聖なる炎に注がれし油よ（フランマ・サンクタ・オレウム・クリオ）！　噴き上がれ（フラゴール）！』」

黒禍は刃を避けようとしたが、その途端、そこら中に散らばったマシンガンの薬莢（やっきょう）が炎を噴き上げた。

「あの魔弾、着弾時と呪文発動時の二回攻撃用ってわけミラ。金かかってるミラねえ」

火に取り囲まれた黒禍は、隅に立ち尽くして身動きがとれない。

『おらあああああ！』

火中に身を投げる寸前、かのんの体をアイギスの防御魔法が包んだ。

うなりを上げるチェーンソーの切っ先が黒禍の胴体に突き刺さり、地面に倒される。

今だ、とわかった。スコープを額に上げ、ロッドを構える。

照準に、はっきりと黒禍を捉えた。

「『貫け（ペネトラーレ・サリーサ）！』」

チェーンソーに押さえ込まれた黒禍の脳天を、今度こそ光の矢がぶち抜いた。

黒禍の体が弾け飛び、かのんは正面からもろに黒い血を浴びる。

「うっげ、最悪。ま、とりあえず完了っと……」

かのんが指を鳴らすと、炎は最初からなかったみたいに、薬莢ごと消え失せた。

チェーンソーが重い音を立てて地面に落ち、遅れてかのんがよろめく。

そのまま体は後ろに傾ぎ、屋上の外側へと倒れていった。

まずい、とゆめりはタワーからタワーへ飛び移る。

「「かのんちゃん！」」

かのんの腕をつかんだのは、ゆめりもアイギスも同時だった。

そのまま引っ張り上げると、セーフ、とかのんは寝転んでピースサインを作った。

「ごめ、ちょっと気ぃ抜いたわ。てかルミち、早く変身解いて！　くそ、あいつ顔に傷付けやがって。人の商売道具なんだと思ってんだ」

かのんの体が光に包まれ、私服姿に戻る。額の傷もすうっと消えた。かのんの顔を汚した黒禍の肉片や黒い血も、光の粒となって霧散していく。

ゆめりとアイギスは揃って息を吐いた。ルミナスが地面でうなり続けているチェーンソーを止め、よいしょと尻尾に収納する。

「なんでチェーンソーがとっておきミラ？　人間界的にはマシンガンのが強力ミラ」

「かのんちゃんにはこっちのが似合ってるからです！　銃のが便利だけど、チェーンソーのが映えるって」

「はあ、なるほど。本人が気に入ってるから威力が上がる、人間の魔法の典型ミラ」

かのんは覗き込んだゆめりとアイギスの顔を、順番に見た。

「アイギス、ナイスアシスト。ミーティアも、信じてくれてありがと」

「うん。でも、今度からはどんな黒禍でも一緒に戦おう。計測器(ペンデュラム)で測れない強さの黒禍がいるんじゃ危ないもん。配信は、一旦お休みしてもらっちゃうことになるけど……」

「あー……そうね。そうした方がいいか。二人とも、今日はほんとにごめん」

「いいよ、間に合ってよかった」

　そうじゃなくて、とかのんは珍しく歯切れ悪く言った。起き上がって、ゆめりたちの背後を指差す。嫌な予感がして、アイギスと同時に振り返った。

　そこには、ふよふよと宙に浮かぶ羽の生えたスマホがあった。

「カメラ切り忘れてた。これ、配信されちゃってるわ」

　え、とゆめりが固まっている間に、アイギスが傘でぶん殴(なぐ)って叩き落とした。

　ちょっとお、とコンクリートに叩きつけられたスマホをかのんが拾い上げる。

「ひび入ってんじゃゃん！　切るにしたってもっとやり方あんでしょうが」

「すみません。ですが気が動転していたので」

　アイギスは口では謝っているが、声音(こわね)はちっとも悪びれていない。

「あーあ……。ま、とにかく一旦降りるか。あたし警察に報告行ってくるから、その間にまずいもん映ってないか確認しといて」

　そう言うとかのんはえぐれた地面を何枚か撮影し、パラシュートを広げたルミナスにつかまって降下していった。

ゆめりは急いで自分のスマホを取り出し、かのんのチャンネルを開く。アイギスと額を突き合わせ、画面を凝視した。万一ミラが「ゆめり」と呼ぶ声でも録られていたら終わりである。今後、変身時にはミーティア呼びを徹底してもらうとしても、今回配信されてしまっていたら意味がない。

三人揃ったところから最後まで血眼で見終わって、アイギスと顔を見合わせた。

「……とりあえずは、大丈夫そう？」

「そうですね。特に見られて困るものは見当たりませんでした」

黒禍を倒した時よりもさらに力が抜けて、はーっと長く息が唇から漏れる。

「じゃ、私たちも降りようか……」

帰りもアイギスの傘に送ってもらうと、地上ではかのんが警察官と向き合い、バインダーに挟まれた書面にサインを入れていた。

「おっかえりー。もうこっちの処理も終わるから。あとは都庁の電源復旧したら現場検証してもらうだけで、あたしらの管轄外だし」

それじゃあとはよろしく、とかのんが警察官にバインダーを突き返したので、ゆめりとアイギスは頭を下げた。警察官からは、敬礼が返ってくる。

「で、配信どうだった」

「変なものは映ってなかったけど……」

「おー、よかった。じゃ、削除しなくても平気な感じ？」

ゆめりはまたも、アイギスと顔を見合わせた。

「今さら消してほしいとまでは言わないけど……どうせ録画してる人はしてるし。アイギスは？」

「先輩がいいなら、私も別にかまわないです」

「よっしゃ！　じゃ、今度はちゃんと企画してルガルリリウム三人で配信……」

「それはＮＧで」

アイギスが即答したので、ゆめりもうんうんと大きく首を縦に振って同意した。

「今回はもう配信しちゃったから仕方ないけど、今日だけだよ！」

「えー、さっきの戦闘かなりいい感じだったじゃん。仲間のピンチを助けて共闘！　ってめっちゃ王道でアツいのに」

たしかに、いつも見ているかののんのソロ配信よりも、魔法少女が複数で戦っている映像は迫力があった。防御専門のアイギスが銃器を扱っているのも、ジョブチェンジみたいでテンション上がる。でもだからといってこれをずっと許せば、どこかでボロが出かねない。

「ほら見てみ。オタクどもの反応もめっちゃいいよ」

上機嫌のかののんがスマホを掲げる。画面には配信のコメント欄が映っていた。

『えーん最高なんだが。配信開いたらルガリリ三人そろってて死んじゃった』

『かのたん感謝、これで明日からも労働がんばれるよ。感謝の投げ銭五千円』

『チェーンソー久々に見た！　かのちメンバーの前だから張りきってる笑』

『でもこれって二人了承してる？　最後カメラに気付いて慌ててたし』

『いや絶対宵町がハメたでしょ。再生数稼ぎに仲間まで利用するとかほんとさあ』

『宵町にまともな倫理観期待しても無駄なんて今さらじゃん。今回も炎上狙いでしょ』

『見にきといて文句垂れんなや。どっちが倫理観ないねん』

『無理やり引っぱり出された推しが可哀想だから意見してるだけなんだが』

『真相もわからん内から「推しが可哀想」とか言い出すの、厄介以外の何物でもないし』

『古株じゃなくて新人二人と共闘し出したことからして魂胆丸わかりじゃん。ミーティアとアイギスだけ見たいのに、宵町も視界に入るのガチでストレス』

『は？　なに？　百合厨？　魔法少女はナマモノだって理解してる？　害悪すぎ』

以下、小競り合いは延々と続いている。

「めちゃくちゃ荒れてますが……」

「盛り上がっててみんな嬉しそうじゃん。コメント数いつもの倍はあるよ」

「嬉しそうかなあ……。すごいギスギスしてる気がするけど」

「ファン同士が仲良くとか幻想だから。オタクどもがギャーギャー言うのは楽しんでる証拠！　それよりこれ見て」

かのんが指差したのは再生数だった。配信終了直後だが、すでに五十万を越えている。

「今でこの数字なら、百万越えは固いっしょ！　やっぱユニットって強いんだって！」

いやールガルリリウム結成してよかったわ、とかのんは目の前に伏せた手を突き出した。

「円陣！」

急に叫ばれ、ゆめりとアイギスは思わず弾かれるようにかのんに手を重ねる。

「今日は本当に最高！　あたしこう見えて義理堅いから、絶対恩は返すし。ってわけで、これからもルガルリリウム、がんばってこー！」

いえーい、とかのんはごきげんでハイタッチした。

「かのんちゃんって、ずーっとかのんちゃんですね」

つぶやかれた声に隣を見ると、アイギスの黒目が細められた。

「ちょっと、羨ましいくらいです」

それはつまり、アイギス自身はそうじゃないというように聞こえた。アイギスも、変身前と後で全然違う人なんだろうか。ゆめりと同じように。

あなたはどこの誰？　といっそ訊いてしまいたくなる。

「ねー、今からあたしの部屋で打ち上げしよ！　今日こそピザね！」

けれど口にしようもない願望は、かのんの明るい声に打ち消された。

「もう腹減りすぎてやばいわ。三人いたら三十枚はいけるよね？」

かのんは早速ピザ屋のサイトを開くと、目についた商品をあれもこれもとカートに放り込み始めた。

その夜は遅くまで三人で過ごして終電を逃し、かのんの家に泊めてもらった。

そして、夢を見た。

目の前に木の格子があった。どこかで見た光景だと思ったが、それがどこなのか思い出す前に、ゆめりは格子の向こうを覗き込んでいた。

狭い畳敷きの空間に、布団が敷かれている。その上に、着物姿の女の人が座っていた。

そうだ、これって、初めて魔法少女になった夜に見た夢だ。

女の人の髪は相変わらず乱れ、着物は色褪せている。

しかしやはり目だけは光を宿し、まっすぐにゆめりを見ていた。

格子の向こうに手を伸ばし、あの、と話しかけようとすると、その人は乾ききってひび割れた唇に指先を当てた。

『今はまだ、その時ではありません。けれどもうじき』

声は耳ではなく、頭の中に直接響いた。

もうじきって何が？　と訊ねようとした時、彼方からゆめりを呼ぶ声がした。


「……さん。花咲さん？」

はっとして顔を上げると、心配そうな颯太の顔が目の前にあった。胸元には、鮮やかなスカイブルーのネクタイ。細かな模様がびっしりとプリントされていて——目を凝らせば、模様はヒエログリフ（古代エジプトの象形文字）である。

思わずきょろきょろと周囲を見回す。格子も畳も、女の人もどこにもいない。

ゆめりがいるのは職場で、見慣れた自席だ。ＰＣ画面にはいつものエクセルシートが広がり、隅には「２０２４／２／９」と日付が表示されている。

二月？　都庁での戦いから一か月近くが過ぎていることに、一瞬混乱する。今朝出勤した覚えもまるでないけれど、自分を見下ろすと、ちゃんとオフィスカジュアルっぽいニットとパンツを着ていた。メイクはしたんだっけと唇にふれると、リップの薄いピンクが指についた。

時刻は十一時過ぎ。まさかこの時間まで寝ぼけていたんだろうか。けれど焦ってモニターを見れば、朝から仕事をしていたらしい痕跡があった。

「どうかした？　ぼーっとしてたみたいだけど、具合悪い？」

「い、いえ、すみません。少し寝不足で……」

恥ずかしさに顔を熱くすると、徐々に現実感が体に戻ってきた。

たしかに、うっかり配信に出てしまってからそれくらいは過ぎている。あれからも出勤して黒禍（こくか）と戦っての繰り返しで、昨晩も倒れるように眠りについた。あの奇妙な夢は、都庁での戦いの後に見て、それから何度も――

あの夢？　そこまで考えて、さっきまで見ていたはずの夢がほどけるように霧散（むさん）していく。何度も見ているような気がするのに、そこで何を見たのか、誰がいたのかわからなくなる。思い出そうとすればするほど、夢の影は指の間からすり抜けていった。

「これ、客先でもらったからあげる。眠気覚ましにはなるかも」

様子のおかしいゆめりを見かねたのか、颯太は缶コーヒーをデスクに置いた。

「そんな、私、いただいてばっかりで……」

「違う違う。これはいわゆる不用品の押し付けなので、気遣いは無用です」

颯太はそう言って「ＢＬＡＣＫ」の印字を指した。

「……すみません、ありがとうございます」

いいから、体調気を付けて、と颯太は笑って去っていった。

受け取った缶は、まだ温かい。

特に具合が悪い感じはしないけど、たしかに疲れは溜まってるんだろう。

最近、黒禍の増加傾向はさらに加速している。連日の変身も珍しくないくらいだ。いいかげん黒禍が減るか新しい魔法少女が登場するかしないと、体が持たないかもしれない。

ゆめりはコーヒーのプルタブを開けて口を付けた。舌先に触れる苦味が、脳を刺激する。少しは頭がすっきりした気がするけれど、指先はまだ夢の中に残っているようにふわふわしていた。冷たい水にでも触れてしゃっきりしようと、お手洗いに立つ。

「ねえ、ミラ。なんで黒禍はここまで増えて、しかも強くなったのかな」

誰もいないトイレの鏡の前で、ゆめりは訊ねた。ここのところ、何度も繰り返した問いだ。その度に「調査中」との答えが返ってくるばかりだった。だけど訊かずにはいられない。現在の魔法少女の人員ではさばききれない数の黒禍が現れるようになったらという懸念は、すでに現実味を帯び始めている。

ミラがひょいとポケットから顔を出した。

「確実なことはまだ何も言えないミラが……」

「確かじゃなくてもいいよ。仮説でもなんでもいいから、教えて」

「……最近、妖精界で消費されるマナが急増してるミラ。そのせいでデブリが増えて、黒禍の発生件数を押し上げてるのかもってささやかれてるミラ。元老院は認めてないミラが」

「消費マナが急増って、つまりたくさん魔法を使ってるってことだよね。妖精界で何が起きてるの?」

ミラは静かに息を吐いた。とうとうこれを言わねばならないか、とでもいうように。

「戦争してるミラ」

「……戦争?」

言葉の不穏さに、思わず目を見張る。

「妖精界にもいろんな国があるミラ。利害が一致しなければ当然戦争になる。それにはもちろん魔法が使われるし、戦闘が激化すれば大型戦闘魔法が頻発される。今より前の時代にだってもちろん戦争はあったけど、現代の戦闘魔法は昔よりずっと高度に、より複雑になってるミラ。その影響が黒禍にも現れて、連中を強くしてしまってるのかもしれないミラ。もしこの仮説が正しいなら、人間たちには申し訳ない話ミラ」

「そんな。それが原因なら、なんとか戦争を止められないの? このままじゃ人間界を守りきれなくなっちゃうよ」

ミラは黙って首を横に振った。

「始まってしまった戦争を止めることは、不可能に近いミラ。この説に裏付けもないし、あったところでサナスキアは絶対に認めない。早期の終結を祈ることしかできないミラ」

「戦争してるのって、ミラの国なの？」

ミラはこくんと頷(うなず)いた。

「だ、大丈夫なの？　ミラにも家族とか、友達とかいるでしょ」

そういえば、ミラから身近な人の話を聞いたことがない。知っているのは、女王を敬愛しているということだけ。ミラの生い立ちや、女王騎士がどんな役職なのか、どうしてそれになろうと思ったのか、ゆめりは一つも聞いたことがない。

「ミラに課された任務は、人間界への被害を食い止めることミラ。向こうは向こうでなんとかやってもらうしかないミラね。それに今はまだ国境付近でやり合ってるだけだから、国民にはそれほど心配ないミラ」

「そうなの？　でも女王様は？　女王騎士長のミラがこっちに来ちゃってて平気なの」

代理ね、とミラは薄く笑う。

「女王騎士は陛下個人の護衛だし、儀仗兵(ぎじようへい)的な役割っていうか……見栄え担当みたいなところがあるから、戦局には関わりないミラ。それに今の陛下は間違っても前線には出ないから、ある意味で安心ミラ」

「だけど戦争なんて非常事態だし、絶対なんてことあるの？」

ミラは口元に浮かべた笑みを消して言った。

「陛下は長く患ってらっしゃるミラ。どうあっても城から出られないご病状ミラよ」

ゆめりは鏡の中に、目を見開いた自分を見た。

「……ごめん。そんなことになってるなんて、全然知らなかった」

「話さなかったんだから当たり前ミラ。とにかく妖精界のことは、妖精がなんとかする。心配しなくていいから、早く職場戻るミラ。長居すると下痢だと思われるミラよ」

ゆめりが噴き出しかけたその瞬間、鏡に映る世界が傾いだ。

轟音が響き、地面が大きく揺れる。立っていられなくなって屈み込み、洗面台にしがみついた。個室のドアが、バタバタと音を立てて開閉する。

「……地震!?」

そうじゃないとわかったのは、地震速報ではなく、計測器が最大音量で鳴り響いたからだった。

よろめきながらトイレを出ると、信じられない光景が広がっていた。

空が見える。

ゆめりの頰を、寒風が撫でていく。

オフィスビルの壁が崩れて鉄骨が剝き出しになり、大穴が空いていた。

衝撃で倒れたデスクやパソコン、試作品の詰まったダンボールに種々の書類、綺麗に陳列されていたフィギュアやぬいぐるみたちが床に散乱している。

社員たちの多くは呆然と立ち尽くし、ビルに空いた穴を見つめていた。

「誰か、救急車！」

切羽詰まった声に視線を動かすと、うつ伏せに倒れている人の姿があった。グレーのジャケットを着込んだ右肩が、血で赤く汚れている。そばにいる人がティッシュやハンドタオルを当てているが、そんなもので止まる出血量ではないらしく、床に敷かれたマットがみるみる赤黒く染まっていく。

そばについた同僚が、その人の名前を呼ぶのが耳に入った。

「木庭さん、聞こえますか⁉　木庭さん！」

何度呼ばれても返事がない。完全に意識を失っているように見える。

――「呑み込まれて」いる？

肩に手が置かれ、ゆめりはびくりと体を跳ねさせた。振り返ると、麻美だった。

「よかった。花咲さん、どこ行ってたのかと思った」

「古賀さん。いったい、何が……」

「黒禍だよ。あんなでかいの、これまで見たことない。外から地響きがするって営業部の子が窓開けたら、目の前にいたんだ。木庭くんは、伸びてきた触手からその子のこと庇おうとして……」

最後まで聞かずに、ゆめりは非常階段に向かって駆けた。麻美の声が追いかけてきたが、振り返らなかった。そこに着くまでの数秒ももどかしく、コンパクトを開く。

さっきまで、普通にしゃべってたのに。普通に笑ってたのに。

光に包まれながら、ビル壁を走り出す。黒禍は探すまでもなく、すぐに見つかった。

巨大すぎるからだ。大通りの四車線がその体躯で完全に埋まっている。

黒光りする鱗に覆われた体で、両側のビルを擦るように移動している。体高はビルの六、七階まで達し、通過後の窓は粉々に砕け、壁が削れていた。足元には、逃げ惑う人や横転した車が吹き溜まっている。中には倒れて動かない人の姿も見えた。

黒禍に向かって飛び降り、頭部に向かって走る。意識不明者がいるなら、一刻も早く黒禍の中に入って本体を仕留めないといけない。

「な……」

しかし黒禍の頭に辿り着いたゆめりは立ち尽くした。

そこには目も口もなかった。顔に当たるはずの部分さえ、びっしりと鱗に覆われている。

「なんで!? これじゃ中に入れない……!」

のっぺらぼうの黒い顔が、ぬうとこちらに向く。

目鼻がないのに黒禍が笑った気がして、全身に鳥肌が立った。

黒禍はゆめりを払い落とそうと、背から触手を伸ばす。

「『爆ぜろ！』」

放った魔法はしかし、鱗に阻まれて地上に跳ね返された。爆音と砂煙を立てて地面に穴が空き、逃げ遅れた人々から悲鳴が上がる。

「気を付けて！　民間人が退避できてないから、無闇に打つと危険ミラ！」

ゆめりがためらった隙をついて、ふたたび触手が襲いかかる。

しかし迎撃する前に、その先端が宙を飛んだ。

触手はすっぱりと切断され、綺麗な断面を見せた。

黒禍が赤ん坊のように甲高い声を上げ、ゆめりから意識を逸らす。

はっとして地上を見ると、奇妙な人物がそこにいた。黒禍の進行方向に、兵士のような格好の人が立ちふさがっている。髪は短く刈り込まれている上に中性的な面立ちだが、骨格からしておそらくは女性だ。服装は、人型のミラにどこか似ていた。甲冑こそ身に着けていないものの両腕には籠手が見え、胴は革鎧に、脚はズボンと膝上まであるブーツに覆われている。きわめつけに、額にラピスが見えた。

「ミラ、あの人って妖精……!?」

呆気にとられている間に、彼女は二の腕に装着した器具から複数のワイヤーを展開させ、黒禍を拘束しようと試みた。しかし黒禍は無数の触手と足をばたつかせて抵抗する。黒禍が地を踏みしめればアスファルトが割れ、触手を振り回せばビルのガラスが砕け散った。

ゆめりも黒禍の背から振り落とされ、瓦礫だらけの地面に転げる。

起き上がった瞬間、兵士のようなその人と目が合うと、ミラが全身の毛を逆立てた。

「ゆめり、あいつに近付いたら駄目！」

「でも、黒禍と戦ってくれてる！　加勢しないと！」

　ミラの制止を振りきって、その人の元へ駆けた。

　黒禍は今にもワイヤーを引き千切（ちぎ）ろうと、全身を震わせている。これ以上暴れさせて、犠牲者（ぎせいしゃ）を増やすわけにはいかない。

『貫け（ペネトラーレ・サリーサ）！』

　魔法が黒禍の脳天を直撃する。鱗が数枚焼け焦げただけで大したダメージを負った様子もないが、動きは一瞬止まった。

「恩に着る！」

　その人は黒禍から目を逸らさずに叫んだ。地面や壁面に杭（くい）打たれたワイヤーが空中で交差し、蜘蛛（くも）の巣のように編み上げられて黒禍の巨体を押さえ込む。

「ゆめり、逃げて！　そいつは危険なの！」

　妖精なら仲間じゃないの、と言いかけた時には、ワイヤー使いは目の前に立っていた。

　ミラが舌打ちし、ゆめりを守るように前に出る。

「下がって！　こいつはサナスキアの敵国、エインセルの兵士！」

　ミラのラピスが光を放ったかと思うと、目の前に騎士の背中が現れた。

　初めて出会った時ぶりに目にする、ミラの人型だ。

　剣をすらりと抜き、切っ先を兵士に突きつける。

「エインセルの犬が、人間界まではるばるなんの用？」

ミラの体から立ち上る殺気に、背中がぞくりと粟立った。ゆめりを庇ってくれているのに、体がすくむ。

「さっさと選びなさい。退くなら見逃すわ。そうでないなら処断する」

しかし相手の兵士はひるむことなく、肩をすくめただけだった。

「サナスキア妖精は気性が荒くて困る。戦う相手を間違えていないか」

兵士はワイヤーに縛められ、身をよじらせる黒禍を顎でしゃくった。

「加えてその娘の姿。まさか、人間に戦わせているのか？」

ミラは答えなかった。「退きなさい」と繰り返すばかりだ。

「明らかな協定違反だ。災厄の影の移動経路が妙だと報告を受けて追ってきてみれば、まさかこんなことになってるとはね。これでおとなしく帰れるわけがない」

兵士が敵意を向ける対象が、黒禍からミラへと移るのがわかった。

「あ、あの！　それより今は、黒禍をなんとかしないと！」

動きを封じられている今が絶好の機会だ。ワイヤーに押さえつけられてなお、黒禍は足をばたつかせている。いつまでワイヤーが持つかもわからない。

ゆめりは跳び上がって黒禍に向かおうとした。

「いけない。それは駄目だ」

しかし何かにくんと引っ張られ、体が地面に引き戻される。見れば、いつの間にかゆめりの足首にもワイヤーが巻き付いていた。

どうして、と兵士を見上げると、彼女はばりばりと頭をかいた。

「君は……君たちは騙されてるんだ。あれと戦ってはいけない。人間が戦う必要はない」

「何を言ってるの⁉　私が戦わなかったら、街がめちゃくちゃに……」

兵士は静かにゆめりを見下ろした。静かな視線だったが、その目に炎が見えた。

「度し難い。時代に取り残された愚かな国とは思っていたが、ここまでの外道とは」

兵士は炎を、ミラへと向けた。

「やはりサナスキアは、エインセルに併合されるが理だな」

「事情を聞こうともしない奴が、理を説こうだなんて笑わせる。口を開けば併合併合って、どっちが野蛮よ」

「言い争う時間が惜しい。お前の身柄は拘束する」

ワイヤーがミラに向かって発射され、その体に巻きついた――ように見えた。

「魔道具に頼り切った犬は、鼻も利かないみたいね」

幻影だった。ミラはワイヤーをかいくぐって前に出ると、剣の柄で兵士の鼻を粉砕し、みぞおちを蹴り上げた。くぐもった声を上げ、兵士が膝をつく。

「魔法を使うまでもないのよ、お前ごとき。ゆめりが一緒で命拾いしたわね。そうじゃなきゃ殺してたわ」

貴様、と血まみれの顔で兵士がミラを睨み上げる。

「単独潜行なんて、ずいぶんなめられたもんだわ。さっさと巣に帰んなさい」

兵士は奥歯を軋ませると、鍵のようなものを地面に打ち付けた。するとアスファルトに鍵穴が浮き上がり、人一人ようやく通り抜けられるくらいの小さな穴が地面にぽっかりと開く。

「このことは本国に報告する。サナスキアが地図から消える日も遠くないだろうよ」

「負け惜しみは聞くに堪えないわ。消えて」

ミラが兵士を穴に蹴り落とす。すると最初からそこには何もなかったかのように、彼女は穴ごとかき消えてしまった。

「ミラ、あの人、どこに……」

「大丈夫、死んでない。妖精界に帰っただけミラ。あの鍵は簡易ゲートを開く魔道具。資金が潤沢な国はいいミラね、装備品もご立派なものが支給されて」

ミラはしゅるしゅると小さくなって、いつものぬいぐるみじみた姿に戻った。

「それより、さっさと黒禍を倒さないと」

そうだった、と振り返った。しかし道を塞いでいたはずの黒禍の姿が見当たらない。

「わ、まずったミラ！　あいつが帰ったから、ワイヤーが解けたミラ。倒してから消すべきだったミラ……。腹立って、つい」

「話は後！　早く見つけなきゃ！」

周囲を走り回ると、嫌でも街の惨状が目に入った。瓦礫が転がり、建物は破損し、黒禍が通った痕跡があちこちに残されている。救急車が街中にサイレンを響かせ、意識のない人や、瓦礫で負傷した人を搬送していた。しかし黒禍の姿はどこにもない。あんな巨体を見失うはずがないのに、さっきの兵士と同じく、煙のように消えてしまった。

通りを駆ければ、ミーティアを撮影しようとシャッター音が追いかけてくる。しかしそれもいつもより少ない。みんな、この悪夢のような光景を前に戸惑っているのだ。

黒禍って、時々現れて魔法少女との戦闘ショーを見せてくれる存在じゃなかったの？

こんなに危険だったなんて聞いてない。いったい何が起きてるの？

そんな雰囲気(ふんいき)が街に漂っていたが、教えてほしいのはゆめりの方だった。

これは、この惨状は、何？

「ミラ！　黒禍はどこに消えたの」

恐怖から逃れるように、ゆめりは訊ねた。

ミラは尻尾(しっぽ)から取り出した羅針盤(らしんばん)に似た魔道具を睨んでいたけれど、首を横に振った。

「いない。気配が消失してるミラ」

「どういうこと!?」

「まったく反応がないミラ。つまり人間界に存在しない。でも妖精界に戻ったら始末されるだけだから、おそらく界境(バーガトリー)のどこかに隠れてるミラ」

ミラが忌々(いまいま)しそうに頭をかきむしる。

「界境(バーガトリー)っていうのは、人間界と妖精界の狭間(はざま)のことミラ。二つの世界のゲートを繋(つな)ぐ通路みたいなものだと思ってくれていい」

「さっきも言ってたけど、ゲートってなんなの？」

「それも説明してなかったミラ？　人間界と妖精界は、どこからでも行き来できるわけじゃない。さっきエインセルの奴が使った簡易ゲートは例外ミラ。黒禍くらいデカい奴が行き来できる道が開ける場所は決まってて、そこをゲートって呼んでるミラ。黒禍が都内にばっかり出るのも、ゲートがその辺りに集中してるせいミラ」

「じゃあ、早くそこに行って黒禍を追いかけよう」

「それは無理ミラ。同じゲートとゲートを繋げても、同じ界境（バーガトリー）には行き着かない。不安定でランダムな、その場限りの無秩序な空間ミラ」

つまり、とミラが前足の爪を噛（か）む。

「あそこに逃げ込まれたら、向こうから出てくるのを待つしかないミラ。唯一幸運なのは、ゲートの場所が把握（はあく）できてること。黒禍は本能的に人間を襲うものだから、ずっと隠れていることはできないミラ。ゲートを見張っていれば、いつかは出てくるはず」

「……本当に？」

「たぶん」

たぶん。希望的観測を示すその言葉を、ミラが口にするのは珍しかった。

「とにかく、今できることはない。ひとまず引き上げるしかないミラ」

「帰れないよ。街がこの有様じゃ、どこかに取り残されてる人がいるかもしれない。探さなくちゃ。瓦礫の山くらいなら魔法で崩せるし」

「悪いけど、許可できないミラ。ゆめりのコントロール力じゃ、埋もれてる人に怪我させかねない」

でもそれじゃ私、何もできない、魔法少女なのに——と言いかけた時、「そうだよ、やめときな」と割り込む声があった。振り返ると、これまで画面の中でしか見たことのなかった、先輩魔法少女がそこに立っていた。息を切らし、紫の衣装が小刻みに揺れている。

「超大型って聞いて飛んできたんだけど、間に合わなかったかあ。ごめんごめん。でもあとは任せて。仮契約中の子よりは、後始末得意だと思うから。ほかの子たちもぼちぼち集まってくるはずだし」

そう言うと彼女は華奢なステッキを振り、車を押し潰していた瓦礫を宙に浮かせた。

「わ、私も手伝います」

「いいって、ていうか真似したら駄目だよ。君の妖精くんの言うとおり、下手したら民間人に怪我させちゃうから。それとも君、回復魔法でも使える?」

「いいえ、私……攻撃魔法しか」

「そうだよねえ、回復って超難度だもん。あれ扱えるのは才能でしょ。ま、気にしない気にしない。物事はなんでも適材適所ってね」

安全なとこで待機しときなね、と魔法少女はゆめりの背を押し、路地に押し込んだ。

「あの、待ってください。今回の黒禍、口がなかったんです。だから呑み込まれたわけでもないのに、みんな意識を失ってしまってる。そんなの、これまで見たことありますか？」

「口がない？　いやあ……」

　データにある？　と彼女が振り返ると、担当妖精が背中のフードから顔を出した。しかし妖精は、不安そうな顔で首を横に振るばかりだ。

「やれやれ、どうも厄介そうだね。でもこれで黒禍の攻撃が絶えるわけじゃないし、とにかく君は次の襲来に備えて。戦力は貴重なんだから」

　まったく何が起きてるんだか、と魔法少女は通りへ駆けていってしまった。

「あの魔法少女の言うとおりミラ。悔しいだろうけど、今は待つしかないミラ」

　ゆめりは唇を噛んだ。けれどできることが何もないなら、魔力を温存するに越したことはない。ろくに戦うこともできないまま、路地で変身を解いた。

　大合唱となりつつあるパトカーと救急車のサイレンを背景に、ミラがつぶやく。

「……何が起きてるかなんて、こっちが訊きたいわよ。黒禍が隠れる？　口がない？　今までの記録に、そんな個体は確認できない」

　ミラが眉間にしわを寄せると、埋め込まれたラピスがぎゅうと額の中心に押し込まれた。

　トイズアニマの入るビル前に戻ると、人だかりができていた。入居している人たちが避難してきたのだろう。ゆめりを見つけると、志保と麻美が走り寄ってきた。

「どこ行ってたのよ、もう！　もしかしたらって気が気じゃなかったんだから！」

志保の目には涙が浮かんでいた。

「ご、ごめん、気が動転してて。古賀さんも、勝手にいなくなってすみませんでした」

「うん。とにかく無事でよかったよ」

「あの、木庭さんは……」

「搬送されてった。後は医者に任せるしかないね」

大丈夫？ と志保がゆめりの手を握った。大丈夫、と反射的に頷く。けれどゆめりの手も、それを包む志保の手も、ひどく冷たかった。

麻美は派手に穴の空いたビルを見上げた。

「木庭くんのことも心配だけど、うちの会社もどうなっちゃうんだろうか」

ゆめりも志保も答えられなかった。この場の誰も、答えられないだろう。

麻美が差し出したのは、ゆめりのデスクに置かれていたラズベリーハートのフィギュアだった。飲みかけだった缶コーヒーが倒れたのか、肌が一部茶色く汚れている。それでも
「そうだ。捨てられちゃったらまずいと思って、これだけは回収してきたから」

ラズベリーハートは笑っていた。ゆめりはちっとも笑えないのに、笑っていた。

今日はそのまま解散となった。ビルは倒壊の危険ありということで立ち入り禁止になってしまい、オフィスを片付けることもかなわなかった。

池袋駅は電車を待つ人々でごった返していた。線路にも瓦礫が降ったようで、架線が切れ、本日中の復旧の見込みはないと告げられた路線もあった。運良くゆめりの使う埼

京線は遅延しながらも運行はしていたが、振替輸送の人も多くいたせいで、ホームは人があふれそうだった。

ようやく滑り込んできた電車に、多くの人々と共になだれ込む。車内は昼間だというのに、足の置きどころに困るほどだった。

車内放送は、遅延情報のアナウンスを繰り返している。人々は窮屈な車内で身じろぎながら、黒禍のニュースを流すデジタルサイネージを見上げるか、手元のスマホに目を落とすかしていた。どの顔にも一様に、不安が見える。中には家族だろう相手に電話をかけている人もいたが、誰も注意しようとはしない。それくらい、今は非常時なのだ。この中にだって、友人や同僚が負傷して、だけどできることが何もないから、一人不安な気持ちを抱えて帰路についている人がいるかもしれない。負傷した颯太を置いて、ゆめりがこうして電車に揺られているのと同じように。

颯太だけじゃない。街も人も、みんな置いてきてしまった。ゆめりにできることは何もなかった。魔法が使えたって、街を元通りにはできない。手出しは不要だと、はっきり言われてしまった。こんなことになるのなら、もっと魔力コントロールの修業に励めばよかった。これまでだって必死にやってたつもりだけど、それじゃ足りなかった。回復魔法だって教えてもらっておけばよかった。覚えていたら、颯太を治せたのに。救える人がいたかもしれないのに。せめてかのんが都庁で負傷した時に思い付いていれば、今日に間に合ったかもしれないのに。結局ゆめりは目の前のことやミラに与えられた課題をこなすばっかりで、誰かを守るにはどうしたらいいかを考えられていなかった。

魔法少女失格だ。

いつもの三倍以上の時間をかけてやっと赤羽駅に降り立つと、ホームが多少混みあっているだけの、いつも通りの平和な光景が広がっていた。

マンションへの道をふらふらとたどりながら、道端の自販機の前で足を止める。喉が渇いているような気もするし、そうでないような気もした。

並んだコーヒーの端にブラックの文字を見ると、颯太の姿が浮かんだ。コーヒーを渡してくれた時の笑顔じゃない。床に倒れ、肩を赤く染めた姿だ。その幻影から逃れるように、コーヒーの隣、ホットレモネードのボタンを押す。ガトン、と落ちてきたそれは、冷えた指先には熱いほどだった。

けれど部屋に帰りつく頃には、すっかり冷めきっていた。

ふたを開けようとして止め、口を付けることなく通勤バッグの中に落とす。

ビーズクッションに沈み込んでスマホを見ると、かのんやアイギスから着信とメッセージが何件も来ていた。とにかく、二人は無事だったとほっとする。ゆめりも自分は無傷なこと、会社のビルが壊されたこと、黒禍が界境に逃げたらしいこと、先輩魔法少女が対処に当たってくれていることを伝えた。

エインセルの兵士だという妖精が言っていた「騙されている」という言葉を伝えようか迷って、やめる。ミラにあれはどういう意味なのか、確認してからにすべきだろう。

とにかく今後の話し合いをしようと、夜にかのんの家で落ち合う約束をした。本当は今すぐ二人の顔を見たかったけれど、かのんは仕事があるらしい。

夜になるまで、どうしよう。修業をする気にもなれないし、アニメを見る気にもならない。ミラは鏡のような魔道具を睨んで誰かと話し込んでいて、邪魔できる雰囲気じゃない。スマホを手にしかけて、また置いた。今、ＳＮＳを開く勇気はない。

魔法少女は何してたんだって、きっと責められてる。

ゆめりは何もできなかった。本当に、何一つできなかった。

部屋には暖房が入っているのに爪先が凍るような心地がして、エアコンの温度を上げる。何もしないでいると、嫌な想像がぐるぐると頭の中を渦巻いた。音のない世界から逃げるようにテレビをつけても、どこの局も大型黒禍襲来のニュースを流している。

負傷者は八十二名、奇跡的に死者はなし。しかし搬送された内の四十三名が意識不明。多くは外傷によるものではなく、黒禍の影響とみられ――黒禍が観測されて以来、最悪の事態と――都と魔法少女との連携体制の不備が指摘されており――。

キャスターの声を聞いていられなくなって、すぐにテレビを消した。さっきからつけては消し、その動作を三回は繰り返している。時間が経つごとに怪我人の数は増えていって、見たくないのに、でも見ないわけにはいかない気がした。

ミラがようやく交信を切り上げたところで、ゆめりは口を開いた。

「ねえ、ミラ。今日会ったエインセルの妖精って何を言ってたの？　私が騙されてるとか、人間が戦う必要はないとか……」

　そんなわけないよね、とゆめりは先回りして言った。

「もちろんミラ。エインセルは人間界に妖精が介入すべきじゃないって方針だから、あああいう無責任なこと言うミラ。あんな奴の言葉、真に受けたらダメミラ」

「そ、そうだよね。それであのさ、あの人は妖精なのに人間界で魔法を使ってたよね？それに、ミラも人の姿になって……。あれは、どうして？」

「ミラが人型に戻れたのは、妖精界に戻ってラピスに魔力をチャージしたばっかりだったから。でもさっきのでほとんど空っぽミラ。燃費悪すぎミラ」

　たしかにミラのラピスは、妖精界から帰った時よりも輝きが弱くなっている。

「それとあの女がこっちで魔法を使えるのは、エインセルがサナスキアより優れた魔道具製造技術を持ってるからミラ。エインセルの作る魔道具は、より少ない魔力の充填で強力な魔法を発動できる。あのワイヤーもその一つミラ。あいつら自分たちは人間界でもそこそこ戦えるくせに、国の主義として不介入を掲げてるから、黒禍をどうにかしようとはしないミラ。勝手だと思わない？　それで人間にも戦わせなかったら、人間界は黒禍に蹂躙されるだけミラ。また現れるかもしれないけど、聞く耳持っちゃダメミラ」

「……わかった。それでさ、またあの黒禍が現れた時に役に立つかもしれないし、回復魔法とかって教えてもらえたり……」

「だめミラ。回復魔法は魔法の中でも一番コントロール力が必要で、妖精でも少数しか使えない代物ミラ。ちょっとでも加減を間違えれば、回復どころか逆に相手を再起不能にしかねないミラよ。ゆめりみたいなタイプとは相性最悪、付け焼刃でなんとかなるもんじゃないミラ」

　ゆめりが全部言いきらない内にまくしたてられ、口を挟む隙がなかった。まだ訊きたいことはたくさんあったけど、ミラは交信機に向き直ってしまう。そっか、と小さく返事をしたけれど、もう聞こえてないみたいだ。

　これからどうなるんだろうとベッドに寝転がったところで、スマホがポコンと鳴った。アイギスかかのんかと思ったけれど、さっき別れたばかりの志保からだった。

『木庭さんが運ばれた病院わかったよ。たぶん会えないけど、行く?』

　返事を打つのももどかしくて、ゆめりは通話ボタンを押した。

「もしもし、志保?　うんありがと、すぐ行く。わかった、じゃあ現地集合で」

　ゆめりがバッグを拾い上げると、ミラが肩に飛び乗ってきた。

「大丈夫?　忙しかったら、私一人で行ってくるよ」

「バカ、出先であのデカブツに出くわしたらどうする気ミラ?　今は非常時ミラよ」

「……そっか。そうだね、うん、一緒に行こう」

　ゆめりは不安を部屋の中に置いていくように勢いよくドアを開け、駅に向かって走り出した。

寒空の下、志保は院内にも入らず正面玄関で待っていた。

ゆめりを見つけると口元がほころんで、白い息がぶわりと吐き出される。

志保だって怖いんだ。会社が壊れて、この先どうなるのかもわからない。

仕事で嫌なことがあった日は、明日会社が消えてなくなってたらいいのになんて願ったこともあった。だけど本当に会社が壊れて先が見えない今、不安で仕方ない。所属しているものが崩れていくのは、踏みしめていた地面が突然消えてしまうみたいに怖い。

「行こう」

どちらからともなく頷き合って、病院に足を踏み入れた。

颯太のほかにも黒禍による怪我(けが)で搬送された人が多くいるらしく、取り乱した様子で看護師に詰め寄る人や、待合室の椅子(いす)にうつむいて座り込む人の姿が見えた。

ごめんなさい、とゆめりは心の中で謝る。

ちゃんと守れなくて、ごめんなさい。

彼らの姿を見ていられなくて、足を速めた。

「あの、木庭颯太さんが搬送されてるって聞いたんですが。私たち、彼の同僚です」

志保が声をかけると、ああ、と受付の女性は顔を上げた。

「木庭さんでしたら、もう処置は終わってるはずです。出血量に対して、それほど怪我の程度は酷(ひど)くなかったようで」

二人がほっと息を吐いたのも束(つか)の間(ま)、「ただ」と女性は続けた。

「意識は今も戻られていません。ですから申し訳ないのですが、面会はお断りさせていただいてます」

「そう……なんですか」

予想はしていたけれど、人の口からはっきりと告げられて、その事実から逃れようがなくなってしまった。

「病室の前までは、行っても大丈夫ですか」

「あまり長い時間でなければ、どうぞ」

ゆめりと志保は面会者シートに形だけ記入し、病室前へ向かった。行ったってしょうがないことはわかっていた。でも、何もしないでいるのが怖い。

病室前の長椅子には、初老の女性と若い女性が一人ずつ腰かけていた。二人とも、コートを着込んだままだ。泣きじゃくる若い女性を、初老の女性がなだめるように背をさすっている。しかし初老の女性もひどく疲れているようで、目が虚(うつ)ろだ。

「あ……颯太のお知り合いかしら。私、颯太の母です」

立ち上がって声をかけてきたのは、初老の女性の方だった。

「はい、私たち木庭さんの同僚です。この度(たび)は本当に大変なことで」

「まあ、わざわざありがとうございます。運が悪いわよねえ、颯太。どうして二回も黒禍(こくか)に襲われたりするのかしら」

「木庭さんは後輩を庇(かば)ったんです。見ていた人、何人もいます。私も……」

志保が言うと、若い女性の方が押し殺したような嗚咽を漏らした。

「……そうだったの。あの子のお人好しにも困ったものね。なにもこんな時に、そんな」

ゆめりと志保が顔を見合わせると、「この子、婚約者なの」と颯太の母は若い女性の肩に手を置いた。志保がはっとしたように目を見開く。

「静夏ちゃん、お仕事で長い間アメリカにいてね。やっと帰ってこられることになったから結婚しようって、そういう話になってたのに……」

静夏と呼ばれた女性は一際長くしゃくり上げると、「すみません」と顔を上げた。目の下には、流れてしまったアイメイクが黒く溜まっている。

「泣いてばかりで、みっともなくって。でも私、颯太がいなくなるかもって思ったら……」

その先は声にならず、彼女はコートの袖に顔を埋めた。

「だから、早く結婚して、向こうで一緒に住もうって誘ったのに。黒禍が出る東京にいることなんかないよって。それなのに……魔法少女が助けてくれるから、大丈夫って」

雷に打たれたような感覚だった。

ゆめりはふらふらと静夏の前に出ると、その前に膝をついた。

ゆめり、と志保のとがめる声も耳に入らなかった。

「……大丈夫。木庭さんは必ず目覚めます」

静夏の濡れた目が、睨むようにゆめりを見る。

「どうしてそんなこと、あなたにわかるんですか」

「どうしてもです。絶対、あなたのところに帰ってきます」

そうしないといけない。絶対に、この人の元へ颯太を帰さないといけない。

ちょっと、と志保がゆめりを引っ張って立たせる。

「すみません、たぶんこの子もまだ混乱してて……。今日はこれで失礼します」

エレベーターの中で、なんであんな無責任なこと言ったの、とたしなめられる。

「ゆめりも二重にショックなのはわかるけどさ。でも、あんなこと言わなくてもいいじゃん。木庭さん、本当にこのまま意識戻らないかもしれないんだよ」

「……魔法少女が、なんとかしてくれるよ」

「そんなのわかんないでしょ！　魔法少女が無敵で万能なら、こんなこと起きなかったはずなんだし」

エレベーターに乗ったことを後悔した。階段にすればよかった。じっと立っていると、羞恥心が襲ってきて叫び出したくなる。この四角い箱の中には、逃げ場がない。

ゆめりが黙っていると、志保はごめんとつぶやいた。

「ゆめりの言うとおり、きっとすぐに目を覚ますよ。そしたらさ、全然、ただの失恋になるから……一緒に飲も。私、おごるし……」

そうじゃない。全然、そうじゃない。

むしろそうだったらよかった。

ゆめりはただ、猛烈に恥ずかしかった。

静夏は全身で泣いていた。全身で、颯太を失うのが怖いと叫んでいた。

ゆめりはあんな風には泣けない。ゆめりが一番怖かったのは、どうして魔法少女がいるのにこんな惨事が起きたんだと責められることだった。恨まれることだった。「魔法少女」と静夏が口にした時、足が震えた。颯太が目覚めないかもしれないことを、一番には怖がれなかった。

とっくに気付いていたけれど、ゆめりは恋なんかしてなかった。静夏の存在を目の当たりにしたって、失恋もできない。ゆめりはただ、こんな自分にも優しくしてくれる颯太に、甘ったれた夢を見ていただけだ。この人がもし自分を好きになってくれたら、自分も「何者か」になれるかもしれないって。世界にいることを、許されたように思えるかもしれないって。わかってたのに。誰と付き合っても、結婚しても、彼女や妻って名前を得るだけで、無条件に居場所が与えられるわけじゃない。特別な誰かになれるわけじゃない。

だってゆめりは魔法少女になったって、何者にもなれなかった。

何もできなかった。たくさんの人が傷付いた。誰かを守れるならと始めたはずだったのに、颯太一人のことさえ守れなかった。

魔法少女の契約を結ぶ時、ミラは「軽く考えるな」と言った。

「大丈夫」だとゆめりは答えた。

大丈夫なわけない。あの時のゆめりは、何一つわかっていなかった。

どうやってみんなを助けたらいい？　内部に入らないと意識不明者を救えないのに、あの黒禍には口がない。中に入る方法がわからない。おまけに取り込まれた人たちを解放しない限り、黒禍は不死身だ。何度でも町は破壊され、被害者は増え続けることになる。今度襲われるのは、ゆめりの家族や友達かもしれない。病室前の長椅子に座って泣いていたのは、ゆめりだったかもしれない。

違う、また自分のことばかり考えている。誰だって、あんな風に泣いたらいけない。当たり前にあるはずだったものは、誰の手からも失われたらいけない。一つの犠牲も許されない。「みんなを助ける」ってそういうことだ。

黒禍が通った後の、池袋の街並みを思い出す。あの崩れたビル一つ一つに何百何千の人が詰まっていて、その一人一人に等しく魂が宿っているのだと思うと、途方もない気持ちになる。すべてを守らなくてはならないことが、恐ろしくなる。

──こわい。

涙が頬を伝った。志保は黙って、ゆめりの手を握ってくれた。でも、志保にも泣いている本当の理由は明かせない。握ってくれる手の感触は確かにそこにあるのに、ゆめりはどうしようもなく一人で、エレベーターの中に立ちつくしていた。

その夜、かのんの部屋で今後のことを話し合っていても、身が入らなかった。

「ルミナス、まだ黒禍の隠れたゲートがどこかはっきりしないミラ？」

「うぅ、すみません。この近辺に潜んでるのはたしかで、神田・小石川・雑司ヶ谷の三か所にまでは絞れてるんです。だから人間界の行政側とも、とりあえず三つのゲートを手分けして二十四時間体制で見張るってことで話がついたんですが……」

「魔法少女は八人しかいないってのに？　現実的じゃないミラ」

「ですけど騎士長、それ以外に何か思いつきます？」

ノアが肩をすくめると、はあ、とミラは息を吐いて首を横に振った。

「さっさとあの黒禍が出てくる気になるのを願うしかないミラね」

そうだね、と答えながらもゆめりは上の空だった。

「ちょっと、ちゃんと聞いてる？」

かのんに顔を覗き込まれる。アイギスも心配そうな目をこちらに向けていた。

「元気ないですね、先輩」

「落ち込んでる暇ないわよ。あのデカブツ、さっさと始末しないとなんだから」

「ごめん、大丈夫。平気だから続けて」

しかしかのんはゆめりを別室に引きずっていき、「寝な」とベッドを指した。

「調子悪いんでしょ。ちょっと休んだら。泊まってってもいいし」

「でも、この状況で休んでられないよ」

「今日のことはゆめり一人の責任じゃないじゃん。そもそもあたしは間に合いもしなかったし、起こってしまったことは取り返せない。考えるべきは、次どうするかでしょ。だから今は休みな。ほかの魔法少女にもそう言われたんでしょうが」

かのんの言うことは正しい。でも、正しい言葉はゆめりの中にうまく染みなかった。ゆめりの心臓はまだ、怖い怖いと子供みたいに泣き続けている。早く泣きやんで次のことを考えなくちゃと、頭ではわかっているのに。

もたもたしていると、ベッドに押し込まれた。強制的に眠らせようとするかのように、頭から布団をかぶせられる。けれどかのんの気配はそこから去らないままだった。

「ゆめり。平気？」

返事ができなかった。大丈夫、と確信を持って答えられない。

「無理そうなら、今の内にやめといたら。魔法少女」

「そんなこと、できるわけないよ。ただでさえ手が足りてないのに」

「覚悟決まってない奴が何人いたって、足手まといなだけだし」

……あー、違う、と布団の向こうでかのんがうめく。

「そうじゃなくて、自分が壊れる前にやめときなって話。アイドルでそういう子、何人も見てきた。みんな限界まで耐えて耐えて、ぷつんと糸が切れちゃうわけ。何人見送っても、けっこうキツいもんなんだわ」

かのんは布団の上からゆめりにのしかかった。

「あたしが続けられるのは、自分より優先する価値あるものなんかないって知ってるから。覚えといて。ゆめりが魔法少女を捨てても、誰にも責める資格はないって」

「……捨てないよ。魔法少女をやめたら、私にはなんにもなくなっちゃう」

布団越しに一発頭を叩かれる。

「あっそ。じゃあさっさとしゃっきりしなさいよ」

それだけ言い残し、かのんは部屋を出ていった。


真夜中、目を覚ました。すぐそばから、ミラの寝息が聞こえてくる。少しだけ休ませてもらうつもりが、あのまま寝入ってしまったらしい。夢を見ていたような気がしたけれど、内容は覚えていなかった。

手元に落ちていたスマホのインカメラを起動させると、ミーティアの顔が映った。

変身はまだ解けていない。

ベッドを抜け出してバッグを拾い、足音を忍ばせて玄関に向かった。

「どこ行くミラ?」

振り返ると、闇の中に青いラピスが浮き上がっていた。

「もう一度、木庭さんのいる病院に行ってみようと思うの。意識不明ってことは、黒禍(こくか)に取り込まれてるんでしょ? 黒禍に口がないなら、呑(の)まれた人の側からなんとかして潜り込めないかなって……。無駄足になるかもしれないから、ミラは寝てていいよ」

「ミラだけ寝てるわけにはいかないミラ。たしかに可能性はある。ゆめりと颯太は同じ黒禍に呑まれてるし、その時に回路が繋(つな)がってれば、あるいはいけるかもしれないミラ」

危険だと反対されるかと思ったが、ミラは肩に飛び乗った。

「でも、浅いところで引き返すミラよ。今は一人の戦力だって失うわけにはいかないミラ」

わかってる、と非常階段に出て、ゆめりはそのまま街へと飛び降りた。


夜の病院は静かだった。入り口は施錠されているので、跳び上がって四階にある颯太の病室の窓枠をつかんだ。ミラに渡されたブレスレットを装着して窓に触れると、ぐにゃりとガラスが歪み、あっさり通り抜けることができた。

計器類に囲まれた颯太が、ベッドに横たわっている。顔や肩を覆った包帯が痛々しい。枕元にリングケースが置かれているのが目に入って、思わず視線を逸らした。

「ゆめり、颯太に魔力をかざしてみるミラ。入り口が見つかるかも」

魔力を右手に集め、颯太の額にかざしてみた。しかしなんの変化も起こらない。

「……だめミラか。やっぱり、そう都合よくはいかないミラね」

ミラはため息を吐いたが、ゆめりは諦めきれずに額から顔、首元の上へと手を動かした。目に見えない凝縮された魔力が、ちりちりと手のひらで爆ぜる。病室は寒いくらいなのに、額に汗がにじんだ。

すがるように、心臓の上に手を向ける。

すると、ぐんと体を引かれる感覚があった。颯太の胸の上に、指輪大の穴がじわじわと開いていく。まさか、とミラが声を漏らした。

「魔力反応？　もしかして颯太が二度も呑まれたのは、元々魔力を内蔵してたから……？」

「ミラ、とにかく行こう！　木庭さんすみません、ちょっとだけお邪魔します！」

穴は今や、ゆめりを迎え入れるように胸全体に広がっている。

ゆめりは真っ暗な穴へと身を投げた。

まぶたを開けると、いつものだだっ広い空間が広がっていた。

成功だ、と急いで立ち上がると、颯太はすぐに見つかった。ぽつねんと置かれた革張りの一人掛けソファに、目をつむって座っている。かたわらのミニテーブルには、現実世界と同じリングケースが置かれていた。

黒禍の本体もここにいるだろうか、と辺りを見回す。しかし颯太のほかには誰の影もない。走り回って周囲を探ってみたが、徒労に終わった。どれだけ駆けても颯太の姿が見えなくなることはなく、巻き戻るように、いつの間にかソファのそばに戻ってしまっている。

念のために計測器(ペンデュラム)も確認したが、沈黙したままだ。それでもゆめりはなお探索し続けようとしたが、ミラに制止されてしまった。

「せっかく入れたけど、これ以上は無意味ミラ。黒禍の本体はここにはいない」

徒労感に襲われ、ぺたりと床に座り込む。颯太のソファに頭を預けた。

「……ちゃんと守れなくて、ごめんなさい」

口にすると、鼻の奥をつんと痛みが刺した。こらえていた涙が、目尻から零れる。

ミラは無言で膝の上に座った。抱きしめると毛並みが涙で濡れたけど、文句の一つも言われなかった。

もう行かなきゃと手の甲で頬を拭った時、頭上の空気がかすかに揺れた。

「君は……」

降った声に、弾かれるように顔を上げる。

「……ああ、ずいぶん久しぶりに会ったね。こんなところで、どうしたの」

まだ半分眠りの中にいる瞳が、ぼんやりとゆめりの——ミーティアの姿を映していた。

木庭さん、と叫びたくなるのを、なんとか喉に押し留める。

「いつぞやは助けてくれてありがとう。お礼もちゃんと言えないままで……ごめんね」

お礼なんて、とゆめりは鼻水をすすり上げた。

「こんなことになったのは、私のせいです。私がちゃんと守れなかったから」

「君のせいじゃないよ。誰のせいでもない。強いていえば、僕が迂闊だったんだ」

僕が庇った人は大丈夫だった？　と颯太は心配そうに訊ねた。

「はい、無事です。無傷ですよ」

よかった、と颯太は息を吐き、ゆめりを見て目を細めた。

「黒禍の触手が窓を突き破ってきた時、つい体が動いたんだ。君が僕を助けてくれたのって、この時のためだったんじゃないかなんて、そんな気がして」

あの日ゆめりが魔法少女になったのは、颯太を守るためだった。

その決断が、颯太をこんな場所に連れてきてしまった？

「……そんなのってないです。私は、あなたに無事でいてほしいから助けたのに。外にいるあなたの大事な人だって、すごく悲しんでます。本当に、すごく……」

「うん。静夏が泣いてるのが、ここにいてもわかるよ」

静夏、と呼ぶ颯太の顔は苦しそうだった。どうしたって、恋をしている人の表情だった。

なんで今まで気付かないでいられたんだろうと、不思議に思えるくらい。

「僕はあの時、どうすればよかったんだろう。魔法少女みたいに特別な存在じゃないんだから、おとなしくしているべきだったのかな」

ゆめりにはわからなかった。だからこう答えるしかなかった。

「私が、必ず黒禍の本体を見つけ出して倒します。そうしたらみんな目覚められる。あなたの勇敢な行動を誰にも後悔させないためには、それしかない」

「……やっぱりかっこいいね、魔法少女は」

颯太はほほ笑んだが、その顔はどこか眠たげだった。

「でも、無理はしないで。やってみてよくわかった。誰かの代わりに犠牲になるって、誰かが受けるはずだった苦しみを、自分の一番大事な人に押し付けることだ。僕がしたのはそういうことだった。全然、ほめられたことじゃない」

一番大事な人。そんな人、ゆめりにはいない。だったらやっぱり、ゆめりが戦うべきだ。

「でも、想像ですけど……誰かのために自分が傷付くことを選ぶような人だから、あなたの大事な人は、あなたを好きになったんじゃないですか」

颯太は眉(まゆ)を下げ、口元だけで笑った。

「じゃあ、本当に……どうしたらいいか、わからないね……」

そう言うとかくりと首を落とし、また眠ってしまった。床に座り込んでしばらく待ってみたけれど、静かな寝息が聞こえてくるばかりで、颯太は目覚めなかった。

「木庭さん、待っててください。必ずあなたを、静夏さんの元へ帰します」

それがせめてもの罪滅ぼしだ。ゆめりは自分では何も行動しないくせに、颯太が独身でいてくれたらなんて勝手に願っていた。そんなのは、颯太や静夏への侮辱(ぶじょく)だ。

ゆめりは恥ずかしかった。「恥ずかしい」は、ゆめりにとってもしかしたら一番馴染(なじ)み深い感情かもしれなかった。できないことが恥ずかしい、笑われるのが恥ずかしい。そうやっていつも、誰の目にも触れないようにじっとしていた。だけど本当に恥ずかしさから抜け出すためには、それじゃ駄目だった。誰にも笑われなくたって、何もしないで座り込んだままじゃ、いつまでも自分のことを好きになれない。

今からでも間に合うだろうか。

自分に恥じることなく生きたいと願えば、その望みは叶えられるだろうか？

魔法少女になってくれるなら、一つ願いを叶えてあげる。

契約前、ミラはそう言った。

魔法少女になれるなら願いは叶ったも同然だと、ゆめりは答えた。

でも違う。今ならわかる。「なった」だけじゃ、何も叶わない。ゆめりの願いは、ミラには叶えてもらえない。この世でゆめり一人にしか、ゆめりの願いは叶えられない。

祈るように両手を握り合わせ、目を閉じた。

ふたたびまぶたを開いた時には、元通りの病室がゆめりを取り巻いていた。

現実世界では、空が白み始めている。誰か来る前に帰ろうと窓枠に手をかけたところで、早朝の静寂が破られた。首から下げた計測器が鳴り響いたのだ。

「来たミラ」

ミラの持つ羅針盤の針は、ゲートの在り処の一つ、神田の聖堂を指していた。

「アイギスとかのんが、ちょうどここで見張りに当たってる。ほかの魔法少女も向かわせるから、ゆめりも急ぐミラ」

無言で頷いて、思い出してバッグに手を入れた。

自販機で買ったままになっていた、冷えたレモネードのペットボトルを窓辺に載せる。

枕元のリングケースの隣には、置けなかった。

「……行こう」

ゆめりは窓枠を蹴り上げ、朝ぼらけの空に身を躍らせた。

聖堂の観音扉を開いた瞬間、視界に飛び込んできたのは惨状だった。

そう呼ぶしかない光景だった。礼拝堂は破壊の限りを尽くされていた。

屋根の一部が剝がれ落ち、朝焼けの空が覗いている。割れたステンドグラスが瓦礫の中に散り、昇り立ての陽を浴びて場違いに輝いていた。中央に嵌め込まれた薔薇窓だけが無傷で、壊れた礼拝堂を悲しげに見下ろしている。その薔薇窓の下に吊り下げられていたはずの十字架は、今にも落下しそうに傾いでいた。聖水盆は真っ二つに割られ、信徒が腰かけるための長椅子は、原形を留めたものの方が少ない有様だ。

聖堂から外へ出ようと暴れる黒禍を、アイギスとかのんがなんとか押し留めようと入り口付近で奮戦した跡があった。代償として、かのんは床に伏している。そばに愛銃が落ち、白い石の床には赤い血が引きずられたように伸びていた。

アイギスはまだかろうじて傘を構えていたが、肩で息をし、右目には瓦礫が突き刺さっていた。血だまりが、眼帯のようにべっとりと眼窩を覆っている。

「先輩、すみません。こいつ、私たちじゃ手に負えなくて……」

周囲に、ほかの魔法少女の姿はまだ確認できない。

ゆめりは黒禍を見上げた。

薔薇窓から差し込む光に照らされ、黒い鱗が禍々しく光る。池袋に現れた時より体長は縮んでいるが、その分全身にエネルギーが満ち満ちているのが見て取れた。

黒禍は本来なら聖壇があるべき場所に、板切れとなった椅子や割れた天使像を積み重ね、その頂に座していた。瓦礫の山はまるで玉座だった。攻撃してくる様子もなく、新しく現れた魔法少女がどんな動きを見せるのか、高座から観察しているようだ。それこそ、晩餐の余興を楽しみに待つ王様みたいに。

アイギスの襟元からノアが這い出すと、いつになく固い口調で告げた。

「騎士長。この短時間で、回復薬も魔力も使い果たしました。ルミナスも同様です。アイギスとかのんの残魔力もゼロに近い。魔法少女の生命に危機が差し迫っていると考え、変身の解除と退避を要求します。……力及ばず、申し訳ありません」

「ふざ、けんな」

くぐもった声にそちらを見ると、かのんが地面に手をついて咳き込んでいた。

「あたしはまだやれる。ルミち、変身解いたら殺すから」

「で、でも、これ以上攻撃受けたら死んじゃうよ。変身解けば、怪我も治るし……」

ミラはアイギスとかのんを見やり、次いでぐるりと聖堂全体を見渡して言った。

「ノア、ルミナス両名に命じる。増援が来るまで、各魔法少女を警固して現場に待機」

ノアの目が剣呑な色を帯び、ルミナスの喉からひっと小さな悲鳴が漏れた。

「ミラ、だめだよ！　それじゃ二人が危ない。もう戦えないの、見てわかるでしょ！」

「わかってる。魔法少女はたしかに貴重で、守るべき存在ミラ。でもここで黒禍を取り逃せば、被害はさらに甚大なものになる。魔力の残り少ない今変身を解いたら、再変身できるまで半日はかかるミラ。変身を解かずに持ちこたえて、あとから来る妖精に傷を治療してもらえば、二人もまだ戦える」

「でも、そんな……」

言葉を続ける前に、待ちくたびれた黒禍が触手を振り上げるのが見えた。

触手が床に叩きつけられる一瞬前に、ゆめりは跳んだ。土煙を上げて床に穴が空き、聖堂全体が震える。傾いだ十字架がぎしぎしと不穏な音を立て揺れた。

ノアとルミナスはそれぞの魔法少女を連れ、聖堂の隅に退避する。

言い合っている暇はない。ゆめりが二人を守り、黒禍を倒せばいいだけだ。

大丈夫。私が必ず倒すから。絶対、なんとかするから。

そう言いたかった。ゆめりが愛した魔法少女たちのように、力強く宣言したかった。

だけど歯が鳴る。手が震える。現実は、今も夢に追い付かない。

「……ゆめり」

ミラが励ますようにゆめりの頬に体をすり寄せ、ロッドを胸に押し付けた。

ほとんど反射的に、その柄を握る。震えが止まるように、強く握りしめる。

「心配しないで。ちゃんと戦う。二人のことも、みんなのことも守ってみせる」

そうは言ったものの、二人をこの短時間に打ちのめした相手、それも内部に入らなくてはならないのに入り口すら見当たらない相手と、どう戦えばいいんだろう。鱗に覆われた体を裂けば、そこから中に入れるんだろうか？

懸念を察したように、ミラが耳元でささやいた。

「一つ提案があるミラ。あいつを今は倒せなくても、ここから消す方法がある」

「どういうこと?」

「黒禍を妖精界に帰すミラ。あれを見て」

ミラの手が、聖堂の中央に嵌め込まれた薔薇窓を指した。

「あそこがゲートミラ。妖精界に戻れば、ミラが魔法を使える。そしたらあんな奴、すぐにぶち殺してやるミラ。口なんかなくたって、無理やり体こじ開けてやる」

「……わかった。あいつを薔薇窓の向こうに押し戻せばいいのね」

了解、とゆめりは一つ息を吸うと、前に進み出た。

送り込んだ魔力にロッドが応え、身長を越す長さに変化する。

「私もまだいけます。まだ戦える！」

背後から悲鳴に似た声が叫んだが、ゆめりは振り返らず答えた。

「アイギスは動かないで。本当はしゃべるのだって辛(つら)いでしょ」

「でも！」

「あなたに死んでほしくないの。……お願い」

どさりと、膝をつくような音がした。ごめんなさい、とかすれた声がつぶやく。

「……先輩、気を付けてください。そいつ相当硬いです。たぶんライブ会場に出た黒禍と同じタイプで、単純な攻撃はまるで効きません」

「わかった。ありがとう」

見上げた黒禍の体は、たしかに先日よりもさらに硬そうな分厚い鱗の装甲に覆われている。池袋に現れた時が蛇の鱗とすれば、今日のはセンザンコウのそれだ。

だけど表皮が硬いのは、弱点を守るためがセオリー。アイギスの言葉通り、かのんを呑（の）み込んだ黒禍は内側からの攻撃には脆（もろ）かった。それなら、まずは弱点を探せばいい。

地面にロッドを突き立てると、呼応するように先端の宝石が輝き出した。

「『爆ぜろ（ビュロ・ボルス）』！」

唱えると同時に、黒禍の足が踏みつけた瓦礫の山が爆発する。

狙い通り、黒禍はバランスを崩して玉座から転がり落ちた。

あの巨体に、短い足だ。一度転べば起き上がるのに相当の時間を要するはず。

黒禍が足をばたつかせている隙（すき）に、瓦礫に身を隠しながら接近する。

当たりだ。黒禍の腹には鱗がなく、ぶよぶよした黒い肉だけがある。

「『貫け（ベネトラーレ・サリーサ）！』」

ロッドから放たれた光線は、まっすぐに黒禍の腹へと突き刺さった。黒禍の黒い血がびしゃりと噴き出して床を汚す。

もう一撃、とロッドに魔力を集めた。

「待って、だめ！」

ミラの声が聞こえた時には、すでに二撃目を放っていた。

刹那（せつな）、光が目を焼いた。まぶしいと感じた時には、絶叫が耳をつんざいていた。

「あああああああああああ!!」

感覚は、叫びよりも遅れてやってきた。熱した鉄板に全身を押し付けられたような熱さに、自分の肉が焼ける臭いさえ嗅いだ気がした。

そして襲いくる痛み、痛み、痛み痛み痛み痛み痛み痛み痛み痛み痛み痛み。

まるで高温の鉄の棒に、体を串刺しにされたみたいだ。全身のどこにも痛みから逃れられた部位がなく、叫べば喉が裂けるように、身もだえればそこかしこから血が噴き出すように痛むのに、そうせずにはいられない。

「いや、いたい、いたいいい!!」

床を転がると、ステンドグラスの破片が肌に突き刺さった。新たな痛みが走ると、神経がそっちに集中して、元あった痛みが和らぐようにさえ錯覚する。

「ミーティア！　しっかりするミラ！　手を見て！」

荒い息を吐きながら、なんとか手を見る。焼け焦げてはいない。血も出ていない。ぶるぶる痙攣しているけれど、皮膚もちゃんとある。

「大丈夫だから、落ち着いて！　黒禍の腹をよく見るミラ！」

何度も瞬きすると、鱗が黒禍の腹を隙間なく覆っているのがぼやけた視界に映った。

「そいつの鱗は決まった場所に付いてないミラ！　体中どこにでも移動できる！」

つまり、まんまと騙されたのだ。無防備にさらされていた腹は弱点でもなんでもなく、ただのフェイク。

だからゆめりの二撃目は跳ね返され、自身の魔法で全身を焼かれた。

でも、それならどうして肌に火傷一つない？

取り落としたロッドを拾おうと震える手を伸ばすと、ようやく起き上がった黒禍の足がそれを踏みつけた。

ロッドが音を立ててひしゃげる。ゆめりは思わず引きつった悲鳴を上げた。

黒禍はゆめりの悲鳴を喜ぶように、何度も何度もロッドを踏みつけた。魔法少女の象徴であるロッドがキラキラしたピンク色の塵に変わっていくのを、ゆめりは見ていることしかできなかった。

「離れて！　いったん退くミラ！」

ミラの声に転がるように壁際に退避すると、黒い傘が落ちていた。

傘の隣に、アイギス本人が倒れている。

「先輩、無事……ですか」

かすれた声がそう言った。アイギスは薄目を開けると、ごぼりと血の泡を噴いた。

「やめろって、俺は止めましたよ」

ノアが目を逸らす。

それでわかった。ゆめりが無傷だったのは、アイギスが最後の魔力を絞り出し、ゆめりの体を盾で覆ったからだ。不完全な盾は痛みを残したが、現実の傷から遠ざけた。

次はない。次はもう、守ってくれる人はいない。

「落ち着いて、息を吸って。修業したとおりにやれば、ロッドなしでも魔法は使えるミラ」

ゆめりは指先に魔力を集めようと意識を集中した。

しかし魔力は右腕までは集まっても、そこから先に凝縮しようとはしなかった。まるで魔法少女になりたての頃みたいに。

「なんで？　どうしてなの!?」

なんで、と口にしたけれど、理由はわかっていた。集中できていないからだ。

あんなのに本当に勝てるの？　ロッドだってもうないのに。

邪念が頭を過（よぎ）る度（たび）に魔力が散って、いつまでも集まってくれない。

黒禍は目も口もないのに、にやにや笑っているように思えた。ゆめりの攻撃を待つように、じっとその場にうずくまっている。

「『爆ぜろ（ピュロ・ボルス）！』」

叫んでも、何も起こらない。

「『爆ぜろ（ピュロ・ボルス）！　貫け（ペネトラーレ・サリーサ）！　光よ（ルーメン）！』」

声ばかりが聖堂に響く。何度叫んだところで、結果は同じだった。

喉（のど）が嗄（か）れて、思わず咳（せ）き込む。

叫ばなくなったゆめりを、黒禍は触手の先で薙（な）いだ。黒禍にしてみれば、音の出なくなったおもちゃをつついてみただけだったのかもしれない。けれどその一撃でゆめりの体は吹っ飛び、ステンドグラスに叩きつけられた。今度は声を発することもできなかった。地面にずり落ちた体は、痛みだけを知覚するための物体になり下がった。

駆け寄ってきたミラが何事か口の中で唱えると、ゆめりの体は薄青い光に包まれた。

「魔力も残り少ない。そう何度も治せないミラ。さあ、立って」

痛みは引いた。体を起こそうとする。だけど頭が揺れて吐き気がするばかりで、どっちが上なのか下なのかもわからない。体がいうことをきかない。

地面でもがくゆめりの前に、触手が迫った。

「やっぱり私、何もできないの？　ずっとずっと、弱いまま……」

うめくように吐き出したその時、銃声が響いた。

伸びてきた触手が、音に驚いたみたいに引っ込められる。

緩慢に顔を上げると、地べたに這いつくばったままのかのんが銃を構えていた。

「かのん、ちゃん……」

血に濡れた顔の中で、かのんの猫目が光る。もう立ち上がることもできないのに、瞳にはぎらぎらと闘志が燃えていた。

「バッカじゃないの！　あんたがなんにもできないわけないでしょ！　あんた、あたしより強いじゃん！　魔力だっていっぱいあるじゃん！」

「そんな、ことは……」

「黙れよ、わかってるくせに！　あたしがあんたならよかった！　あたしがミーティアなら、何もできないなんてくっだらないこと、絶対に言わなかった！」

かのんの目から、ぼろぼろと涙がこぼれる。

「あたしより強いくせに、弱いなんて言うな！　がっかりされたくないんでしょ！　なら立ってよ！　誰だか知らない『みんな』なんかどうでもいいから、あたしをがっかりさせんな！」

リボルバーがもう一度火を噴いて、ゆめりの足元に穴を空(あ)けた。

「捨てないって言ったじゃん！　だったら魔力の最後の一滴まで、魔法少女でいてよ！　ねえ、ミーティア！」

お願いだから、と叫び終えると、かのんはまた気を失ったようで銃を取り落とした。

最後の一発を、かのんは黒禍ではなくゆめりに向けて撃った。敵に撃ち込むよりも、ゆめりが立ち上がる可能性にかけた方が、まだしも黒禍を倒せる可能性が高いと踏んだからだ。だから自分の無力をさらしてでも、ゆめりに立てと叫んだ。

足に力を込める。痛みはない。立てる。ゆめりはまだ、立ち上がれる。

立ち上がれるなら、戦える。

ゆめりはロッドの代わりに拳を握った。強く、強く、爪が食い込み、手のひらに血がにじむほど強く握り込む。痛みを目印にして、魔力を右手に集中させる。

「『爆ぜろ(ビュロ・ボルス)！』」

さっきまでゆめりを無視していた魔力が、光球となって黒禍へ飛んでいく。

しかし光は、無情にも黒禍の鱗(うろこ)で四散させられた。

それを見届ける前に、地面を蹴った。魔力で包み込んだ拳を、黒禍の背に振り下ろす。

当たり前のように攻撃は装甲に防がれ、触手がゆめりの体を薙ぎ払った。

墜落したゆめりは、痛みに咳き込みながら拳を見た。骨が折れたのか、手首が変な方向に曲がっている。

「ミラ、お願い」

差し出すと、手首から先が青い光に包まれて、ゆめりの右手は元通りになる。
二、三度、握ってみて、動きが正常なことを確かめた。
大丈夫、動く。動くなら戦える。

よろめきながら、ゆめりはもう一度立ち上がる。

しかしその瞬間を狙いすましていたかのように、触手の一本が頭を撃った。

脳が揺れる。立ち上がったばかりのゆめりは膝をつき、左右に揺れる世界を目に映しながら、襲いくる吐き気に抗えずに嘔吐した。口の端から、透明な唾液が糸を引く。

立たないと、もう一度。アイギスとかのんを、みんなを守らないと。

「ミラ」と名前を呼んだけど、首を横に振られた。もう治せない、とその目は言っていた。

でも、それでも、行かなくちゃ。

そうじゃなきゃ――ゆめりは魔法少女ですらなくなってしまう。

「そしたら、私にはなんにもない」

爪が地面を掻く。中指を飾ったハートのパーツが一つ、剥がれて落ちた。

「先輩……」

アイギスの弱々しい声がする。ゆめりには、そちらを見ることもできない。

「もう、やめてください。それ以上戦ったら死んでしまう。一度退きましょう」

「だめだよ。だってここで倒せなかったら、みんなが」

「先輩だって『みんな』の一人じゃないですか。なんで先輩一人が、そんなになってまで戦わないといけないんですか」

「私は魔法少女だから。……魔法少女でいるためには、戦わなきゃ」

先輩、とアイギスの声が悲痛さを帯びる。

「聞いてください。先輩がその姿で魔法少女になってくれたこと自体が、私にとっての希望で、夢そのものなんです。先輩を助けたくて、私は魔法少女になりました。あなたが私を変えたんですよ。それなのに、何もないなんて言わないでください」

軋む首を動かしてアイギスを見ると、血に濡れた唇を引き上げ、無理に笑っていた。

「私はあなたが好きです。私と同じで、魔法少女をめいっぱい愛してくれたあなたが」

こんなことになるなら、とアイギスの声が濁る。

「私がどこの誰だか、話しておけばよかった。知られたくないけど、同じくらい、知ってほしい。そしたらきっと、私がどれだけ先輩に救われたか、わかってもらえたのに」

夜空みたいなアイギスの目に、涙が浮かぶ。

「弱くて、最後まで一緒に戦えなくて、ごめんなさい。でもどうか……お願いです」

絞り出した声が揺れる。

「死なないで」

涙が一粒、流星のように頬をすべった。

ゆめりはもう感覚のない足を叩いた。何度も叩いた。

そうして瓦礫を頼りに立ち上がり、アイギスとかのんの二人を見た。

かのんはゆめりを強いと言ってくれた。こんなにも弱いゆめりを、強いと叫んでくれた。

アイギスはゆめりを好きだと言ってくれた。ゆめり自身が好きになれなかったゆめりを、好きだと笑ってくれた。

それはミーティアのことかもしれない。

でも、と自分のコスチュームに目を落とす。

ゆめりの意志が折れれば、ミーティアは戦えない。

ミーティアの手足は、ゆめりにしか動かせない。

だったらミーティアはゆめりで、ゆめりはミーティアだ。

だから二人の言葉は、ゆめりが受け取るべきものだ。

どうしてそんな単純なことが、これまでわからなかったんだろう。

「私は、魔法少女」

呪文を唱える。強くなれる呪文を。自分を好きになれる呪文を。

本当はそんなの嘘だとわかってる。ゆめりは弱くて、自分のことを信じてない。わかっていても、いっときゆめり自身に、ゆめりは強くて愛すべき存在だと思い込ませてくれる言葉にすがる。

虚勢でも建前でもなんでもいいから、ここで立っていられないなら、二人の言葉をもらう資格がない。死力を尽くしてもらった価値もない。

魔法少女でいたい。二人に信じてもらったミーティアでいたい。

「ミラ、ごめん。このままじゃ、黒禍を薔薇窓の向こうに押し戻せない。だから私がおとりになって、ゲートの向こうに黒禍を誘い出す。それでもいい？　人間は妖精界に行っちゃいけないって決まり、破ることになっちゃうけど」

ミラは迷う様子も見せずに頷いた。

「了解ミラ。心配しなくていい、責任はミラが取る。タイミングが来たらゲートを開くから、あと少しだけ頑張って」

「ありがとう、ミラ」

ゆめりは魔力を両足に集め、感覚の失せた足を無理やりに走らせた。

聖堂の壁を蹴り上げて黒禍の後ろに回り込み、薔薇窓を背にして立つ。

「おいで！」

黒禍に呼びかけながら、指先に魔力を移動する。修業で持った針が、今この指先に突き刺さっているのをイメージする。

光が、ゆめりの全魔力が、爪の先に灯るように集う。

放たれた閃光が、傾いたまま吊り下がっていた十字架のワイヤーを焼き切った。支えを失った十字架の切っ先が、黒禍の体を目がけて落下していく。

装甲に阻まれ、十字架は刺さることなく滑り落ちたが、削ぎ落とされた鱗がバラバラと床に降った。

黒禍はぐるりと旋回し、ゆめりの――薔薇窓の方へと向き直った。壊れかけだったおもちゃがふたたび動き出したのを喜ぶように、触手をうねらせる。

まだ、後ろ手に触れた薔薇窓は固いままだ。

「そう、いい子。一緒に行こう。妖精界って初めてだから、案内してくれると嬉しいな」

じゃれるように触手が伸びてくるのを、光の波で薙ぎ払う。数度繰り返すと、いくら触手を振り回してもうまくいかないと理解したのか、黒禍は体ごと突っ込むことに決めたらしかった。無数の足を回転させるようにして、巨体が走り出す。

聖堂が震える。もうもうと土煙が上がり、真っ黒い体が間近に迫った。

特有の臭気がむっと鼻を塞ぐ。

黒禍の影がゆめりを覆った時、指先に触れていた薔薇窓の冷たさが消えた。

「上出来ミラ。行くわよ、ゆめり。妖精界へ」

体がぐらりと後ろに傾ぐ。

「ミラ、一旦私の変身解いて。コンパクトのラピスに残った魔力で、二人を回復してほしいの」

妖精界に行けばミラが戦えるし、マナだって補充できる。変身用の魔力を温存しておく必要はない。

ミラが頷いた時には、ミラとゆめり、そして黒禍が、暗い縦穴に投げ出されていた。

穴の中は真の闇に包まれて、残ったのは、落下の感覚だけだった。

どこまでもどこまでも落ちていきながら、ゆめりはミラを強く抱きしめた。

5

妖精界で最初に目にしたのは、満月だった。

巨大な月だった。人間界のそれとは比べ物にならない。

夜空を埋め尽くすほどの月が、凍るように澄んだ空気の中で煌々と輝いている。

一面の銀世界が月光を照り返し、辺りは昼間みたいに明るい。

「ああ、妖精界の空気は最高ミラ。おまけに満月なんて」

真っ暗な穴を抜けたゆめりとミラ、そして黒禍は空中に投げ出され、真っ逆さまに落下を続けていた。眼下には、凍り付いた湖が待ち受けている。

「見て、ゆめり。あれがかの有名なサナスキアのウルミア湖ミラ」

「ミ、ミラ。それより私たち、落ちてるよ。このままじゃ……」

「わかってる。もう一度変身させるミラ」

ミラがコンパクトを開くと、ゆめりはまたミーティアの姿に戻った。

「妖精の魔法は、満月の夜が一番強力になるの。見てて」

ミラは空中で一回転すると、人型に戻った。本来の姿を取り戻したことを喜ぶように、大きく伸びをする。なびく銀髪が月光を弾き、鈴蘭の花が朝露を零すように光った。ラピスは早くも大気中のマナを吸収したのか、深い青色にまばゆく輝いている。

ミラはしゃっと音をたてて剣を抜くと、短く唱えた。

「『我が王国を侵す者、その身をもって対価を払え』」

声が発された途端、眼下の湖面を割って巨大な氷柱が現れ、黒禍を刺し貫いた。

一瞬の出来事だった。

黒禍は陸に上がった魚のようにしばらく身を震わせていたが、やがて動かなくなった。

なんて呆気ない。

ゆめりたちが手も足も出なかったのに、ただの一撃で終わってしまった。

ミラはゆめりをお姫様みたいに抱き上げ、ふわりと湖面に着地する。水面の氷は割れているのに、ミラは湖水の上にひたりと立った。おそるおそる湖面に足を伸ばし、爪先で水面をつつくと、やわらかい弾力に靴底が押し返された。平気よ、とミラが笑うので両足をつけてみると、難なく立ち上がれた。

ゆめりは湖の中心に突き刺さっている黒禍を見上げた。

「死んだの……?」

「いいえ、停止しただけ。急いで内部に潜る方法を調べさせて、本体をしとめるわ。心配いらない、ここはありとあらゆる魔法の揃った妖精界よ。必ず方法は見つかる」

よかった、とゆめりが吐いた安堵の息が、白く浮き上がる。

「ミラって、本当にものすごく強かったんだね。私なんかあんなにぼろぼろだったのに、一撃で倒しちゃうなんて」

　これほど強いなら、人間を魔法少女に仕立てて戦わせるなんて、さぞまどろっこしかっただろう。年齢だけじゃなく魔法の面でも、ゆめりなんて赤ちゃん同然だったのだ。

　あらためて周囲を見回すと、ウルミア湖は雪をかぶった針葉樹の森に囲まれ、その向こうに真っ白なお城が見えた。おとぎ話からそのまま出てきたみたいな、尖塔がたくさんついていて、頂には旗がひるがえっているお城だ。

　あそこにミラの仕える女王様がいるのだろうか。

「ゆめり、あのね。せっかく妖精界に来たなら見ていってほしいものがあるの。ちょっとだけ付き合ってくれる？」

「え？　でも私がここにいるの、見つかったらまずいんじゃない？　アイギスたちも心配だし、早く戻らないと」

「あの二人なら大丈夫よ。怪我は治してきたし、ノアとルミナスもついてるんだから」

　それに、とミラが唇を耳元に寄せた。

「確証がないからこれまで黙っていたけれど、ゆめりの助けがあれば、人間界に現れる黒禍の数を減らすことができるかもしれないの」

「え、本当に!?」

「絶対ではないけど、試してみる価値はあると思う。妖精界になんてそうそう連れてこられないし、この機会を逃したくないの」

　さあ、とミラが手を差し出す。人型のミラは、ミーティアよりだいぶ背が高い。ずっと一緒に暮らしてきたミラなのに、なんだかどきまぎしながらその手を取った。

「わかった。そういうことなら行くよ」

「ありがとう。せっかくなら故郷の街を紹介したいけど、時間が惜しいから」

　ミラが言い終わると同時に、足元から湖面が消え失せた。

　次の瞬間にはもう、ゆめりは街を一望できる場所に立っていた。

　どうやらさっき湖から見上げていた尖塔のバルコニーにいるらしい。

　瞬間移動だ。魔法が自由に使える世界ってこうなんだ。

　手すりに積もった雪を払い落として身を乗り出すと、ウルミア湖が眼下に広がっていた。

　城下に目を転じれば、街のあちこちに火が灯り、どこかから弦楽器の音色や歌声も聞こえてくる。夜だというのに、城にまで活気が伝わるようだった。

「綺麗……」

　これが、ミラの故郷サナスキア。戦争の最中にあるとは思えない、穏やかで美しい国だった。

「今日は年に一度の満月だから。最も魔力の高まるこの日は、どの街でも祝祭を開くの」

　そうなんだ、とゆめりは塔内にいるらしいミラの声に振り返った。

　塔の中は小部屋になっていて、奥には巨大な白い寝台が据えられていた。天蓋から吊り下げられたヴェールの向こうで、誰かが眠っている。

ミラは寝台のそばに立ち、眠る人を見下ろしていた。

「ミラ、その人は？」

ゆめりは声を落として訊ねた。

「サナスキアの女王陛下。私の仕えるお方よ」

「そ、そんなところに私が来ちゃってよかったの？　それに、女王様はご病気だって……」

「いいのよ。私はずっと、ゆめりを陛下に会わせたかったの」

ミラが手招くまま、おそるおそる尖塔内に入った。部屋に足を踏み入れると、城下の喧騒がふっと薄れる。同時に、思わず身震いした。この部屋は妙に寒い。外だって寒かったが、さらに一段温度が低い。

どうしてこんな寒い部屋で、女王様は眠ってるんだろう。

寝台に近付くと、天蓋を飾る模様と見えていたものは、幾重にもぶら下がった氷柱だとわかった。天蓋を覆ったヴェールさえ、薄い氷の膜だ。真っ白な寝台は塗装されているのではなく、びっしりと霜で覆われているのだった。

ゆめりは、豊かな黒髪をうねらせて眠る人を覗き込んだ。

「ミラ、ミラ……。これってどういうこと？　だって、この人……」

白く塗りこめられた世界で、まだ幼さの残る美しい少女が眠っている。

その唇に色はなく、額に埋め込まれたラピスだけがうっすらと光っていた。

少女は——生きているようには見えなかった。

ミラは少女にかけられた布団をはぎ取った。

すると、真っ黒い穴が目に入った。少女の胸に、服の上からぽっかりと穴が空(あ)いている。

そこには皮膚(ひふ)も肉も内臓もない。文字通りの、何もない穴だった。

ゆめりは困惑してミラを見る。

「これが私の固有魔法。『結氷(ニルムンディ)』。一定範囲の時間を止められるの」

「どういうこと？　女王様は、生きてるの？」

そうね、とミラは長い髪を払った。

「ゆめりには聞く権利があるわね。教えてあげる」

ミラはゆめりの肩に両手を置き、寝台のそばに置かれた椅子(いす)に座らせた。腰かけた椅子さえもが、氷のように冷たい。

「黒禍——災厄の影(メルム・ウンブラ)がマナを消費したデブリから生まれるのは、前に説明した通りよ。はるか昔から、妖精と契約して黒禍を退治する人間がいたこともね。でも、私たちは一つ大きな嘘を吐いた。ここ数年の黒禍は、自ら人間界に逃げ出してるんじゃないの。サナスキア妖精の手で、故意に人間界へ送り込まれているのよ」

「な……なんで？　だって、そんなことしたら、私たちの世界は」

「仕方のない選択だったのよ。全部、デブリの処理が追い付かないせい。サナスキアでは、

『大聖堂（カテドラル）』と呼ばれる巨大な魔道具がデブリをマナに回帰させる役目を担（にな）っているの。そして大聖堂を扱えるのは、当代の王ただ一人。一種の固有魔法のようなものと思ってくれてもいいわ。だけど陛下はご覧の通り、魔炉（まろ）を損傷して動けない。その上不幸なことに、王が生きている限り大聖堂を起動する権能はほかの者に移動しない。つまり、今のサナスキアにデブリを処理できる者は一人もいないのよ。当然、デブリは国内に溜まる一方で、巨大な災厄（メルム・ウンブラ）の影となって街を荒らしたわ。討伐（とうばつ）に魔法を使えば、その分滞留するデブリが増える悪循環に陥（おちい）るだけ。苦肉の策として、元老院（げんろういん）は人間界へ災厄（メルム・ウンブラ）の影を放出すると決めた。人間界に干渉しないという、妖精界の協定を破ってね。これが三年前のこと。覚えてる？　東京に、黒禍や魔法少女の話が出回り始めたのがいつだったか」

「……二年半くらい、前」

「ご名答よ。きちんと時期が符合するでしょう？　半年はまあ、話題に上るまでのラグね」

「待ってよ、そんなことって……。そもそも女王様は、どうしてこんなことに」

　ミラは口元を歪ませて笑った。

「策略に嵌（は）められたの。あの日、陛下は何度目かもわからない停戦協定のためにエインセルとの国境へ向かっていた。サナスキアは建国当初から、かの国と緊張状態にある。国境に横たわる山岳が、ちょうどマナ資源の産出地帯だったのが運の尽きね。お互い難癖（なんくせ）を付け合っては交戦し、どちらかの分が悪くなれば理由をこじつけて停戦する、サナスキアの歴史はその繰り返しだった。陛下は膠着した状況と民の窮状を憂いて、最終的には停戦ではなく戦争そのものの終結を望んでらっしゃったわ。だけど世の中には、戦争がしたくて仕方がない連中もいるのよね」

　たとえば、とミラは自身の心臓――魔炉の辺りを指差した。

「将軍職にある、私の父とか。一時的にしろ停戦すれば、軍の発言力は低下する。それを厭った父は陛下を襲撃し、罪をエインセル側になすりつけることで、世論が徹底抗戦へと傾くことを目論んだ」

「まさか、自分の国の王様を殺そうとしたってこと？　だってそんなことしたら、大聖堂は誰にも使えなくなって、デブリは溜まる一方なのに……？」

「王様なんてね、名ばかりなの。権力なんか何もない。王にできるのは、ただ元老院の言うことに頷き、民衆に向かって手を振ることだけ。この国の王は血筋によって決まらない。選ぶのは大聖堂よ。ただ一人大聖堂を起動することができ、デブリをマナに回帰させる者こそがサナスキアの王。一度王に選ばれてしまえば、昼も夜もなく大聖堂を起動して、ひたすらデブリをマナに変え続けるのよ。眠る時間も食べるものも、すべてを国に管理される生活が死ぬまで続く。いうなれば、玉座に据えられた奴隷ね」

　ミラが眠る女王に視線を落とすと、淡い色をした目の中に激情が走った。

「私の父は、王一人死んだところで、すぐに現れる次王に挿げ替えればいいと思っていた。王というのは、あの外道にとっては大聖堂を起動するための道具に過ぎなかった。王が死ねば、国土のどこかにまた大聖堂に選ばれし者が現れる。だったら一度死んだところでサナスキアに不都合はない。あの男の考えそうなことだわ」

ミラがふ、と目を細める。「後はもうわかるでしょ？」と語りかけるように。

「私は国を裏切った。賊に襲われた陛下が息を引き取る寸前、固有魔法をかけたのよ。これを解けば、陛下は確実に死ぬ。けれどそうすれば次の王が生まれ、デブリはふたたび正しく処理されるでしょう。でも私は、それよりも陛下に生きてほしかった。だから肉体を結界で隠して生き永らえさせた。どこかに必ず、蘇生させる方法があるはずと信じて。だけどね、高名な治癒士や薬学者の元を訪ね歩いたけれど、全部駄目だった。彼らが口を揃えて言うことには、一度魔炉が失われてしまったのなら、莫大な量の魔力を流し込んで再生させるしかないというの。それは私が生涯に生み出す魔力すべてを捧げたとしても、到底足りない量だった。それこそ、王でもなければとても精製できない魔力よ。つまり、事実上不可能だと彼らは言った。

それでも私は諦められなかった。地の果てまでも探し続けた。そして、とうとう陛下を目覚めさせるに足る魔力の器を見つけたのよ」

口元をほころばせたミラの指は、ひたりとゆめりの額を指していた。

「わ、私……？」

「そう。ゆめりの先祖にも妖精と契約した人がいたっていうのは、前に話したわね。彼女は救ってやった人間たちにその力を恐れられ、晩年は座敷牢に幽閉された。晩年とはいっても、まだ二十代かそこらの若さだった。それを哀れんだ先代の王が、契約相手である彼女に膨大な魔力を譲り渡したの。これで愚かな人間どもに思い知らせてやるといいと言って。先王は、かつては人間に肩入れするたちだった。人間界に憧れていたと言ってもいい。妖精界では決して自由に生きられない我が身を嘆き、人間界でならあるいはと夢を見ていたのかもしれない。けれど契約相手が幽閉され、人間界も夢見たような場所ではないと知ってしまった。人間に裏切られたように感じて復讐しようとしたのか、それとも契約相手に恋をしていたっていうのが、あながち創作でもなかったのかしら」

ミラは口の端で笑うと、とにかく、と続けた。

「その真意がどこにあったかはわからないけれど、歴代王の中でも指折りの魔炉を持っていた先王が、街一つ消し去ることだってできる魔力を彼女に与えたのは事実。だというのに当の彼女は復讐を望まず、魔力を使うことなく息を引き取った。その莫大な魔力は、消え去ることなく今も血によって引き継がれている。ゆめりの中にね」

「まさか。私、たしかに魔力は多いのかもしれないけど、街一つ消すなんて……」

「ゆめりの魔力は、ゆめりが持って生まれたものよ。先王ヨルンの魔力は、封印状態でゆめりの魔炉に眠っている。このことを知るのは、サナスキアでも一握りの妖精だけ」

ゆめりは胸や腹に手をやった。もちろんそこには、ゆめりの肌があるだけだ。

「私はゆめりに会うために人間界に来たの。玉座が空の今、女王騎士はただの穀潰し。魔法少女の指導役にと志願したら、すぐに許されたわ。

サナスキアは協定を侵すことを決めたけれど、デブリをただ人間界に垂れ流すのでは黒禍が野放しになって人間界が壊滅し、他国に違反がすぐに露見する。だから違法行為を覆い隠すため、人間を魔力に目覚めさせ、黒禍を処分させることにしたのよ。それが、ゆめりたち魔法少女の正体。損な役を押し付けて、悪かったわ」

「ねえ、話が急すぎてついていけないよ。だって、それじゃ……」

ミラはにこっと笑った。これまで見たことのないよそゆきの笑い方に、突き放された気分になる。ミラと過ごした日々がなかったことにされてしまったような、居心地の悪さに襲われる。

「私、ずっと待ってたの。一年に一度の、妖精界の月が満ちるこの夜を。魔力が最も高まるこの夜が、計画を実行するのに最良の日だから。あの巨大黒禍が人間界を襲うよう仕向けたのは私。そうすれば、ゆめりが妖精界に来てくれると思ったから」

「ミラの言ってること、全然わかんない。計画って何？」

ミラはゆめりの質問には答えず続けた。

「ゆめり、契約した時に言ってくれたわよね。誰かの役に立ってみたいって。嬉しかったわ。私とゆめりの願いは重なってる。ゆめりの願い、叶えられるわよ。ゆめりが持つ魔力を譲ってくれさえすれば、陛下が目を覚まして、世界は元通りになる」

「魔力を譲る？　そんなの、どうやって……」

ミラは口元に笑みをたたえたまま、「残念だけど」と声を落とした。

「ゆめりには死んでもらうことになる」

「死んで」という言葉が瞬時には理解できず、ゆめりは意味のない笑みを浮かべた。

　ミラもふっとほほ笑み返す。安堵しかけたのも束の間、「死なずに移譲できれば一番なんだけど、それだけ大きな魔力を移すとなると、魔炉を移植するしかないの。人間でいえば、心臓を譲り渡すようなものね」とミラは続けた。

　呼吸が苦しくて、何か言おうとすると、ひ、と情けない音が喉で鳴った。

「そのために、ミラはずっと一緒にいたの？　今夜、私を死なせるために？　そんなの、そんなの……嘘だよね？」

　なんとかそれだけ吐き出しても、ミラは笑顔を崩さなかった。

「嘘だったらよかったんだけど。ごめんね、ゆめり」

　ああ、とゆめりは思う。嘘であってくれと願いながら、どこかで納得してしまう。

　だからミラは、三十歳の、こんなゆめりを魔法少女に選んだ。

「ゆめりの魔炉さえあれば、デブリはふたたび正しく処理される。そうすれば、人間界に黒禍が現れることもなくなるわ。『みんな』を助けられる。ゆめりは妖精界と人間界の両方を救う救世主になるのよ」

　ミラはゆめりの手を取った。その手はひどく冷えていた。まるで、ミラは人間界に来てゆめりと同じ部屋で暮らしたりなんかせず、ずっとこの凍り付いた小部屋に座り込んでいたみたいに。

「ゆめり。魔法少女なら、助けてくれるミラ？　だってゆめりの大好きな魔法少女は、正義の味方ミラ。世界を救ってくれるはずミラ」

　さっきまで消えていた語尾が戻ってくる。

　これは、ゆめりとミラの合言葉のようなものだった。ふざけながらも典型的マスコットを演じることで、ゆめりを本物の魔法少女に近づけようとする優しさにくるまれていた。

　でも、今はそうじゃない。今のミラに、そのしゃべり方をしてほしくなかった。

　反射的に手を振り払った。

「ゆめり？　どうしたミラ」

「……わ、私は……」

　わからないけど、と白い息を吐く。吐息だけが、この部屋で熱を持つ。

「私一人が死んで、みんな助かるなら……死んでもいいのかなって、思うよ。ミラも知ってのとおり、私って恋人もいないし、仕事だってすぐ代わりの人が見つかるだろうし。お父さんとお母さんとか友達は悲しんでくれるかもしれないけど、でも、それと比べるには多すぎる人が助かるんだよね」

　ゆめり、とミラの口元がほころぶ。

「じゃあ、死んでくれるミラ？」

　すがるように、ロッドを握ろうとした。だけど手は、空の拳を握り締めるばかりだ。ロッドは黒禍が粉々に踏み潰してしまった。

黒禍との戦いを思い出すと、死力を尽くし倒れたアイギスとかのんの姿が浮かんだ。

黒禍がサナスキアから故意に送り込まれてきていたなら、二人があんなになってまで戦った意味はなんだった？

『君たちは騙（だま）されている、戦う必要はない』というエインセル兵士の言葉が、耳によみがえる。あの人から見れば、ゆめりたちはいいように利用されているだけだった。

ずっと、魔法少女ごっこをさせられていた。みんなを守っているつもりで、与えられた衣装を見せびらかし、道具を振り回していただけ。

ミラはただ、この時のためにゆめりを騙し続けていた。

そう、騙されていた。ゆめりが大好きな、宝物の魔法少女を餌（えさ）に。認めたくないけど、そういうことだ。

それならどうして、サナスキアを守るために死なないといけないだろう？

でも、そうすれば黒禍が来ることはなくなって、人間界を守ることにもなる……？

わからなくなる。

どこからが嘘で、どこまでが本当なんだろう。

ゆめりが死んだら全部助かるっていうのは、本当のこと？

寒さがこめかみを刺し、ずきずきと頭が痛み始める。

わからない。でも、簡単に頷いたらだめな気がする。

思考を止めたらいけない。考えるのをやめたら、そこで何かが終わってしまう。

けれど薄青く光るミラの視線が、ゆめりの脳をかき乱す。

「考える必要ないのよ。全部私に任せてくれたらいい。疲れたでしょ、ずっと戦うの。聖堂でのゆめり、本当に辛そうだった。でも、もういいの」

『私は、無事でいてほしいから助けたのに』

これはゆめりの言葉だ。ゆめり自身が、颯太にそう言った。

同じだ。颯太が迫られた選択と、ゆめりが直面しているそれは、まったく同じものだ。

自分を犠牲にして誰かを助けるか、それとも踏み留まるか。

鼓動に合わせて、こめかみが痛む。

ゆめり一人が死んで全部解決するなら、たとえ騙されていたとしてもいいじゃないか。

颯太と違って、ゆめりに婚約者はいない。あんな風に全身で泣いてくれる人は――いない、と思いかけて、一人の少女の泣き顔が脳裏を過った。

いる。

ゆめりが颯太に願ったのと同じことを、ゆめりに願った人がいる。

『死なないで』

アイギスが――魔法少女が、そう言ってくれた。

胸元のリボンに目を落とす。これと同じものをつけていた、夜空が生んだ二人のキャラクターのことを思い出す。彼女たちが呼び水となって、これまで出会った魔法少女たちの姿が胸にあふれる。数多の魔法少女たちの物語が、胸の中を駆け抜けていく。ラズベリーハートに始まり、ゆめりが愛したすべての少女が、その体いっぱいに詰まった物語が、ゆめりに向かって笑いかける。

彼女たちなら、どうしただろう。

ミラに向かってなんと答えた？

「ごめんね、怖い思いも痛い思いもいっぱいさせて。もういいのよ。やめていいの。やめてしまっても、ゆめりは『何者か』になれる。だから世界を救うために、お願い」

ミラが両腕を伸ばし、ゆめりを抱きしめる。手のひらはあんなに冷たかったのに、ミラの体は温かかった。その体温に、頭痛が緩む。すべてを委ねて、「わかった、もういいよ」と答えてしまいたくなる。

だけど「世界を救うため」という言葉が、不自然に浮き出て頭に残る。

考えないと。この違和感がなんなのか、考えないと。

答えを決めるのはゆめりだ。

今ここに立っている「魔法少女」は、ゆめり一人なのだから。

ゆめりは強く拳を握り、手のひらに爪を立てた。リボンとハートのパーツで飾られたピンク色のかわいい爪が、皮膚を破る。黒禍と戦った時、魔力を集めるために爪を立てたのと同じ場所をえぐる。その痛みに、神経を集中する。心地よさに溺れないように。ぬくもりに絡めとられないように。考え続けるために。

「ずっと本当のことを言えなくてごめんなさい。でもこれは、ゆめりにしかできないことなの。ゆめりがしたことは、ルガルリリウム女王のように称（たた）えられ続ける。この世界に最後まで残るわ」

「最後まで、残る……？」

「ええ。ゆめりは永遠に『何者か』になるのよ」

――ゆめり、そんなんじゃ駄目よ。誰かのためになりたいから魔法少女になるなんて。結局最後に残るのは、自分の欲望なんだから――

ミラは、出会った日にそう言わなかったか。

最後に残るのは、欲望。欲望と名付けるに相応（ふさわ）しい感情。

あの日ミラが抱えていた、欲望という名の何か。

それは、何？

頭の奥の奥で、何かが光った。

「ごめん、ミラ」

抱きしめられたまま、ゆめりは一語一語を確かめるように言った。

「私、死ねないよ」

ミラの吐息が耳にかかる。

「……なぜ？」

「ミラは嘘を吐いてるから」

「どうしてそう思うの？」

「ミラが助けたいのは世界じゃない。ミラの願いは……女王様ただ一人を救うこと。女王様を目覚めさせて、玉座から解放すること。そうだよね？」

ミラは呆れたように笑いを漏らした。小さな子供が、聞き分けのないことを言うのを耳にしたみたいに。

「でもゆめり。たとえそうだとしても、陛下が目覚めるか死ぬかしない限り、状況は変わらないわよ。それどころか、どんどん黒禍は増えるばかり。陛下を目覚めさせずに世界を救いたいのなら、殺して次なる王を迎えないといけない。ゆめりにそれができる？」

もう一度、力を込めて爪を皮膚に食い込ませる。手のひらを、血が伝う感触があった。

「できない」

ゆめりは首を横に振る。血の付いた手で、胸のリボンに触れる。

「私は……女王様も、自分も殺さない。誰のことだって、殺さない」

自身に言い聞かせるように、その呪文を繰り返す。

「私の大好きな魔法少女は、誰かを犠牲にして世界を救うこと、きっと選ばないから」

こらえきれずに涙があふれる。

選ぶことは怖い。本当にこれでいいのかわからない。

やっぱり私一人が死ねばいいんじゃない？　自分が死ぬのが怖いだけなんじゃない？

頭の中のゆめりが無邪気に首をかしげる。

この期に及んで、ゆめりはまだ迷う。

だけど死ぬとは言えない。それは裏切りだから。

小さな頃からゆめりに寄り添ってくれた魔法少女への。

夜空のように魔法少女をこの世に送り出してくれた人への、戦い続けるかのんたち現実の魔法少女への、死なないでと願ってくれたアイギスへの。

そして何より、魔法少女を愛し、魔法少女になった自分自身への。

ミラを振りほどき、ゆめりは椅子から立ち上がった。

「魔法少女は、綺麗事で世界を救ってみせてこそ魔法少女だって……信じてるから」

凝った痛みを押し流すように、脳の血管にどくどくと血が通う気配がある。

「どうしたらいいのか、私にはわからない。わからないけど、ほかの道を一緒に探すことならできる。死んで……甘い答えに頷いて、終わりにしたくない」

ミラはゆめりの言葉を嚙みしめるように、ゆっくりと頷いてみせた。

「それがゆめりの答えね。仕方ないわ。こんなこと、無理強いできることじゃない」

声は穏やかだった。ミラの手が、女王を包む氷の結界を軽く撫でる。

その手元で何か光ったような気がした瞬間、地面が大きく揺れた。女王の寝台を囲うように立っていた燭台が一斉に倒れ、壁に掛けられた肖像画が次々に落下する。

派手な音が鳴り響く中、女王だけが目を開くことなく眠り続けている。

ゆめりは揺れる床を這うように走り、バルコニーに出た。

そこには、信じたくない光景が広がっていた。

大型黒禍が湖から出て街を横切り、城へと迫っている。

突き刺さっていたはずの氷柱がない。ミラが魔法を解いたのだ。

眼下の街は華やいだ空気が一変し、祝祭の灯の下で逃げ惑う人々が見える。

こちらに気付いたのだろうか、黒禍は塔に向かってぬうっと触手を伸ばした。

気配に目をやると、隣にミラが立っていた。黒禍に向かって、その両腕が広げられる。

「ミラ、だめ!」

反射的に叫んだ。ミラは前を向いたまま、薄く笑った。

「ゆめり。死んでくれないのなら、殺してあげる。大丈夫、優しくするわ」

何本もの黒禍の触手が、ミラの体に突き刺さる。黒禍に貫かれた部分から輪郭が溶けて、ミラと黒禍の境目がなくなっていくようだった。

「待って、嫌だよ! こんなんじゃない、私が願ったのは!」

ゆめりはミラの体に取りすがった。

黒禍はそれを待っていたかのように、ゆめりごとミラの体を持ち上げた。

悲鳴を上げる暇もなかった。

宙に浮いたゆめりの腿に、黒禍の触手が風穴を空ける。触手を介してミラとゆめりは混じり合いながら、大型黒禍の体内に取り込まれていった。


ひどく寒かった。

ぶるりと身を震わせて体を起こすと、石畳の上だった。体のあちこちが痛むし、頭がふらふらする。測ってみなくても、熱があるとわかった。

こんな寒いところにいたら悪化する。はやく暖かいところに行かなければと思うのに、ゆめりはただ首をすくめ、膝を抱えるばかりだった。背後の扉の向こうには、火の気配がある。けれど「入れて」と扉を叩くことはできなかった。

そうだ、と思い出す。ゆめりは母に家から放り出されたのだ。理由はたしか、服の裾を枝に引っかけて破いてしまったとか、そんなことだったように思う。ゆめりはまだほんの子供で、自分ではろくに稼げない。せいぜいが街の人の雑用を引き受けたり、森でベリーを摘んできて道端で売り、哀れに思った金持ちが買ってくれるのを待つくらいだ。「余計な食い扶持」であるゆめりは、母親に与えられたものはなんだって駄目にしたらいけない。だからこれは、当然の罰だ。

吹く風は、身を切るように冷たい。だけどせめて雪が降る夜でなかったことを喜ばないといけない。これまでの経験からして、朝日が昇る頃には母の腹立ちも収まって、家に入れてくれる。夜明けまでの辛抱だ。

妹がいた頃はよかった。二人でくっついてベッドで眠れば、凍るような隙間風にも耐えられたし、家から放り出されても二人で暖め合うことができた。

けれど一つ年下の妹は、二年前に死んだ。熱を出し、呆気なく逝った。土の下の屍では、暖をとることもできない。

せめて魔法があったらなとゆめりは思う。

この世界は魔法にあふれている。けれどそれは建前だ。魔力の源であるマナは大気に満ちているけれど、凡百の魔炉では、それをかき集めたって大した魔法は使えない。魔炉が優れてさえいればほんの少しのマナで魔法を操れるけど、その優劣はほとんど血筋で決まる。優れた魔炉を持つのは、たいてい高位貴族だ。貴族は血統を守ることで、地位と財産と魔炉とを連綿と受け継いできた。そうして富者は魔法を独占している。

ゆめりはまだ二十にも満たない子供だけれど、母よりよほどうまく魔法を使える。だけどそれも母は面白くないみたいで、ゆめりは魔法を使うことを禁じられている。火おこし一つだって、ゆめりなら息を吸うようにたやすくできるのに、母はわざわざ自分の貧弱な魔炉をいじめ、ぜいぜいしながら竈に火を入れる。馬鹿みたいだ。でもそんなことを口にすれば烈火のごとく怒るに決まっているから、ゆめりは言葉を呑み込む。

母は昔、高位貴族の男に愛されたことだけをよすがに生きている。今は将軍職にあるらしい一度も会ったことのないその男が、ゆめりと死んだ妹の父親だ。母は没落貴族（もはや貴族と呼ぶのも馬鹿らしいような、過去の栄光を食い潰して生きる一族）の家に生まれた。その母の青い目に、いっときでも貴い血筋の男に愛されたことは、世界にただ一つの美しい恋物語と映ったらしい。しかし実際のところは、良家の令嬢に飽いた男がほんの気まぐれに不幸な女との恋に興じてみただけ、ありふれた醜聞でしかなかった。

そのくせ男は律儀に金を送り続けるので、母は今でもいつか男が帰ってくるものと信じ込んでいる。だから家の中を常に整え、毎日着飾って念入りに化粧(けしょう)をする。身の丈に合った生活など、母の頭にはない。哀れな女なのだ。男がこの家の門をくぐることなど、二度となかろうに。

送金は母の浪費で尽きる。おかげで妹に医者を呼んでやる金もなかった。

食べるものや細々とした出費なんかは、裏庭に作った畑と、街の人の使い走りなんかで賄(まかな)うしかない。一日中鼠(ねずみ)のように走り回るゆめりを、母は「卑(いや)しい、貴族のすることではない」と罵(ののし)る。貴族らしい生活など、物心ついてから一度もゆめりは送ったことがないというのに。

いつかここを出ていこうと思う。

だけどその「いつか」は、いつになったら来るのだろう。

今すぐ出ていったって、なんとかやっていける気がする。ここで母に罵倒(ばとう)され、時に蹴(け)り飛ばされながら暮らし続けるよりは、どこだってましに決まってる。

けれどゆめりがいなくなったら、母はいったい何を食べるのだろう。持て余している服をお金に替えて、市場で食べ物を買うだろうか。けれど一度そうしたら最後、母は家の中を整えることも着飾ることも諦めて、部屋は荒れ放題、自慢の銀髪も櫛(くし)を入れられることなく、蜘蛛(くも)の巣みたいに成り果てるような気がする。

気がするだけだ。ゆめりが生まれる前だって、母はちゃんと生きていた。

それなのに、ゆめりは「いつか」を夢想するばかりだ。結局自分は、母が死ぬまでここを動けない気がする。母は今いくつだっけ。ゆめりをちょうど百歳の時に産んだと言っていたから、百二十くらいか。短命で三百歳が寿命としても、あと百八十年はゆうにある。ゆめりが生きてきた年数の、実に九倍もの年月だ。考えると気が遠くなる。

妹が死んだあの夜に、出ていけばよかったのだ。その機を逃した今となっては、妹が眠るこの場所から、いったいいつ離れればいいのかわからない。

ため息を吐こうとして、慌てて呑み込んだ。吐いた息は、服の襟に染みて凍る。余計に自分を寒がらせるだけだ。今はもう、手を握ってくれる妹もいないのだから。

家々に燈る灯を眺めながら、ゆめりは思う。

誰か、この日々の連続を終わらせてはくれないだろうか。

母を殺すか、ゆめりを殺すかして。

このままではきっと、百八十年を生きる前に母を殺してしまう。首を絞めたり刃物を振りかざす必要もなく、ゆめりは魔力の一滴で母の息の根を止めることができる。眠る母を家ごと燃やすことも、足を滑らせて井戸に落とすことも、運悪く落ちてきた氷柱に頭を貫かせることだってできる。「魔法を使うな」という、母の言いつけを無視さえすれば。

殺したくはない。あんな女ではあるが、ゆめりの母だ。ゆめりの娘の部分が、今でも母を愛している。いつかはこれまでの仕打ちを謝って、抱きしめてくれる日がくるのではないかと、浅ましく期待している。どれだけ母を憎んでも、明日こそはと決意を固めても、娘がそれを引き留める。やめてくれと泣いて取りすがる。妹が死んだ日に、「このことを報せたら、きっとあの人は会いに来てくれるわね」と母が口走った時にさえも。

妹はゆめりと違って優しい子供だった。死の間際、手を握ったゆめりに向かって「悲しまないで。しょうがないんだよ、お姉ちゃん」と言った。それが最期の言葉だった。妹は、母も世界も、無力な姉をも許していた。痩せ細った体で、すべてを許していた。

びょうと北風が、全身を貫くように吹き付ける。

せめて納屋にでも入りたいところだが、母が目を覚ました時、ゆめりが扉の前にいなければ怒りが増す。明日の夜も外で過ごすことになるのは御免だ。

だけどこのままでは凍死しかねないので、ゆめりはずるをすることにした。

庭木の枯枝を集め、魔法で火を灯した。光や煙、魔法の気配が漏れないように、すぐに遮断結界で覆う。こうすれば、家の中にいる母にばれることはない。

同年代の友達もいないから推測でしかないけれど、おそらくゆめりの魔炉は優れている。魔炉の優劣は、ほとんどが家系で決まる。母はどう見ても並以下の魔炉しか持ち合わせていないから、ゆめりの魔炉は高貴なる父の血統によるものだ。

忌々しい。気まぐれに母を抱き、罪悪感からわずかな金だけ寄越す男の血が、ゆめりをほんの少し寒さから遠ざける。父も母も自分も世界も、何もかもが疎ましい。

「すごい」

その時、声がした。

火に手をかざしたゆめりは、緩慢に顔を上げた。

空腹のせいで、幻を見たのかと思った。妹が立っているように見えたのだ。

やっと死ねるのか。何もしてやれなかったのに、迎えに来てくれて嬉しい。

その思いが、ゆめりの口元を引き上げた。

しかし瞬き一つすれば、そこに現れたのは妹とは似ても似つかぬ少女だった。妹の髪はゆめりと同じ銀色をしていたが、少女はサナスキアではひどく珍しい黒髪だった。歳(とし)はゆめりより十は下に見える。生まれてまもない、ほんの子供だ。

髪と揃いの黒い瞳が、ゆめりを見た。少女は美しかった。生きてきて目にしたものの中で、一等美しかった。月の光を集めて女神を象(かたど)ればこうなるだろうというような顔貌(がんぼう)は、夜の街でも光って見えた。

ゆめりは急に恥ずかしくなった。少女は白いふわふわした毛皮の帽子やコート、ブーツで身を包んでいるのに、ゆめりの着ているものときたら、ぼろ布と区別がつかないような汚らしい代物(しろもの)だ。

「あなた、どうして家の外にいるの？」

「……罰を受けているんです。高貴な方の気になさることではありません」

高貴な、という言葉に少女は目を丸くした。

「高貴だなんて、初めて言われたわ」

ゆめりはいら立ちを覚えた。そんな上等な服を着て、つやつやした髪をして、何が「高貴だなんて初めて言われた」だ。この少女が普段話す相手なんて貴族連中ばかりだろうから、きっとわざわざそんなことを口に出す必要がないのだ。

「それよりさっきの魔法、どうやったの？」

「どうって……ただ火を付けて、結界を張っただけです」

「火を灯しながら、温もりだけを通す結界を張る。なんでもないみたいに言うけれど、複数の魔法を同時に扱うだけでも高度なことなのよ。こんなに器用に魔力を操る子供は王宮でも見たことがないわ。魔法は誰に習ったの？」

王宮。そこに出入りしているならば、貴族の中でも相当の高位だ。

面倒事の匂いがした。そんな身分の子供が、どうして夜更けに一人で出歩いている？

それも、貧民窟一歩手前のようなこの路地を。

別に誰にも、とゆめりは口ごもった。

「早くお帰りになった方がよろしいのでは。夜の街は、お嬢様のような方が出歩かれるにはあまりに危険です」

追加の枝を火に放り入れながら言ったが、少女は聞いていなかった。

「独学で。それはますますすごい話だわ」

その時、路地の向こうから複数人が走る足音が聞こえた。きっと少女を探しに来たのだろう。話しているところを見られたら、どんな難癖をつけられるかわかったものじゃない。

もう行って、と小さく手を振った。しかし少女はその手を握った。ゆめりの手など握れば、上等な毛皮の手袋が汚れてしまう。振り払おうとしたが、少女は放してくれなかった。

「ね。あなた、王宮で働くことに興味はある？」

王宮？　とゆめりは鼻で笑った。物乞いまがいの生活をする自分が、そんな場所へ行けるはずもない。

「ええ、とっても。もっとも、王宮でなくてもかまいません。ここでない場所へ連れ出してくださるのなら、どこへだってお供します」

わかったわ、と少女はようやくゆめりの手を解放した。そうしている間にも足音はどんどん近付き、男たちの息遣いまで聞こえてきそうなほどだった。

「あなた、名前は？」

「……ミラ。覚える必要のない名です、お嬢様」

ゆめりはそう答えた。けれど少女はその名を噛みしめるように頷いた。

「ミラね。私はアウラ。アウラ・レア。必ずあなたを迎えに来るから」

それだけ言うと、少女はつむじ風のように消えてしまった。転移魔法だ。詠唱も魔道具もなしに一瞬で消えたのだから、アウラと名乗った少女の魔炉がどれほどのものか想像がつく。ゆめりのけちな魔法をほめたのなんか、気まぐれな世辞だったに違いない。

間髪いれず、男たちが路地にどたどたと走り込んできた。

「そこのお前、ここを黒髪の子供が通らなかったか？」

反射的に、首を横に振った。

「そうか。まったく、どこ行っちまったんだあのお嬢さんは」

驚いたことに、現れた兵士たちの鎧には、サナスキアの象徴である百合のエンブレムが彫り込まれていた。アウラが王宮どうこうと言っていたのは、嘘ではないらしい。

「ところでお前、どうしてこんな冬の晩におもてにいる。ここはお前の家じゃないのか？」

ゆめりはまた首を横に振ったが、「ははあ」と男の一人は合点がいったという顔をした。

「何か悪さをして、お袋さんに放り出されたんだろう。かわいそうにな、俺がちょっと言ってやる。この寒さじゃ凍え死んじまうって」

余計なことはしなくていい、の意味で三度目の首振りをした。けれどおせっかいな兵士はすでに扉を打ち鳴らしていた。扉を開けた母は、王宮の兵士の姿を見て仰天した。

家には入れてもらえた。でも、その日は一日ご飯抜きだった。母に恥をかかせたからだ。ぺたんこになったおなかが獣みたいにうなるのを聞きながら、ゆめりは「必ず迎えに来る」というアウラの言葉を、金持ちが恵んでくれた飴玉みたいに舌先で転がした。飴玉と違ったのは、言葉はずっとなめていても消えなかったことだった。

信じてたわけじゃない。あんな赤ん坊みたいな子供の言葉を。

けれどそれは、ゆめりが初めてした約束だった。

だから待った。三十年くらいは待ってみても、別にいいだろうと思った。

そして思ったよりずいぶん早い三年後、百合の紋章が描かれた馬車が家の前に止まった。

腰を抜かした母の隣で、ゆめりは歳月の分成長した少女に向かって言った。

「わざわざ馬車なんか仕立てずとも、魔法でいらっしゃればよかったのではないですか?」

　少女は笑って答えた。

「こっちの方が魔法みたいじゃなくて?」

　ゆめりは馬車の中で、少女がわずか十一歳で即位した現サナスキア女王であることを知らされた。直属の手足となる女王騎士候補を探していたこと、それにゆめりを推挙するつもりだということも。

　驚くことが多すぎたのか、心は凪いでいた。ただもうあの家に帰らなくていいこと、母を殺さずに済んだことに安堵した。

　路地を抜けて生家が見えなくなったところで、アウラはゆめりの手を握った。驚いてその顔を見ると、大きな瞳が今にも泣きそうに潤んでいた。

「ごめんなさい。迎えに行くのが、ずいぶん遅くなってしまって」

「謝っていただく必要はありません。本当にいらっしゃるとは思いませんでしたから」

　そう、とアウラはゆめりの荒れた手を撫でた。すべらかなアウラの手に触れられるのが恥ずかしく、手を引こうとした。しかしアウラはやはり放さなかった。

「ミラ、聞いて。私ね、夢があるの」

「夢、ですか」

　高貴な人はいいな、とぼんやりと思った。ゆめりにとって夢とは、眠る間に見るそれだけだ。未来に何かを望めるような生活は、手の中になかった。

「そう。ずっと考えていたの、私が王様になった意味を。それでね、決めたのよ。私はサナスキアに、不幸な人がいないようにする」

　ゆめりは思わず笑ってしまった。そんなこと、できるはずもない。

「笑わないで。私は本気よ。もちろん、苦しみすべてをこの世から消すなんて無理よ。でも、私が……王が力を尽くしさえすれば、国中をマナで満たして、もっと民の暮らしを豊かにできるって城の人に言われたの。貧しいのって、とても辛いことでしょう？」

　そうですね、とゆめりは薄笑いを浮かべたまま答えた。

「ですが陛下、仕方のないことですよ。富める者がいれば、貧する者もいる。私の妹はつまらない病で死にましたが、子供ながらきちんとわきまえておりました。薬一つ買ってやれなかったのに、『しょうがないよ』と、そう言って死んだのです」

　アウラは沈黙した。貧者の現実を知って言葉を失ったのだろうと思った次の瞬間、強い眼差しがゆめりに向けられた。

「しょうがないわけがないでしょう。そんな酷いことが、私の国にあっていいはずがない」

　アウラの頬を、涙が伝っていた。

　それを目にした瞬間、猛烈な怒りが腹の底を焼いた。

　隣に座る子供の身分も忘れて、両手でその首をつかんだ。

泣けるのは、富める者の特権だった。冬に涙を流すことができるのは、泣いても涙が凍り付かない、炉のあるところにいられる者だけだ。

ゆめりは泣けなかった。妹が死んだ時も、その遺骸を埋めるために冷たい土を掘り返している時も、死んだのが冬だったから、花一つ握らせてやれなかった時も。

ゆめりが弱いから妹は死んで、弱いから墓掘り人も雇えなくて、弱いから妹を身一つで土の下に行かせるしかなかった。

手のひらの下にある喉が、ぐうっとくぐもった音を漏らす。

しかしアウラは手を振りほどこうとしなかった。魔法を使えばたやすいことだろうに、そうしなかった。ただ、顔を歪めてゆめりを見ていた。

ゆめりの方が叫び声を上げて、手を放した。

殺したかったのは、この子供じゃない。ずっとずっと許せなかったのは、殺してしまいたいと願い続けてきたのは、アウラでも、父でも母でもない。

誰より殺したかったのは、自分自身だ。「しょうがないよ」という妹の言葉に甘え、何もできなかった自分を許し続けたゆめり自身だ。

アウラは喉をさすると、言った。

「泣きなさい。私はサナスキアを、すべての者が涙を流すことのできる国にする」

そこにいるのはただの子供ではなかった。

女王であった。

ゆめりは馬車の中で初めて、目を開けたまま夢を見た。

騎士見習いとして王宮に入って一年後、将軍である父がゆめりを認知したと知らされた。妻が亡くなったため、母を屋敷に迎え入れたとも。今さら関心はなかったが、女王騎士候補となったゆめりのことを、父母は放っておいてよい存在とは見なさなくなったようだった。父親に初めて会い、娘と呼ばれた。本妻の手前、今まで会いに行けなかったと父は詫びた。口先だけなのはわかっていた。体裁など気にする男が、母という愛人を作れるはずもない。相対してさえ、男は父ではなく、見知らぬ他人だった。

父にあたる男は、富者の象徴だった。いくつもの軍功を上げ、将軍として盤石の地位を築き、元老院で強い発言力を持つばかりでなく、王都の一等地に屋敷を構え、三人の息子に恵まれていた。そして何より、国内でも指折りの魔炉を持っていた。部下たちを引き連れて王宮の中庭を闊歩する父が、余興のつもりなのか、気まぐれに魔法で中空に花火を上げたり絵を描いてみせたりなどする時、ゆめりはそこにこめられた魔力量を思った。魔法から縁遠い、底冷えのする部屋で息絶えた妹を思った。

この国は富者と強者にのみ甘くほほ笑み、貧者と弱者には冷酷な一瞥すらくれない。

母は母で、幾度も手紙を寄越した。ゆめりの体を気遣い、王宮勤めなど務まるかと心配した。文字の中の母は、まるで当たり前の母親のようだった。手紙の最後はいつも「困ったらいつでもお父様の屋敷に帰っていらっしゃい」としめくくられていた。返事は一度も出さなかった。

ゆめりは一日も早く女王騎士になれるよう、候補生たちと研鑽を重ねた。楽ではなかったが、生家での日々に比べれば天国だった。食事も十分にあり、理不尽に打たれない。殺してやりたいという衝動を抑え込む必要もない。生まれ持った才能を正しく鍛え、正しく使うことができる。そして、アウラがいる。ゆめりは早くその助けになりたかった。

王宮に入って知ったことだが、王の権限は決して強くなかった。重要なことはすべて元老院が決め、王はそれに頷くだけ。王の仕事は、デブリをマナに回帰させるべく大聖堂を常に稼働させること、国民に愛されること、その二つだけだった。王冠は飾りだった。王はサナスキアの誰よりも酷使されていた。アウラがまだ幼い少女であること、王としては前例のない平民出身であったことも、立場を弱くする一因となった。彼女は蛇から竜が産まれるがごとく、平凡な両親から、傑出した魔炉を携えて生まれてきた。そのために故郷の寒村から引き剝がされるようにして、ただ一人で王都に連れてこられたのだ。味方は誰もいなかった。ゆめりは、かつてアウラを貧しさなど知るはずがないと侮ったことを恥じた。アウラは王に選ばれたことで突然担ぎ出された、一人の子供にすぎなかった。

たった十人しかいない女王騎士でさえ、アウラの味方ではなかった。王直属の騎士である彼らは、何を犠牲にしても女王を守りはする。しかし同時に監視役をも担っていた。女王がどこへも逃げ出さないように。

アウラは孤独だった。ゆめりに語った夢を実現するには、大聖堂をより長く稼働させ、マナに回帰するデブリを増やすべきだとアウラは考えていた。大気中のマナの濃度が上がれば国中の誰もがたやすく魔法を使えるようになる、そうすれば資源を巡ってエインセルと戦う必要もなくなると信じて、昼夜となく大聖堂にこもった。

しかしそれによって増産したマナが、貧しき者の手に渡っているようには思えなかった。生み出されたマナを分配するのは、すでに権を手にした富める者たちだった。

「女王は早晩、第二のルガルリリウムになってくれるやもしれないな」

そう言って笑う人間を見たのは、一度や二度ではなかった。その中に、己の父親の顔を見ることとさえあった。

ルガルリリウム女王は、エインセルとの戦いに勝利するため、限界を越えて魔炉を酷使した結果命を落とした。救国の聖女王として、在位から千年以上が経った今でも崇拝(すうはい)され続けている。祝祭の露店に並ぶ聖人たちの肖像の中でも、彼女のそれは一番に売り切れる。

けれど王の実態を知れば、彼女が自らの意志で国に殉(じゅん)じたとは思えなかった。酷使された挙句(あげく)に死んで、死してなお聖女として祀(まつ)り上げられ、遺骸までしゃぶりつくされてるようにゆめりの目には映った。

アウラも、彼女の二の舞にしようというのか。

どれだけ大聖堂にこもっても無駄だと、アウラに訴えたこともあった。しかし「ならば皆を救うにはどうしたらいい」と嘆(なげ)かれれば、何も答えられなかった。

早く騎士になりたかった。力が必要だった。

ゆめりはますます修業に打ち込んだ。剣と魔法はもちろん、乗馬に作法、歴史や法律、学ぶべき科目はいくらでもあった。ましてゆめりは読み書きも魔法の基礎も知らず、歩き方を矯正するところから始めたのだから、人の十倍努力が要った。血筋の悪い野良犬と、露骨に揶揄する連中もいた。けれど言い返しはなかった。父母ともに由緒正しい貴族の子息と問題を起こせば、糾弾されるのは己の方だ。怒りは、修業のための気力に変えた。その甲斐あって、ゆめりは徐々に頭角を現していった。

しかし固有魔法がなかなか発現せず、叙任に立ちはだかる最大の障壁となった。通常、固有魔法は十歳前後で発現する。しかしその年頃のゆめりはといえば、日常的に魔法を使うことを禁じられていた。一度時機を逃せば、発現するきっかけは人により、百年経ってようやく習得する者もいると聞いた。ゆめりは百年も待てない。物理的な衝撃が発動条件になるという説もあると知り、無茶な魔獣狩りに単独で出かけたり、無謀にも騎士長に一騎打ちを挑んだりもしたが、無意味な手傷を負っただけだった。

固有魔法が発現しないのならと、心を殺し、親とも思えない父に媚びた。父がそうしてやれと言えば、母に手紙も書いた。王宮で流行りの帽子だって贈ってやった。父の権威が固有魔法に替わると信じ、腹違いの兄に疎まれてもやめなかった。

そうした歪んだ努力が実を結び、父の推挙を得て、ついに固有魔法を習得しないまま女王騎士の末席に叙された。玉座のアウラを仰ぎ見ながら、体が震えるのを抑えられなかった。この時のために生きてきたのだと、全身で感じていた。生家を去ってから、十年の時が流れていた。しかし過ぎ去ってみれば、一瞬のように思える十年だった。

　けれどゆめりはわかっていなかった。たとえ騎士になったところでゆめりは妾腹の子で、女王の犬に過ぎなかった。血統書のない犬がいくらうなったところで、周囲の人間は「怖い怖い」と半笑いで手を引っ込めるだけだった。

　年月が経ち、アウラも自分のやり方では民を救えないと気付いたようだった。元老院の者相手に必死に理を説く姿をよく見かけたが、所詮王に決定権はないのだ。アウラの言葉は、老獪な妖精たちの耳から耳へと抜けていくばかりだった。

　アウラはまだ二十を越えたばかりなのに、時に三百を越える老婆にさえ見えることがあった。その度に、あり得ないと幻影を振り払った。実際、アウラは日増しに美しくなっていた。聖堂からは日々清浄なマナが生み出され、国民たちは彼女を黒百合と称えた。

　けれどゆめりには、アウラがすり減っていくのがわかった。どうすることもできなかった。アウラがその身を捧げ続けなければ、サナスキアは立ち行かない。しかし身を捧げても、国は良くならない。アウラの夢を叶えるためには、国を根本から変えるしかない。

　ゆめりは無力だった。寒空の下で、母が扉が開くのをただ待ち続けた日々に戻ってしまったかのようだった。「ミラは私の味方よね？」と訊ねるアウラの手を取って、口付けることしかできなかった。

　ある時アウラは停戦協定を結ぶため、隣国エインセルとの国境へ赴いた。協定の場で魔法を使うことは禁じられていた。だからこそ馬車を使ったし、結界も張られていなかった。

馬車に乗り込んだ全員が、魔封じの腕輪を装着する徹底ぶりだった。

けれどそれは罠だった。国境付近の谷に差し掛かったところで、女王の乗った馬車は襲撃を受けた。崖上を走っていた馬車の車列の中央で、爆発魔法が炸裂したのだ。同乗した騎士長は即死だった。ゆめりも深手を負ったが、馬車を這い出して腕輪を引きちぎり、投げ出されたアウラの元へ走った。

自分の見たものが、すぐには信じられなかった。

女王の胸に、大穴が空いていた。魔炉は大破し、修復は不可能だと一目でわかった。

アウラは死を覚悟した目をしていた。しゃべることもできず、ただ右手をゆっくりと上げ、ゆめりの頰を撫でた。どこか安堵したような、そんな表情だった。

もう生きずに済むことを喜ぶように、女王は目を閉じた。

体の奥底に燃え上がったのは、生家を離れたあの日と同じ、怒りだった。

証明したかった。自分はもう、妹が死にゆくのをただ見ていることしかできなかった無力な子供ではないと。そして許せなかった。ゆめりをここまで連れてきた「夢」を語ったのはアウラなのに、何も叶わぬ内から一人、目を閉じようとすることが。

生きてほしかった。生きて、すべてに抗ってほしかった。

ゆめりの王であり続けてほしかった。

ゆめりは叫んだ。言葉にならない、獣の咆哮だった。

その瞬間、生涯で初めて固有魔法が発現した。

目の前で女王は氷漬けとなった。アウラは死にかけではあるが、これ以上死に近付きはしない状態で固定された。ゆめりは、世界にはたしかに魔法のあることを確信した。

襲撃者は追撃してこなかった。正体もわからなかったが、その幸運に縋った。

周囲を見回すと、車列は乱れ、馬車ごと崖から谷底へ落ちたものも少なくないようだった。同行した侍従や女王騎士たちはあちこちに身を投げ出され、息絶えていた。

一人、息のある娘があった。駆け寄ると、アウラの侍女だった。女王と故郷も歳も近いということで、よく話し相手になっていた少女だ。しかしもう助からないのは明らかだった。下半身は落石に潰され、まだ生きているのが不思議なくらいだ。

「ミラ、様、いったい、なにが。陛下は……」

無事よ、とつぶやくと、侍女の顔はいっとき安堵に緩んだが、すぐに苦痛に歪められた。

「わた、私は、もう、駄目ですね……？」

ミラが頷くと、少女ははあっと息を吐いた。

「すみません、ミラ様……お願い、します……。慈悲を……」

足元にすがったその手が望むことは、治癒ではなかった。苦痛を終わらせることだった。

その時、悪魔が耳元でささやいた。

ゆめりは天に祈った。生まれて初めて、女神に許しを乞うた。

「たとえ女神が許しても、お前は私を許さなくていいわ」

「いいえ。私が、望んだこと、ですから……」

目を閉じた侍女に、ゆめりは魔法を叩き込んだ。彼女が肉片とはならず、けれど顔は判別が付かぬほど崩れるように。絶命したのを確かめると、ゆめりは侍女の金の髪を魔法で黒く染め上げ、アウラから剝ぎ取った焼け焦げた服や首飾り、指輪で着飾らせた。

そして遺体を抱きかかえ、崖から落とした。

馬をけしかけ、いくつかの馬車も後を追わせた。

女王が生きていて、けれど魔炉を失ったことは、誰にも知られるわけにはいかなかった。魔炉のないアウラは、王の責務を果たせない。魔法も使えない。知られれば、殺される。アウラが生きている限り、次なる王、大聖堂起動者は現れないのだから。

己の所業にためらいはなかった。母を殺すことを、かつてあんなに厭ったのが嘘のようだった。こんなに簡単なことなら、もっと早くに母も殺してしまえばよかった。

そうしたら――そうしたら？

そうしたらいったい、どうなっていたというんだろう。

ゆめりは結界に包み込んだ女王と共に王都への帰途につき、元老院に報告した。

何者かに襲撃を受け、ゆめりを除いて隊は全滅。女王は生死不明――と。

七日の後、国境へ向かった調査隊は変わり果てた女王の遺体を発見する。襲撃者はエインセル妖精と発表された。国中に、仇討ちの気運が高まった。

そして次なる王を探す手配がなされた。しかし目ぼしい貴族たちの中からはとうとう見つからなかった。ならばアウラのように平民からと、都や近辺の街は言うに及ばず、遠方の村々からも魔力の高い者を連れ出した馬車が王都に列をなし、次々に大聖堂の起動を試みることとなる。しかし適合者は、次なる王は現れない。

　ゆめりは結界で幾重にも覆い隠した尖塔に寝かせたアウラのそばに佇みながら、サナスキアの狂乱を眺めていた。そのかたわら、女王を目覚めさせる方法を探し続けた。

　そして知る。女王の車列を襲ったのはエインセルではなく、戦争継続を願うサナスキア国内の一派であると。そこには己の父ユハ・アルトネンが重鎮として名を連ねると。

　ゆめりは薄く笑った。

　口元を歪めるだけだった笑みは、次第に高笑いに変わった。

　こんな国、滅びてしまえばいい。人を人とも思わず、私利のためにたやすく殺す。それも、今日まで身を粉にしてサナスキアに仕えてきた女王を。誰よりも国を想った、この王を。そんな連中が牛耳る国など、いっそ崩れ去った方が民のためにもなるだろう。

　しかし、ゆめりははたと笑うのを止めた。

　私欲のために人を殺めたのは、ゆめりも同じだ。助かりようのない怪我を負っていたとはいえ、善良なる侍女を救おうともせず殺し、その遺体を汚した。故郷に連れ帰ってやれば、家族が手厚く葬っただろうに。彼女の遺骸はたしかに盛大な葬儀で見送られはしたが、まったくの他人、女王としてだ。

　侍女はかわいい子だった。ゆめりを見かければ、「ミラ様」とぱっと笑んだ。ゆめりの生まれを一度も揶揄しなかった。アウラの境遇に同情し、涙を流すことさえあった。

あんなにも惨い最期を、迎えるべき娘ではなかった。

ゆめりは結局、父と同じことをしたのだ。アウラとそのほかの存在を天秤にかけ、女王をとった。いや、違う。己の欲望と他人の尊厳とを見比べ、前者を選び取ったのだ。

その行いは、アウラがゆめりに見せた夢からずいぶん遠い場所にあった。

ゆめりはしばし呆然として、眠る女王の白い顔を眺めた。

どうしようもなかった。一度したことは、なかったことにはできない。ゆめりの固有魔法は時を止めることはできても、遡ることはできない。

そして、ゆめりにはわかっていた。たとえやり直せるとしても、自分はまた同じことをする。アウラを生かすため、何度でも罪なき人を手にかける。

ゆめりは一つ身震いした。氷の檻で女王を囲ったこの部屋は、ひどく寒い。


「ゆめり、ごめんね。最後だし、せっかくなら楽しい夢を見せてあげたかった」

優しい声音にまぶたを開くと、ミラが目の前に立っていた。ゆめりとミラがいるのは、何もない空間だった。これまで何度となくもぐった、黒禍の腹の中だ。

頬が濡れていて、自分が泣いているのがわかった。

鮮烈な悪夢だった。夢の中で、ゆめりはミラだった。ミラになって、ミラの過去を生きていた。その半生は悪夢に彩られていた。

「これでわかってくれた？　私はどうしても、アウラ様を目覚めさせなきゃいけないの」

ゆめりは身じろぐこともできず、ただミラの顔を見ていた。ミラだった時の感覚がまだ残っていて、「アウラを救わなくては」という声が体の中で反響していた。

「大丈夫、全部私に任せて。痛くないようにするから」

語尾を聞いたその時には、巨大な氷柱(つらら)の切っ先が眼前に迫っていた。

何が起きたのかを理解する前に、衝撃があった。

腹に何かが詰まって苦しくて、思わず咳(せ)き込んだ。地面にびちゃびちゃと口から吐き出されたものが飛び散る。赤い。赤くて熱い、口から出るもの。

なんだっけこれ。

頭が答えにたどりつく前に、鼻孔(びこう)が鉄の臭(にお)いで満たされた。

ミラを見る。首を上げるだけの動作が、ひどく億劫(おっくう)だった。

「さよなら、ゆめり」

ミラの唇が動くの見て、やっと思い出す。ああそうか、これは血だ。

ゆめりは下腹に杭(くい)のように突き刺さった氷柱を見下ろした。

スカートを飾っていたリボンがただの布切れとなり、はらりと地面に落ちるのが見えた。

膝ががくがくと震える。

糸の切れた操り人形みたいに、体が地に落ちた。目の前の景色がにじむ。

ミラが言ったとおり、痛みはない。だけど体に力が入らない。

立たなくちゃ。

死なないでって言ってもらったのに、このままじゃたぶん死んじゃうし、人間界には戻れない。颯太がどうなったかも確かめられない。黒禍はまだ生きてる。ちゃんと倒さなきゃ、静夏たちが泣いたままになってしまう。志保の結婚式にも出られない。まだ夜空に漫画を読ませてもらってない。こんなことになるなら、無理にでもお願いすればよかった。かのんが怒りながら、ゆめりは強いって言ってくれたのに。せっかくアイギスが庇ってくれたのに。二人にお礼も言えてない。

走馬灯みたいに、いろんな人の顔が浮かんでは消えていく。

全部、ミラの人生からしたらどうでもいいことかもしれない。家族に愛されて何不自由なく生きてきた人間の、贅沢な望みなのかもしれない。ミラになっていたゆめりだったら、「そんなこと」と一蹴したかもしれない。

だけどやっぱり、ゆめりはミラじゃなくてゆめりで、胸にあふれる後悔を、どうでもいいとは思えなかった。ちゃんと向こうに帰って、ひとつひとつ回収して、自分の胸にしまいたかった。

なんだ。

なんだ、私、ぜんぜん、何もなくなんかない。

「何者か」なんて正体不明のものを望まなくたって、ゆめりはとっくに、ゆめりだった。

今年のメルトフラッシュの最終回を見届けたいし、そろそろあるはずの来年の新作発表だって確認したい。ゆめりが家に帰らなければ、これまで大事に集めてきたグッズも、薄汚れたサツキくんも捨てられてしまうかもしれない。いや、捨てられてはしないか。きっとお父さんとお母さんが仏壇に飾ってくれるだろう。でも、二人はそれを見るたびに悲しい気持ちになる。大好きな魔法少女たちが、そんな風に見られるのは嫌だった。魔法少女はいつだって、誰にだって、夢と憧れを振りまく存在でいてほしかった。

それに、ミラ。ミラはゆめりを殺してアウラを目覚めさせて、それでどうするんだろう。アウラを連れて逃げるのかな。本当のことを、アウラに話すのかな。アウラはゆめりを犠牲にして蘇ったことに苦しまないかな。それともやっぱり全部秘密にして、ミラは自分の胸だけにしまって生きていくのかな。

たぶん、そうなんだろう。

――さびしい。それってすごくさびしいね、ミラ。

世界で一番好きな人のためにミラがしたこと、ずっとその人には言えないんだね。大好きな人のそばにいて、でも一人で生きていくしかないんだね。

ねえ、ミラ、これまでも、さびしかった？

私は魔法少女になって、ミラと暮らして、楽しかった。大変だったり、怖いこともあったけど、楽しかったよ。

ミラは違った？　一瞬でも、そう思うことはなかった――？

ミラに聞いてみたかった。

でももう息ができなくて、何も話せない。

「もういいの。眠っていいのよ、ゆめり」

ミラの顔もぼやけてよく見えない。細くなっていく世界で、額のラピスだけが青く光る。視界がどんどんかすんでまぶたが下りてきて、ああ、死んじゃうんだな、そう思った。

それで終わるはずだった。けれど意識は途切れなかった。それどころか、目を閉じているはずなのに、ぼんやりと何かが見えてきた。

まぶたの裏に現れたのは、ここにあるはずのないものだった。

木の格子だった。格子に隔てられた、薄暗く陰鬱な部屋の前にゆめりはいた。

また、夢？　どうしてまだ夢が見られるんだろう。気付かない内に死んでしまって、魂だけになったゆめりが夢を見てるんだろうか。

『夢ではありませんよ。ゆめりは、ゆめりの中を覗いているんです』

耳ではなくて体の中に直接響くような、奇妙な声だった。

格子の中を覗き込むと、着物姿で、乱れた髪に錆びた簪を挿した女性が座っていた。

デジャヴよりももっと強烈な、胸の奥底が焦げ付くような懐かしさに襲われる。

ゆめりは思わず、格子の隙間からその人に向かって手を伸ばした。

指先が頰へ届くと、彼女は慈しむように手を取って頰ずりした。

知っている。ゆめりはこの人のことを、ずっと前から知っている。

「あなたは誰？」

半ば答えを確信しながら、そう訊ねた。彼女もそれを知ってか、薄く笑った。

『私は千代。あなたの血縁です。ゆめり、とうとうその時が来ました』

ゆめりははっと目を見開いた。

布団に座したままの彼女の姿が変わっていく。古い皮を脱ぐように、髪は切り揃えられ、着物はもとの桜色を、簪は錆を落として桜花の形を取り戻していく。

『私が長く居座ったせいでいらぬ業を背負わせてしまい、申し訳なく思っています。その上、理不尽な選択を強いようとしていることも』

「選択……？」

『ここで生を終え眠りにつくか、それとも世界に帰って戦い続けるか。あなたは選ばなくてはなりません』

なんだ、とゆめりは笑った。

「それなら答えは決まってます。私はまだ死ねない。戻って戦います」

千代はまぶしいものを見るように目を細めた。

『あなたはそう答えると、百年の昔から見えていました。だからこそ、あの人が遺した魔力と共に待ち続けた。けれど覚えておいて、私は知っていただけ。決めたのはゆめりです』

千代が髪から簪を抜き去ると、二人を隔てていた格子が光の粒となってかき消えた。

千代はゆめりの手を取り、その上に簪を置く。

『この力が、あなたを不幸にしないことを願います』

簪は金属製のはずなのに、脈打つように熱かった。

手のひらの上で簪が輝き出し、ゆめりのロッドへと形を変えていく。

握り締めると、手から魔力が流れ込み、全身を巡るような感覚があった。

『行きなさい。私もあるべきところへ還(かえ)ります。ずいぶん待たせてしまったけれど、これでようやくあの人に会いに行ける。……さようなら』

耳元でささやかれた声に顔を上げると、千代の姿はすでになかった。

畳(たたみ)も布団も、すべてが消え失せている。ただ声だけが、耳の中に残った。

「……行こう。みんなを、助けなくちゃ」

ゆめりは閉じていたまぶたを、かっと見開いた。

驚愕(きょうがく)の表情を浮かべたミラの顔が、そこに現れる。

「なんで……なんで、死なないの」

下腹に突き刺さっていたはずの氷柱は、溶けてしまったかのように失せていた。

「ミラ、私と一緒に行こう。一緒に探そう、なんとかする方法を」

なんとかなんて、とミラは泣きそうな顔で言った。

「そんな、無責任なこと……」

その時、地響きがした。ゆめりたちの存在を嗅(か)ぎつけたように、黒禍の本体が姿を現す。

ミラがとっさに剣を構えたが、ゆめりは前に出た。

体が軽かった。一足ごとに、ふわりと宙に浮いてしまいそうなくらい。魔法少女に初めて変身した時よりも、ずっとずっと軽い。生きながら生まれ変わった気分だ。

「おいで。今、楽にしてあげる」

ロッドの先端を飾るハート型の宝石に、光が集まる。

血の中を巡る魔力が熱く滾（たぎ）り、右手を介してロッドに注ぎ込まれる。

「『貫け（ペネトラーレ・サリーサ）！』」

発射された無数の光の矢が、黒禍（こくか）に突き刺さった。

黒禍は苦痛に悶（もだ）えながらも、触手をミラへと伸ばす。

「ミラ！」

ミラは黒禍に向かって跳び、剣を振り下ろした。その一閃（いっせん）が、黒禍の体を真っ二つにする。しかし黒禍はそれでも塵（ちり）にならず、二つに割れたまま動き出そうとした。

ゆめりは両手でロッドを掲（かか）げた。

光の波が、黒禍へと押し寄せる。あまりのまぶしさに、思わず目をつむった。

目を開けた時には、黒禍は跡形もなかった。ただその影だけが、地に焼き付いていた。

ゆめりはロッドの先を撫（な）でた。これは、ゆめり一人の力じゃない。千代が妖精王から託された魔力とゆめりの魔力とが、体内で混ざり合っている。

「ゆめり、あれ……」

声に顔を上げると、ミラがさっきまで黒禍がいた方を指差していた。

影以外に何もなかったはずの場所に、黒い煙のようなものがたなびいている。

すると、それに呼応するかのようにロッドが形を変えた。

現れたのは、見慣れた鋏（はさみ）じゃなかった。

黄金の――大鎌だった。

物語の死神が携（たずさ）えているような、ゆめりの背を越すほど巨大な鎌だ。

けれど不吉な感じはまるでしない。

行きなさい、と千代の声を耳元で聞いた気がした。

これこそが、彼女が与えてくれた力だ。復讐（ふくしゅう）のために燃やし尽くさず、死んでも守り続けた巨大な魔力の結晶が、この大鎌だ。

ゆめりは煙に向かって大鎌を振り下ろした。

胸に木霊（こだま）するかすかな声が、この魔法の名前をゆめりに教える。

「『採魂（レナトス・レガリア）』」

大鎌が風を切ると、黒煙は霧散（むさん）した。

同時に大鎌も形を失い、もとのロッドに戻る。

代わりに、地面に輝石が一つ落ちていた。ゆめりはそれを拾い上げる。光の当たり具合によって色を変え、まるでオーロラを小さな石に閉じ込めたみたいだった。

「二つ目の、固有魔法……そんなことって……」

黒禍本体を失った空間の壁が剝（は）がれ落ち、崩壊していく。

気が付けば、ゆめりとミラは元いた尖塔の小部屋に立っていた。外を覗き込んでみたが、巨大黒禍の姿はどこにもない。虹色に輝く輝石だけが、ゆめりの手の中に残っている。

女王は騒動に目を覚ますことなく、静かに眠り続けていた。

ゆめりは輝石を胸に抱き、彼女の元へ走った。

しかしミラが、女王を守るように立ち塞がる。

「何を、する気」

「大丈夫。信じて」

ミラはしばらくゆめりを睨んでいたが、結局はよろめくように道を空けた。

ゆめりは女王に空いた胸の穴に輝石をかざした。すると輝石は女王に呼応するように光り出し、やがて色を失った。

何も起きないまま、一秒、二秒と時が過ぎていく。

しかし、固唾を呑んで見守っていたミラがぴくりと身じろいだ。

「あ……」

女王のまぶたが痙攣する。

固い蕾のように閉ざされていたそれが、ゆっくりと開かれていく。

長いまつげにふちどられた黒目が瞬き、たしかにミラの姿を映した。

「どうしたの……ミラ。そんなに、ぼろぼろで……」

女王はふっと笑った。

これまでほんの少し、昼下がりにまどろんでいただけとでもいうように。

ミラの喉から嗚咽が漏れる。

「陛下……！」

けれど女王はすぐに目を閉じてしまった。

「陛下、アウラ様！　私――」

どれだけミラが呼んでも、揺すっても、すがりついても、女王がふたたび目を開けることはなかった。

ゆめりはおそるおそる、女王の首元に触れた。あたたかい。たしかな脈動が指に伝わる。

生きている。また眠ってしまっただけだ。

ミラは、千代が先王から譲られた魔力を女王に与えれば、目覚めさせることができると言った。そしてゆめりの大鎌は、千代の力によって顕現したものだ。

それなら、それなら、それなら――

「ミラ。私、これからも黒禍を倒す。倒し続けて、輝石を集めるよ。全部、女王様にあげる。そしたらいつか、目を覚ましてくれるかもしれない」

「……わからないじゃない、そんなこと」

「わからないからやるんだよ。それでだめだったら、また別の方法を探す。私はそうすることに決めた。私の思う魔法少女に、ちゃんとなりたいから」

ゆめりは立ち上がり、バルコニーに向かって歩き出した。

「先に人間界に帰ってるね。これまでみたいに黒禍を倒すのを手伝ってくれるなら、もう一度迎えに来て。待ってるから」

ミラの返事を待たずに、眼下の湖へ身を躍らせた。サナスキアの美しい景色が逆さまに過ぎ去っていき――やがて湖面がゆめりを迎えた。

落下は続く。真っ黒い界境（バーガトリー）を突っ切ると、まぶしい光が目を焼き、思わず目を閉じた。

誰かが叫ぶ声が聞こえた。抱きとめてくれる腕の感触を、肌に感じる。

懐かしい気配がして、ゆめりは目を開けた。

がくがくと体が揺れていた。

そこは、破壊された聖堂だった。

ゆめりはアイギスに抱きすくめられ、言葉にならない声を上げるかのんに揺すられていた。

「なんで一人で行っちゃうのよ！　バカ！　最悪！　こっちがどんだけ……」

聞き取れたのはそれだけだった。

アイギスはぎゅうと腕に力をこめた。

「よかった……帰ってきてくれて」

ごめんね、と言おうとしたけれど、うまく声が出なかった。

代わりにアイギスとかのんを抱き寄せる。

抱きしめた彼女たちの感触が、腕の中で変わっていく気がした。

変身が解けていく。

アイギスの頭がゆめりのそれより高い位置に来て、抱き合うというより抱きすくめられるような格好になったのがわかった。今顔を上げたら、アイギスの中の人がそこにいる。だけどゆめりは、その顔を確かめようとは思わなかった。アイギスが教えてくれる時がきたら、見たらいい。その時が来ないなら、見ないままでいい。今は三人でくっつき合った体温が心地よくて、それさえあれば、ほかには何もいらなかった。

ふと左手を見ると、ミラにもらった契約指輪が消えていた。

そっか、と思った。

そっか。

それ以上の感情があふれる前に、遠くサイレンを聞いた。

epilogue

「あー、疲れた……」

ゆめりは足からパンプスを剝ぎ取り、着替えもせずにベッドに倒れ込んだ。

相変わらず、兼業魔法少女は忙しい。一時はどうなることかと思われたトイズアニマも、今は別オフィスを借り受けてなんとか存続している。

契約指輪が消えても、ゆめりは黒禍と戦い続けていた。体に満ちる魔力が形状を覚えているようで、指輪やコンパクトがなくても変身できた。ノアとルミナスによれば「ありえない」らしい。これも千代が残した力の影響なんだろうと、ゆめりは思っている。

スマホをいじると、メッセージアプリのアルバムに写真が追加された通知が来ていた。志保の結婚式の写真だ。

三日前、三十一歳になったゆめりは式に出席した。

写真の中の志保は、どれも幸せそうに笑っている。

木漏れ日の差し込むチャペルでウエディングドレスをまとい、恋人から夫になった人に向かって進んでいく志保の足取りは確かだった。ゆめりはあの日、スマホのカメラ越しに長方形に切り取られた新郎新婦の背中を見て、やっぱり結婚しないでほしいなあと、ほんの少し思った。子供の頃に憧れた光景には、あんまり馴染まない感情だった。

でももう、それを打ち消そうとは思わなかった。祝福はする。志保の願いが叶ったことを喜びはする。だけどゆめりのこの気持ちは、それとは関係なくここにある。それでいいじゃないか。心まで、どうして殺してしまう必要があるだろう。

披露宴が終わり、新郎新婦たちに見送られる列に並ぶと、子供たちの歓声が聞こえた。どうやらプチギフトが手渡しではなく、ガチャガチャを回してカプセルを受け取るシステムらしい。新婦の仕事柄、ということなのだろう。思わぬ場所で出会ったガチャガチャを、ゆめりもうきうきと回す。出てきたカプセルの中身は、綺麗にラッピングされたアイシングクッキーだった。

顔を上げたところで、「ゆめり」と青いカラードレス姿の志保に声をかけられる。

「これ。ゆめりにもらってほしくて」

志保が差し出したのは、真っ白なブーケだった。

「えっ。志保、でも私……」

「わかってるよ。次に結婚するのはとか、そういう意味じゃなくて。なんでもいいから、ゆめりに幸せになってほしいってこと。重かったらごめんだけど」

ゆめりは首を横に振ってブーケを受け取ると、そのまま志保の手を握った。結婚指輪のはまった志保の指と、契約指輪のないゆめりの指が重なる。

「ううん、ありがとう。今日はおめでとう、本当に」

百パーセントの心で祝えないのに、こんなことを言うのはずるいだろうか。

でも、許してほしい。ありきたりな綺麗事を口にするのは、志保に喜んでほしいからだ。おめでとうがまじりけのない真心でなくても、幸せでいてほしいのは本当だ。

「世界で一番幸せになってね、志保」

志保はちょっと驚いたような顔をして、うん、うん、と二度頷(うなず)いた。

「絶対幸せになるよ。だから、ゆめりも。ゆめりも、そうなってね」

週明けにはまた会社で会えるのに、ゆめりと志保は今生(こんじょう)の別れみたいに抱き合って、そして別れたのだった。

持ち帰ったブーケは、今もテーブルの上に飾られている。クッキーはもったいなくて食べられなくて、カプセルに戻して花瓶(かびん)の横に転がしたままだ。

ブーケの丸いフォルムは、ちょっと前までこの部屋にいた、白くて丸っこい生き物に少しだけ似ている。

ゆめりはベッドからのろのろと起き上がり、メイクを落とすため洗面所に向かった。クレンジングオイルをコットンに染み込ませてまぶたを撫(な)でると、アイシャドウのラメできらきら光る。

生活は続く。世界を救っても、救わなくても。

「あれ、木庭さん。どうしたんですか、これ」

翌日、営業部に資料を渡しにいったゆめりは颯太のデスクに目を留めた。

そこに置かれていたのは、魔法少女のロッドのミニチュアだった。小さなハートが先端にくっついているロッドは、ミーティアの持つそれに似ている。

営業部のデスクにサンプルが転がっているのはいつものことだけど、これはたしかうちの商品じゃなかったはずだ。他社が出したカプセルトイで、ルガルリリウムの三人を意識したらしいロッドと傘にリボルバー、コンパクトや指輪なんかの魔法少女定番アイテムを取りそろえたものだ。ゆめりもコンプリートを目指して回したが、コンパクトだけどうしても出なかったので覚えている。

「ああ、これね。ダブりをもらったんだ、彼女がファンになっちゃって。僕が二回も魔法少女に助けられたからっていろいろ調べてる内に、はまっちゃったんだって」

もらったっていうか押し付けられたんだけど、と颯太はミニチュアをつついた。あれから颯太は無事に目覚めて、左手の薬指には指輪がはまっている。

「でも、二回も助けてもらった果報者なんて僕だけだろうから。きっとお守りになるよね」

ちょっと胸が痛い気がしたけど、これくらいは気のせいで片付けられる。大丈夫だ。ゆめりは笑って「絶対、強力なお守りになりますよ」と自席に戻ろうと踵を返した——が、予想外の人物が背後に立っており、動けなくなった。

「わ、社長！　どうされたんですか」

日中、各所を飛び回っておりほとんど社内で姿を見ることのない社長がそこにいた。険しい顔をして、颯太のデスクからロッドのミニチュアを取り上げる。

「すみません。やはり他社商品はまずかったですか」

颯太はロッドを仕舞おうと引き出しを開いたが、社長は「いやいや」と柔和にほほ笑んだ。

「やっぱり時代は魔法少女ですよねえ」

老眼鏡を目の上にずらし、ミニチュアをしげしげと見つめている。

「でも、これはよろしくない。明らかにルガルリリウムを意識してるけど、許可取って出したものじゃないから細部が違う。あくまでイメージ商品でしかないですね」

颯太と、その商品を嬉々として回収していたゆめりも、そろってうつむく。

「ああ、叱責してるわけじゃないんです。うちもね、そろそろ魔法少女の目玉商品を作ってもいいかなと思いまして。現実の魔法少女とのコラボ商品を考えてるんですよ」

ゆめりと颯太は顔を見合わせた。そういう話ならば、企画部に持っていくのが筋ではないか。どうして社長は、営業部の颯太にそんな話をしにきたのだろう。

しかし社長は、颯太ではなくゆめりに向き直った。

「それでね、花咲さん。担当しませんか、この話」

え、とゆめりは社長の顔をまじまじと見つめてしまった。しかし社長はいたって真面目な顔でゆめりを見つめ返している。冗談で言っているわけではないらしい。「詳細はここではなんですから」と手招かれるままについていくと、フロアの一番奥、引っ越したばかりですでに膨大な量の書類とおもちゃに埋まった社長席の前に立たされた。

「あの、社長、どうして私なんですか？　私はオペ部で、それに社内評価だってあまり良いとは」

花咲さん、と社長はゆっくりと呼びかけた。

「私はね、あなたに謝らないといけないなとずっと思っていたんですよ」

「あ、謝る？　そんな、謝らないといけないのは、せっかく採用していただいたのに、いつまで経っても使い物にならない私の方で……」

「そんな風にご自分を卑下なさらないでください。私は花咲さんを採ったこと、後悔してませんよ。あなたは毎日、真面目に仕事に向き合ってるじゃないですか。ここだけの話、オペ部で何年も腐らずに地道な作業を続けられる方はそういません」

古賀君は例外ですが、と社長は老眼鏡を外した。

「大きなミスをしたとはいえ、入社当初の話でしょう。運が悪かった……で片付けたら社員たちに怒られてしまうかもしれませんが、その程度の話です」

「で、ですが実際、異動願いもずっと通っていませんが」

「機会を見計らっている内に、何年も経ってしまったことは申し訳なく思っています。しかしこの度ようやく、適任の企画が動き始めたというわけです。先ほど言ったとおり、現実の魔法少女とのコラボ商品開発です。宵町かのんさんにイメージモデルをお願いしようということで事務所と連絡を取ったのですが、彼女ご自身が担当者に花咲さんをご指名なんですよ。受けてくださるなら、ルガルリリウムのほかのお二方の許可も取り付ける、ならモデルも三人でと約束してくださいました」

　社長はアイドル顔負けの綺麗なウインクをしてみせた。

「彼女とどういう関係かは聞きません。しかし引き受けてくださると、非常に助かります。ああ、念のために付け加えておくと、宵町さんの指名があったからこういう話をしてるわけではありませんよ。それ抜きでも、適任なのは花咲さんだと考えています」

　ゆめりがいかにも考えそうなことを、先回りして社長に言われてしまった。普段社内にいないのに、どうして一社員でしかないゆめりの思考まで把握しているのだろう。

「当面はオペレーション部の仕事と平行してもらうようになりますから、業務量はどうしても増えてしまいますが」

　どうでしょう、と社長は身を乗り出して訊ねた。

「あれから八年も経ってしまいましたけど、今も魔法少女は好きですか？」

　あれから。赤面ものの社長面接から、八年。社長はあの時のことを、ちゃんと覚えていてくれたのだ。

　八年経っても、ゆめりの答えは一つしかない。

　三十一年間、一度もその答えが変わったことはない。

「……はい。大好きです」

お引き受けしますと答えると、社長は満足そうに頷いた。

ふわふわした足取りで自席に戻ると、デスクにはさっきまでなかったはずの小さなペットボトルが置かれていた。ホットのレモネード、書類で見た覚えのある字で書かれた『おめでとう！』のふせんつき。

ゆめりはふせんを剝がしても捨てず、そっと引き出しの奥の奥に貼りつけた。これくらいは思い出ってことで許されるよね、と新オフィスのデスクも引き続き飾っているラズベリーハートに目で問いかける。満面の笑みの意味は肯定だと、今だけは信じたかった。


「あのねかのんちゃん、ああいうのは一言相談してくれないと困るっていうか」

だって言ったらサプライズになんないし、と想像通りスマホの向こうからはけらけらと笑い声が聞こえてくる。帰り道で、かのんから着信があったので出てみたらこれだ。

『ゆめり、魔法少女絡みの仕事したいって言ってたじゃん。あたし的には、何度も助けてもらった恩返し的なつもりだったんだけど。てか、まさか断ったりしてないよね？』

「断ってはないけどさ……」

自宅マンションに帰り着き、エレベーターに乗り込みながら答える。

『じゃあいいじゃん。一緒にいい仕事しよーね♡』

「いやでも、三人でモデルとかは全然却下だからね」

『なんでよ。絶対そっちのが絵面いいに決まってんじゃん。オタクどもも喜ぶし』

そういう問題じゃなくて……と言いかけた瞬間、『あ、あたしそろそろスタジオ入りだから。じゃねー』と通話は切れた。

もう、と息を吐いたところでエレベーターが五階に着く。夜空の部屋の前を通り過ぎると、カレーの匂いがふわりと鼻をくすぐった。今日は夜勤はないらしい。

いいなあカレー、とゆめりの空きっ腹が羨ましがるように鳴る。

玄関ドアを開けて照明スイッチを入れると、照らし出された部屋の中、カツンと何か固いものがぶつかるような音がした。音の方を見ると、テーブルの上、今は空になった花瓶の横で、置きっぱなしのカプセルが転がっている。

ゆめりはパンプスを脱ぎ捨てて駆け寄り、床に落ちる寸前でキャッチした。

冷静になると、中身はクッキーなんだから落ちたって問題ない。ちょっと割れてしまったって、自分で食べるだけなのだ。なんで急いで受け止めたんだろ、社長の話で混乱してるからかな、とカプセルをテーブルに置こうとして――花瓶に寄りかかるように、アイシングクッキーの包みが置かれているのを発見した。

うん？　と手の中のカプセルに目を落とす。白く曇ったプラスチックのせいで中身は見えない。だけど重さ的に空っぽではない。振ってみると、カタカタと音がした。

クッキーはここにある。じゃあ中に、何が？

ゆめりはカプセルをひねって開けた。

そして息を呑み――小さく笑った。

「何してるの、こんなところで」

カプセル内に体を折り畳んでいたのは、うさぎみたいな長い耳にふわふわの体、額に青い宝石を埋め込んだぬいぐるみだった。そのぬいぐるみが、きらきら光るピンク色のハートが嵌め込まれたコンパクトを抱いて縮こまっている。

ぬいぐるみの片目が辺りをうかがうように薄く開き、ゆめりと目が合った。

「……足音が聞こえたから、思わず隠れちゃったのよ。今さらどの面下げてって、自分でも思うから。私がこんなに臆病者だなんて、初めて知った」

ぬいぐるみはカプセルから飛び出すと、ぬぬぬと伸びをして、見慣れた大きさにまで膨らんだ。

「ゆめり。……ごめんなさい。謝ってどうにかなるとは思ってないけど、でも」

「そうじゃない。そうじゃないよ、私が言ってほしいのは」

ゆめりが屈んで目を合わせると、アイスブルーの瞳に大粒の涙が盛り上がった。

「ごめんミラ。本当は、帰ってきたりなんかしたらだめだって、わかってたミラ」

「そんなことない。私はずっと待ってたよ」

ミラ、とその妖精の名前を呼ぶ。

「おかえり。あのね、ありがとう。私を魔法少女にしてくれて。また会える日が来たら、そう言おうって思ってた」

「でもゆめり、それは……」

いいの、とゆめりはミラを抱き上げ、白い毛並みに顔をうずめた。

「ミラが何を考えてたかなんて、私には関係ないの。もう一度過去を選び直せるとしても、やっぱり私は、魔法少女にしてってミラに言うから」

ミラがゆっくりと顔を上げる。いつもの尊大さはなく、しおれた顔がそこにあった。

「だって、魔法少女になるのが子供の頃からの夢だったんだもん。ミラは私の願いを叶えてくれた。今度は私がミラの願いを叶えるよ。だからお願い。もう一度、私に訊いて」

ミラの青い宝石のような瞳から、とうとう涙の粒が落ちる。

「ゆめり。魔法少女に、なってくれる？」

うん、と迷いなく頷く。何度だって、この問いにはそう答えてみせる。

「もちろん。あらためてよろしくね、ミラ」

涙がフローリングにしたたるのを見届けて、ゆめりはミラのラピスにキスをした。

※この作品はフィクションです。実在の人物・団体・事件などにはいっさい関係ありません。

集英社オレンジ文庫をお買い上げいただき、ありがとうございます。
ご意見・ご感想をお待ちしております。

● あて先
〒101-8050　東京都千代田区一ツ橋2-5-10
集英社オレンジ文庫編集部 気付
氏家仮名子先生

集英社
オレンジ文庫

わたしが魔法少女になっても

2025年2月24日　第1刷発行

著　者　氏家仮名子
発行者　今井孝昭
発行所　株式会社集英社
〒101-8050東京都千代田区一ツ橋2-5-10
電話【編集部】03-3230-6352
【読者係】03-3230-6080
【販売部】03-3230-6393（書店専用）
印刷所　TOPPANクロレ株式会社

ISBN 978-4-08-680604-6 C0193